雨に殺せば

黒川博行

角川文庫
20881

1

やっと帰り着いた。ガスストーブのスイッチを入れ、次いでポットのコンセントを差し込む。コートをベッドの上に放り、縒《よ》れたネクタイを外しにかかった時、電話が鳴った。壁の時計を見る。もう午前一時三十分、非常識だ。すぐに出るのも業腹で、しばらくようすをみることにした。

汗じみたワイシャツのボタンを外しながらバスルームへ行き、水道の栓をひねった。ワイシャツと靴下を洗濯機に放り込み、つまり私の夜毎の儀式を終えて部屋に戻れば、まだ電話が鳴っている。

あっさり受話器をとった。

眠そうな声を作って、

「はい、黒木《くろき》です。こんなに遅うにどなた？」

「わしや、服部《はっとり》や。遅うて悪いか」

「……いえ」

「君こそ何や。えらい遅いご帰館やないか。いったいどこで何しとったんや、何回も連絡したんやで」

何度連絡しようとこちらの知ったことじゃない。

「帰りにちょいと一杯ひっかけてたもんですから」

「ちょいと一杯が一時を過ぎるんかいな。結構なご身分や。独身はよろしいな」

うるさい。勤務時間を過ぎたら、どこで何をしようと勝手だ。全生活をあんたに委《ゆだ》ねられるか──と、これは私が喉《のど》の奥に押しとどめた言葉。

「どうしたんです。何かあったんですか」

直属上司である服部にこちらのいらだちを気づかれぬよう、努めて平静な口調で喋《しゃべ》ってはいたが、眼と眼の間がせまくなり、唇がへの字に曲るのまで隠す必要はなかった。

「さっき……つい一時間ほど前や。森之宮《もりのみや》の団地でな、飛び降り自殺があったんや」

「飛び降り自殺て……ほんまの自殺なら一課の管轄と違いますがな。関係ないでしょ」

「それが大ありなんや。飛び降りたんな……三協銀行築港《ちっこう》支店の行員や」

「ええ?!」

「川添隆幸《かわぞえたかゆき》、二十九歳。きのう黒さんが事情聴取したうちのひとりや」

「すると……」

「そや、まだ断定はできんけど、犯行に一枚嚙《か》んどったんやろ。捜査の手が身辺に迫って来たと感じたんかもしれん。ま、詳しいことは現場へ来てからや。とりあえず家を出てくれ」

「今すぐですか」

「そう、今すぐや」

「けど……」

「何や、どうかしたんか」

一杯機嫌で帰り着き、さあ眠ろうという段になってまた出動を要請されることなど誰が歓迎する。せめて、酔い覚ましの熱いコーヒーをゆっくり味わってからにして欲しい。

ポットの蓋《ふた》がクックッ動いている。

「ワイシャツ、洗うてしまいました」

言いわけになっていない。

「あほぬかせ。ワイシャツの替えくらいあるやろ」

「はあ……ありますけど」

「ほなら、今すぐ出てくれ。ええな、今すぐやぞ」

服部はいうだけいって電話を切った。くそっ、いまいましい。

ワイシャツと靴下だけは新しいのと替えて再び外へ出た。日付は変わって、もう十二月十二日、寒さに身が縮んだ。

森之宮に着いたのは午前二時五分過ぎ。大阪城公園のすぐ東側に位置しているだけに、附近は比較的緑が多く、また夜間人口が少ないこともあって、ひっそりと静まりかえっている。

敷地のまわりを高さ一メートルのフェンスと、幅三メートルの植栽帯がとりまいていて、中に六棟の十四階建ビルが整然と平行に並んでいるのが、住宅・都市整備公団、森之宮第二団地であった。古い団地らしくゆったりした配置だ。

敷地内に入ってすぐ、南端のA棟と植栽帯にはさまれた藤棚のあたりに煌々《こうこう》とライトが点《とも》され、周辺を数人のやじ馬が取り囲んでいることで、そこが飛び降りの現場だと知れた。

警備の若い警察官に手帳を見せると、ハハッとかしこまって姿勢を正した。少なからず優越感を覚える。何といっても私は府警捜査一課の刑事である。

ロープを跨《また》いで中に入る。三十センチ角のコンクリート板を敷きつめた歩道兼駐車スペースのあちらこちらに、飛び散った血痕《けっこん》をチョークで丸く囲んだ印があり、その円形の集結するところに大きく人間の形が描かれていた。建物からは約七メートル、植栽帯からは約六メートル離れた中間地点だ。

ちょうど頭にあたる部分に夥《おびただ》しい血が付着して黒く固まっている。これが、つい半日前、私の事情聴取を受け、しどろもどろの返事をしていた男の最後に残し得た唯一の痕跡かと思うと、妙に感傷的な気分になる。

たばこを取り出して咥《くわ》えた時、ボッと眼の前に光が走った。さっき別れたばかりのマメちゃんがマッチを持って笑っている。

――私と同じ府警捜査一課強盗班《タタキ》刑事。フルネーム亀田《かめだ》淳也《じゅんや》。姓はともかく名の方は新派の二枚目でも充分通用する甘い響きを持っている。そろそろ三十に届こうかという年だが、童顔、色黒で背が低く、ころころしたその体型から、みんなは彼を「マメダ」と呼ぶ。「豆狸《まめだぬき》」と「カメダ」をひっかけたものだ。躁鬱《そううつ》症の鬱だけを母親の胎内に忘れてきたような人物で、金つぼまなこをグリグリまわしながら息つく暇なく喋りまくる。性格と体格を見事に一致させた好例ではある。その風貌《ふうぼう》と気易さが訊《きき》込みや取調べの際、強力な武器となって、若手であるにもかかわらずベテラン捜査員に伍《ご》していける理由となっている。

　この愛すべきマメちゃんが私の主たる相棒というわけだ。

「首尾はどうでした、黒さん……例の女子大生？　その顔からするとふられたみたいですな。ま、よろしいがな、またの機会があります。それにしても独身貴族はよろしいなあ、毎晩のように飲みに行けて」

　ついでに自分もたばこに火を点《つ》け、けむりを吐きながらマメちゃんが話しかけた。また「独身」である。三十路も半ばの男にいう言葉ではない。服部といい、マメちゃんといい、言葉の使い方に気配りが欠けている。

「死体どうなった」

話題を変えることにする。

「一応の検視は終って、さっき阪大《はんだい》へ運んだばっかりです」

「解剖するんか」

「当然ですがな。いくら自殺でも変死であるには違いないし、事件との関係もあるから。どこぞの政治家みたいにすぐ火葬にするわけにはいきません」

「川添の死んだ状況、詳しく話してくれ」

「それやったら上へ行きましょ。十一階が自宅になってます」

「屋上から飛び降りたんと違うんかいな」

「自宅からですわ。とにかく行ってみましょ。係長もいます」

古めかしいエレベーターに乗る。壁のあちらこちらに、稚拙な線で例の三文字や不粋な図形が描かれているのは賃貸住宅の宿命か。

十一階で降り、マメちゃんのあとに続く。薄暗い廊下をはさんで両側に部屋が並んでいる。〈一一〇五　川添隆幸　律子《りつこ》　隆子《たかこ》〉の表札を確認する。娘がいるらしい。川添の年齢から推して、せいぜい四、五歳というところか……罪作りな父親だ。

重い鉄の扉を引いた。

「おう黒さん、お早いお着き。頭、しゃんとしたか」

私を見て服部が声をかけた。浅黒いというより黄色っぽいその顔には深い皺《しわ》が何本も貼りつき、それが窪《くぼ》んだ眼と前に突き出た厚い唇をとりまいている。痩《や》せた体をくすんだ茶色の背広で包み、古くなってガタがきているのか、よくずり落ちる眼鏡をせわしなく元に戻しながら飄々《ひょうひょう》と歩く姿は田舎の好々爺《こうこうや》を思わせるが、どっこいその実体は、強引、出しゃばり、独善、無神経な上に言行不一致で……きりがない。

服部の通称はトリさん。ハットリのトリではなく、あげ足取りのトリさんである。自分からは何の提案もできないくせして、他人の意見に対しては遠慮容赦のない皮肉、悪口を浴びせるところにその由来がある。

「係長、詳しい状況教えて下さい」

一応は仕事熱心な部下を演《え》じてみせる。

「ま、そんなに急くな。靴脱いでこっちへ来てみい」

狭い玄関のすぐ左側がトイレと風呂《ふろ》。右側に納戸らしき小部屋。その奥、つまり住居の中心にあたるところがリビング兼ダイニングルーム。そのまた奥に四畳半ほどの洋室と和室。どの部屋も広くはないが、一応2LDKと呼べる間取りになっている。鑑識課員がそこここに陣取って、指紋採取や写真撮影、血痕検査をしている。

リビングのクリーム色コーデュロイのソファに直径十五センチくらいの血だまり。そのまわりに点々と小さな飛沫《ひまつ》血痕。ダイニングルームのビニールタイル上にも血痕が散っている。

「係長、これどういうことです。部屋のあちこちに血がしたたってますがな」

「逡巡創《しゅんじゅんそう》の跡や。川添の左手には五本の逡巡創があった」

「シュンジュウソー……えらい珍しいもん持って死んだんですな」

マメちゃんが口をはさんだ。

「別に珍しくもないがな。自殺にはつきものや」

服部が応じる。

「そやかて、今、冬でっしゃろ。そんな花、どこで買うたんやろ」

服部は怪訝《けげん》な表情でマメちゃんを見つめ、

「おまえ、何をいうとるのや。逡巡創いうたらためらい傷のことやで」

「えっ……ぼく、春と秋の草と書いて、春秋草かいなと思て」

「あほ、誰が花持って死ぬんじゃ。手まわしが良すぎるやないか。だいたいが春秋草とかいう花、見たことも聞いたこともないで」

「ぼくもおません」

「ばかたれ、要《い》らんちょっかい出すな」

マメちゃんは尻尾《しっぽ》を巻いて逃げ出した。

服部には簡単なことをわざわざ難しく言いまわす俗物趣味がある。そこをマメちゃんに衝《つ》かれたわけだが、服部はからかわれたとは露ほどにも思っていない。逡巡創が何であるかを知らぬマメちゃんではない。

「係長、川添はあのソファに坐《すわ》って手首切りよったんですな」

「そや、ソファの脇にカミソリの刃が落ちてた。川添、最初は手首を切って死のうとした。しかし、どうしても死にきれんで、次に風呂場へ行った。水の張ってあった湯ぶねに手を突っ込んでじっとしてた。湯ぶねの中にも相当量の血が流れ出てた。もっとも、水は流れっ放しやったからはっきりとは分らんけど。川添の着てたカッターシャツ、左のそでが肩までびしょ濡《ぬ》れやった。……川添、それでも死にきれん。そこで洋室からベランダへ出て、地上めがけてまっさかさま……。ま、こんな具合や」

「遺書は？」

「今のところ、なし。けど、実況見分が終ったらこの家中を徹底的に捜索するから、どこからかポロッと出て来る可能性はある」

「飛び降りの目撃者は？」

「望み薄やな。この建物、南の端やし、ベランダから見えるのは道路と成人病センターだけ。センターの北側には窓らしいもんあらへん」

「訊込みは？」

「朝から始める」

「奥さんは？」

「子供連れて京都の実家へ帰ってた。川添がそうさせたらしい。今頃は遺体と対面しとるやろ、不憫《ふびん》なもんや」

「覚悟の自殺いうわけですな」

「そう、そういうことになってしもたがな」

残念そうに呟《つぶや》いて、服部は眼鏡を外した。ポケットから薄汚れたハンカチを出してレンズを拭《ぬぐ》う。そこへ、鑑識課員が何事か相談に来た。あらましの状況は聞き終えたので、私は服部のそばを離れた。自分の眼で現場を確認することにする。

まず、トイレ。特に注意をひくところはない。ペーパーホルダーを包むピンクの布がしらじらとした印象を与える。

次にバスルーム。FRP一体成型のユニットを据えたもので、天井から床まで全面が味気ないクリーム色のプラスチックで蔽《おお》われている。湯ぶねは縁《へり》まで水があふれ、底がごく薄い茶色に染まっている。川添の血だ。

洗い場の乾いた部分に、二、三の血痕《けっこん》。あとは流れたようだ。

血痕はバスルームから廊下、リビングルームを通り、奥の洋室まで三、四十センチ間隔で続いている。

ベランダにも数滴の血痕、スリッパが乱雑に脱ぎ捨てられていた。血の痕《あと》を辿《たど》れば、リビングルームからバスルーム、またリビング、洋室、ベランダと、飛び降りる前の川添の動きが如実に想像できる。

ダイニングルームの食卓上にはコーヒーカップ一客。底に少し飲み残しがある。

リビングルームの大部分を占拠しているソファの上には血だまりと黒い書類かばん。その前のガラステーブル上には、二、三の書類と灰皿、たばことライター。灰皿の中にはキャビンの吸殻が五本。

その他、家具、調度類は収まるべきところに収まり、物色した跡も、争ったようすもないところをみれば、部屋全体の印象に特に不審はない。

「ヒャー」とかん高い声がする。マメちゃんがベランダの手すりから身を乗り出して下を覗《のぞ》き込んでいる。

足音を忍ばせて近づく。両手で太股《ふともも》のあたりを持ち、軽く揺すってやると、アワワッと何やらわけの分らぬ奇声を発して足をばたつかせた。反応があまりにオーバーだから、こちらまで面食らってしまう。鑑識課の全員と服部の冷たい視線を浴びた。

「あほ、大きな声出すな。近所迷惑やないか」

押し殺した声でマメちゃんをたしなめる。

「大きな声出させたん、黒さんですがな。ぼく、高所恐怖症でっせ」

「それやったら下を覗くな」

「そやかて……怖いもん見たさ、いうのがありますやろ」

「子供みたいなことというな」

気分を整えようとたばこを手にしたが、ここで吸うわけにはいかない。一階の玄関にホットコーヒーの自動販売機があったのを思い出し、マメちゃんを誘って外へ出た。エレベーターで下に降りる。

紙コップ入りのインスタントコーヒーとショートホープを外のベンチに坐って味わう。寒さにブルッとひと震えすると刑事稼業の空しさが身に沁《し》みた。

「さっき聞き忘れたけど、川添家へ最初に入ったん誰や？」

横に坐ったマメちゃんにいった。

「そこにいてます」

マメちゃんの指さす先にさっきの警官が立っている。この寒空にご苦労なことだ。手招きする。警官は背を丸め手をこすり合わせながらのっそり歩いて来た。たばこを差し出すと、一礼し、短い指で一本抜いた。火を点《つ》けてやる。

「君が最初に部屋に入ったんか」

「は、はい」

けむりと一緒に上ずった声を出した。

「まず、部屋に入った状況から教えてくれ」

「本署から指令がありまして、交番から安井《やすい》巡査と自転車で駆けつけたところ、大勢の人が集まっておりまして、その中に男が倒れておりました。現場保存の鉄則がありますから、やじ馬を脇へ除《の》けさせまして……」

「それはもうええ。川添宅にはどうやって入った？」

説明のくどさにいらいらする。

「これはきっと上から落ちたに違いないと思料し、身元を特定すべく、遺体を調べましたところ……もちろん、私の指紋など付着しないように極力注意して調べました。ズボンのポケットから、小銭入れやキーホルダーと一緒に免許証を発見したのであります。それで、十一階に居住する川添隆幸さんであると知りました」

念入りなるご説明、まことに恐れ入る。

「安井巡査に飛び降り現場の保存監督を一任し、本職は十一階まで上りました。川添家のドアをドンドン叩《たた》いたのですが、返事がありません。押しても引いてもびくともしません。体当りして強行突破しようと考えたのでありますが、現場保存の鉄則がありますから……」

あのドアは外開きだ。体当りしてどうこうできるものではない。

「本職はとなりの家からベランダ伝いに入るのが良かろうと思い到りまして、右どなりの藤沢さん宅へ入れてもらいました。そして、あの壁を越えて川添家のベランダへ降り立ったわけであります」

と、そこで言葉を切って、朴訥《ぼくとつ》警官は上を見遣《みや》った。

ベランダの、家の境にあたる部分には厚さ十センチくらいのコンクリート壁が手すりのところまで張り出しており、それを越えるにはサーカスまがいの危険な芸当を演じなければならない。マメちゃんにはとてもじゃないができない業《わざ》だ。

「さっき、キーホルダーがあったとか聞いたけど、玄関の鍵《かぎ》はなかったんか」

マメちゃんが訊《き》いた。

「はあ、あとで詳しく調べたところ、あるにはありましたが、やはり遺体保存の鉄則がありますから……」

今度は遺体保存ときた。若手らしく、職務を規則どおり忠実にこなそうとしていたのがよく分る。ほほえましくもある。

「それからどないした。ベランダへ降りてから」

「現場を荒さないように注意深く玄関まで行き、つまみをひねって錠を外しました」

「照明はどうやった」

「食卓上のペンダントライトと、風呂場《ふろば》の電灯が点いてました」

「なるほど。鍵までかかってたんか。いや、ご苦労さん。参考になったわ」

ひょいと一礼して、警官は持場に戻った。

「まず間違いないようやな」

大口あけてあくびをしているマメちゃんにいった。

「他殺の線はないでしょ。そやけど、死んでしまわなあかんほどの悪いことを川添がやりよったんやろか」

「直接手を下したんではないやろけど、川添のせいで同僚が二人も死んでしもた。あいつにしたら意外であったかもしれんし、罪の意識にさいなまれたんかもしれん。いずれにせよ小心そうなあの男には耐えられへんかったんやろ」

「銀行員が強盗殺人の共犯か。物騒な世の中になったもんや」

マメちゃんは短くなったたばこを勢いよく指で弾《はじ》き飛ばす。

オレンジ色の放物線が弱く光った。

2

「おかあさん、これが港大橋《みなとおおはし》、海の上からやと、六十メートルもの高いところにあるんですよ」

阪神《はんしん》高速道路湾岸線、住之江区《すみのえく》南港《なんこう》と港区港晴《こうせい》を結ぶ鮮やかなピンク色の鉄橋を上りきったところで、弘子《ひろこ》は義母の菊江《きくえ》にいった。高知市から南港フェリーターミナルに着いた菊江を車で迎えに来て、これから豊中《とよなか》の自宅へ連れ帰る途中である。

「ほんとに見晴らしのええ。海がきれいですなあ」

「景色、見はります?」

菊江の返事を待たず、弘子は赤い軽自動車を橋の真中で左に寄せた。ウインカーを点滅させたまま車を降り、左側にまわってドアを引く。菊江が安っぽい紬《つむぎ》のすそを割って路側帯に降り立った。

十二月十日、午前十時三十分、師走《しわす》も半ば近く、一年中で最も忙しい時期だが、通る車はそう多くない。空いているためか、百キロ近いスピードで追越車線を走り過ぎる。〈この附近に停車することを禁ず〉と、黄色地に赤で書いた標示板が橋脚に取り付けられている。これはとりもなおさず、この附近で港見物をする車が多いことを物語っている。

「あんな小さな文字、停まってからでないと読まれへん。お役所仕事らしいわ」

弘子はひとり呟《つぶや》いた。

橋からの眺めはすばらしい。眼下から西へ向かって、遠く尼崎、神戸に至るグレーの海上には一面に薄いもやがかかり、往き交う小船の白い航跡が柔らかな抽象模様を描き出している。

一瞬、強い風が正面から吹きつけ、菊江のショールを高く舞い上げた。ショールは中央分離帯を越え、反対車線まで飛んで行くと、路肩に駐《と》められた白い乗用車のフェンダーミラーにひっかかった。

「まあ、運のいい……。私が取ってきます。おかあさんはここで待ってて下さい」

左右を慎重に見て、弘子は素早く走り出した。

(スラックスはいてて良かった)

分離帯の高さ七十センチはあるコンクリート隔壁を跨《また》ぎ越し、白い車のところまで行った。ショールを手にしてフロントガラス越しに車内を見た時、弘子の心臓は凍りついた。虚《うつ》ろな表情をした男が二人、じっとこちらを見ている。その眼はまばたきをしなかった。

「どないしたんや、焦点の定まらん眼して。特別警戒始まったんやで、もっと元気出さんと」

十二月十日は歳末特別警戒の初日であり、我々公務員にとってのボーナス支給日でもある。

「どないもこないもありますかいな。きのうからちゃんと寝てませんのや」

「ほなら、もうできたんか」

「できたんやったらこんな顔してません。まだですがな……きのう帰ったら、腹痛いとかいいよるから、こらえらいこっちゃで病院へ運んだんやけど、夜中過ぎたらすっかり痛みが消えてしもて……どうも陣痛ではなかったみたいです」

「そうか、そら残念やったな。こっちも早ようおめでとうをいいたいのに」

マメちゃんのとろんとした顔を見ていると、つい唇の端が弛《ゆる》む。予定日にはまだ十日もあるというのに腰が落ち着かないらしい。初めての子供であるだけに気が気でないのだろう。子供どころか、嫁さんのあてすらない私にはその気忙《きぜわ》しさが羨《うらや》ましくもある。

「とにかく早よう行ってみよ。一億円奪《と》られた上に、仏さんが二人も出たらしい」

「大事件ですがな」

「ほんまや、最近珍しく大きな事件《ヤマ》やで」

「また泊まりが増えるんやろなあ……」

「心配せんでも生れそうになったら帰してもらえる」

「何をいうてますの黒さん。大の男が妻の出産くらいでおたおたできますかいな。ぼくは仕事に生きてます」

「あ、そう」

相手にできない。

私は車のサイドブレーキを弛《ゆる》めた。十二時二十分、港署でマメちゃんと会い、車を借りてこれから犯行現場へ向かう。

阪神高速道路湾岸線は大阪湾を囲むように走る。現在は堺市三宝町《さかいし》から住之江区南港を通って港区に至る約九キロメートルの区間が開通しているだけだが、完工時には、神戸、西宮、尼崎、大阪、堺を結ぶ大幹線道路となる。その路線は埋立て地と海上を通るため、橋梁《きょうりょう》区間が多くを占め、橋はその下を数万トンクラスの船が通過できるよう、海上はるか高いところに架けられている。港大橋もそのひとつで、海上からの高さ六十メートル、橋梁部の長さ九百八十メートル、開通は昭和四十九年七月十五日とある。

港区のほぼ西端、大阪湾に行き着く一キロほど手前に料金所があった。パトカーが二台駐まって、湾岸線に入ろうとする車を迂回《うかい》させている。

かまわず進入する。料金ブース附近に立っていた制服警官が血相を変えて走って来た。

「こら、手振ってたのが見えんのか。今はこの道路閉鎖中や、Uターンせえ、Uターン」

見ればまだニキビの目立つこましゃくれた青二才のくせして、昔ながらのオイコラ警官だ。

「黒さん、おもろい。もうちょっとだけ行きましょ」

マメちゃんの声に押されてなおも進む。ニキビ面は本気で怒ったらしく、何やら喚《わめ》きながら把手に手をかけてドアを開けようとする。警官がまたひとり走って来る。

薬が効きすぎた。慌てて印籠《いんろう》、いや手帳を取り出す。サイドウインドを開けて手帳を示すや、横から毛むくじゃらの手が伸びて、それを引ったくられた。

「あほか、おまえら」

大音声の主は府警捜査一課強盗班《タタキ》班長、宮元《みやもと》警部だった。

「あいたっ」

助手席のマメちゃんが小さくいって肩をすくめた。

「ああびっくりした。バテレンさん、えらい早ようから来てたんですな」

宮元が遠ざかるのを待って、マメちゃんが首筋を拭《ふ》きながらいった。

バテレン、面と向かってそういう剛の者はいないが、捜査一課ではそれが宮元の通り名である。四十を少し過ぎたばかりなのに頭の中心部を見事に光らせ、短く切り揃えた髪を無造作になでおろしているのがその名の由来するところだ。間違っても某国首相のように横の毛を頭頂部にまわして来ようなどという姑息《こそく》な手段を弄《ろう》しないところに多少の好感は持てるし、この広い大阪で次々に発生する凶悪犯罪をそつなくさばいてきた実績と能力は充分に評価できるが、その言動は粗野で高圧的で、何かといえば叱声を張り上げる。今回もたっぷり五分間、刑事の心構えとやらを説き教えていただいた。ありがたくて涙が出る。

料金所を抜けるとすぐ上り坂。左に回転しながら高度を上げて行く。一周半もすれば勾配《こうばい》は小さくなり、そこが橋の北側基点となる。

一キロほど前方に小さく車と人の塊が見えた。アクセルを踏み込む。

現場着、白いカローラセダンの周囲をパトカーや警察用車輌《しゃりょう》が取り囲んでいる。三協銀行築港支店の現金輸送車であろう。

車を降り、マメちゃんと並んでカローラに近づいた。鑑識課員がアルミニウム粉末を車のあちこちに叩《たた》き付けている。運転席側の開け放たれたドアから白衣の検視官が上体を潜り込ませ、後ろに立った鑑識課員が検視官の断続的に発する短い言葉をノートに書きとめている。

我々は助手席側にまわった。

「こらひどい……」

マメちゃんが眼を逸《そ》らしたのも無理はない。助手席の男は背中をシートにもたせかけ、口を開いたまま虚空を睨《にら》んでいた。顔から腹にかけて全面を朱に染めている。右こめかみを至近距離から撃たれたらしく、射入口のまわりに点々と火薬粉粒の嵌入痕《かんにゅうこん》がある。

検視官の調べている運転席側の男は後頭部を撃たれ、射出口もないことから、顔には殆《ほと》ど血は付着していない。しかし、口を半開きにし、虚ろに前を見ているその表情は助手席の男と同じであった。血の臭いが鼻をつく。

「犯人《ホシ》は後ろのシートに坐《すわ》ってたんですな」

二人の死体越しに、検視官に声をかけた。

「そう、多分そうでしょう。弾道検査の結果をみないと正確な判定はできないが、まずそう考えて差し支えないでしょう。犯人は後ろから、運転席の男を先に撃った。驚いて振りかえろうとした助手席の男を続けて撃った。二人とも即死ですよ」

「凶器は？」

「即断はできないが、二二口径くらいの小型ピストルでしょう」

「東南アジアスペシャルか……」

「何です、それ」

「いや、フィリピンやバンコクから密輸される粗悪短銃に二二口径が多いから」

「ほう」

興味なさそうに応じる。

「死亡推定時刻は？」

答える代わりに、検視官は死体のあごを無造作に摑《つか》み、頭部を軽く振った。次に、死体のズボンをたくしあげ、靴下を引き下げて踝《くるぶし》のあたりを仔細《しさい》に観察する。

「微弱の死後硬直と死斑《しはん》が出ていますな。今何時ですか」

「十二時四十分です」

「とすると、逆算して……午前九時から十一時というところですか」

ばかばかしい、訊《き》いて損をした。死体の発見が十時三十分、現金輸送車が築港支店を出たのが九時四十分だから、そちらの方がよほど時間の幅が狭い。

「何でこんなとこに停まったんやろ」

後ろからマメちゃんが素朴な疑問を洩《も》らした。

「エンジンが故障したか、ガス欠いうとこやろ」

「世界に冠たる国産車にそんなことないでしょ。それに、支店出る時、ガソリン残量を確認してるはずです」

「パンクでもしたんかな」

「ぼく、さっき見たけど、四本とも正常です」

「それやったら停まった理由がない」

「ないけど停まった……。おまけに、バックシートに誰かを乗せてた。……ミステリーです」

この事件はこじれる――そんな予感がした。

〈港大橋強盗殺人事件捜査本部〉、読みやすいが重厚さに欠ける真新しい墨文字を横目に、マメちゃんに続いて部屋に入った。後方に陣取り、ところどころに焼け焦げのある折りたたみテーブルの上に資料を広げる。

けむりで室内が白っぽい。刑事というやつはどうしてこうたばこをよく吸うのだろう。

悪魔の習慣をいつまでも捨てきれない自分を省《かえり》みて舌うちした。

十二月十日、午後六時、事件の概要報告が始まる。宮元が立ち上った。

「私、府警本部捜査一課、強盗《タタキ》班班長の宮元です」

――府警捜査一課は殺人《コロシ》班、強盗班、合わせて十班で構成されている。各班は警部を長とし、係長は警部補、あとは巡査部長と巡査の、計十人構成となっている。因《ちな》みに、私は宮元班第二係所属であり、マメちゃんとあとひとり、沢居というのが同僚だ。係長は服部警部補、あの嫌味な御仁だ――。

「この事件は府警捜査一課が担当し、不肖、私が今後の捜査を指揮させていただきます。捜査本部はここ南住之江署に置きます」

港署、南住之江署からも多くの応援捜査員が参加しているため、いつもの横柄な態度は見られない。

「本日、午前十時二十分頃、阪神高速道路湾岸線、港大橋上で、三協銀行築港支店の現金輸送車が襲われ、府立南港高校、住之江西高校、及び市立南港西中学校に運搬途中のボーナス、計一億九百七十万円が強奪されました。輸送の任にあたっていた築港支店の預金課長、籠谷伸一《かごたにしんいち》さん、三十四歳と、熊谷信義《くまがいのぶよし》さん、二十八歳は死亡。二人とも短銃で撃たれたものです」

そこで言葉を切り、宮元はテーブル上の茶封筒から数枚の紙きれを取り出した。死体検案書であろう。

「まず籠谷さんから……必要箇所だけ読みます。一、死亡推定日時、十二月十日午前十時二十分前後。二、死亡原因及び自他殺の別、頭部盲管銃創による脳損傷に基づく失血死、他殺。三、成傷器の種類、短銃。熊谷さんについても同様です。より詳しいことは解剖を待ってまた報告します」

「襲われた場所をもう少し詳しく」

　前の方で発言があった。

「港大橋、全長約二キロのほぼ中間点、港区から南港への南向き車線上です」

「輸送車、何でそんな橋の真中で停まったんですか」

　マメちゃんが訊いた。

「今のところ判明していない」

　宮元の口調がガラッと変わった。現場での我々の仕事ぶりを思い出したのだろう。

「第一発見者は？」

「徳本《とくもと》弘子という二十九歳の主婦。発見したんが十時三十分やから、死亡推定時刻とは十分間のずれがある。輸送車を調べたところ、エンジンは正常、ガソリンは満タン、タイヤは四本とも異状なし。ただし、トランク内のスペアタイヤには殆ど空気が入っておらず、そのまま走行するのは不可能な状態やった」

「それなら話は簡単や。タイヤがパンクして、交換し終ったあと襲われたに違いない」

　すぐ後ろから赤ら顔のデブが猪首を傾けてだみ声を出した。

「それが……スペアタイヤには走行した形跡がない。まだまっさらやった」

「何ですて……」

意外な回答を得て部屋がざわめいた。

「橋の上に犯人が立ってた。輸送車を見て手を上げる。わしの車が故障したとか、ガス欠やとか、うまいことというて輸送車に便乗する。これで一件落着や」

デブが得意気に解説する。

「それはない」

宮元は言下に否定した。

「銀行の現金輸送規定によると、よほどの事情がない限り、目的地に着くまでみだりに駐停車することを禁じてる。それにこの輸送車、白のカローラで、どこにでもある普通の車や。現金輸送中、と大きな看板掲げてるわけでもなし、まず見分けることできん」

「それやったら解決がつきまへんがな」

「つかんから困っとるのや」

「目撃者はどうです？」

「まだ二、三人や。白のカローラが橋の上に停まってたことは分ったけど、視認時刻が相前後してる上に情報量が少ないから、事件経過のまとめがついてない。今、テレビ、ラジオでニュース流れてるし、明日《あした》の朝刊にはデカデカと載るやろから、あと十人や二十人の目撃者は現れると思う」

宮元はポケットから使い捨てフィルターを取り出し、たばこをセットした。

「襲われるまでの状況を詳しくお願いします」

左横の若い捜査員が手をあげてからいった。

「九時……えーっと」

宮元はメモ帳を繰《く》る。

「九時四十分、築港支店からカローラ出発。現金の積込みは銀行の警備員二人と、行員四人の見守る中で行われた。その後、九時四十五分頃、カローラは現場へ到着したものと思われる。築港支店から料金所まで約百メートル。眼と鼻の先や。料金所の係員は輸送車のことを全く覚えてない。何の変哲もない白のカローラを覚えとけいう方が無理や」

「奪《と》られた札のナンバーは判明してないんですか」

「あかん。ボーナスを銀行で給料袋に分封するんなら帯封が残っとって、日銀から受け取った新券についてはナンバーを特定できるんやが、その肝腎《かんじん》の帯封ごと奪られたとあってはどうにもならん」

「被害金額の詳細を」

「南港高校教職員七十五人分、三千八百二十万円。住之江西高校八十二人分、四千百七十万、南港西中学は二千九百八十万円。各々、別の黒いかばんに詰めてあった」

「黒さん、電卓持ってはります？」

マメちゃんが耳許《もと》で囁《ささや》いた。

「そんなもん持ってるかい。何に使うんや」

「学校の先生とかいうの、どれくらいボーナスをもろとるのか知りたいんです」

「知ってどないする。捜査の足しになるんか」

「いや、ただ単なる個人的興味が湧いただけで……」

「あほ、人の懐なんぞ覗《のぞ》かんでもええ。同じ公務員や、大した違いあらへん」

「そやけど、気になりますやないか。黒さん、今日、何ぼもらいました？」

「何ぼでもええがな」

私は左の胸を押さえ、さっきもらったボーナスの存在を確かめた。

「子供生れたら飲みに行きましょ」

「ああ、そないしょ。どこでもつきおうたる」

煩わしくなったので適当に話を収めた。

宮元は報告を続けている。

「多額の現金が運ばれること、及び、その時間、輸送コースを知っていたこと。かつ、輸送車が白のカローラであると特定し得たこと等の理由から、共犯、もしくは情報提供者が三協銀行内に存在すると考えられる。また、南港、住之江西、南港西の三校にも、その種の人物が存在する可能性もあるから、明日からの捜査では、目撃者の発見と、築港支店、及び学校内部の訊《きき》込みに捜査を集中させたい。……それから、最後にいっておくが、この事件は、二人の犠牲者が出たこと、一億を超える多額の現金が奪われたこと、舞台がまっ昼間の高速道路上であったこと等により、報道機関からは相当センセーショナルな扱いを受けると予想される。我々の力量が試されるのはもちろんであるが、大阪府警察の威信を発露する絶好の機会でもあるから、早急の解決をみるよう、各人鋭意努力されんことを望みます、以上」

最後は管理職らしい決まり文句で、宮元は長い演説を締め括《くく》った。

その後は、仕事の分担や細々とした情報交換が続き、午後九時を二十分も過ぎてやっと会議は終了した。私とマメちゃんに与えられた明日の役割は、築港支店行員からの事情聴取であった。

南住之江署でマメちゃんと別れ、地下鉄に乗り、北区天神橋筋《てんじんばしすじ》六丁目の我がマンションを目指す。眼を瞑《つむ》り、手を組んでぼんやり坐《すわ》っていれば、ただ眠るだけの寒々とした部屋が頭に浮かんで、まっすぐ帰る気になれない。

なんばで電車を降り、宗右衛門町《そうえもんちょう》へ流れた。一軒、二軒と飲み歩き、三軒目の馴染《なじ》みの店に着いた頃にはかなり酔いがまわっていた。そこで一時間も飲んだだろうか、カウンターに突っ伏して、あとは覚えていない。

バタンと乾いた音がして冷たい風が吹き込んだ。さっき別れたはずのマメちゃんが立っている。このまま眠っていたいのに、また邪魔をするつもりか……。

私の肩を乱暴に揺すって、

「黒さん、起きて下さい。仕事、仕事でっせ」

「そんなもんええやないか。ま、ここに坐って飲め」

「寝ぼけたらあきません、もう八時です。お天道様に叱られまっせ」

ふとんを引きはがされた。体を縮めて丸くなる。火の点《つ》いたたばこを啣《くわ》えさせられ、反射的に一服吸うと本格的に眼がさめた。煤《すす》けた天井から見馴《みな》れた蛍光灯がぶらさがっているのを見れば、ここは私の部屋である。

「黒さん、また悪い酒飲んだでしょ」

キッチンでマメちゃんの声がする。

「男やもめにウジがわく……よういうたもんや。ほんまに、ビールとつまみ以外何もあらへん、ハム、腐ってまっせ」

冷蔵庫を覗いているらしい。

缶ビールを手にベッドのそばまで来ると、

「はい」

と、投げて寄越した。片手で受けたが、飲む気になれない。

「鍵《かぎ》もかけずに寝てしもて。物騒ですがな」

どこをどうやって帰り着いたのか全く覚えがない。鍵こそかけなかったが、上着とズボンだけは脱いで、ベッドの脇に散らしている。体中にねっとりと脂の膜が貼り付いたようでひどく息苦しい。頭も重い。

「コーヒーや、朝のコーヒー飲も。先に出てくれ」

ズボンをはき、上着のポケットを確認する。薄っぺらい封筒が中に収まっているのを見て、ホッとひと安心。五、六枚の札を抜き、残りを枕の下に突っ込む。ビールを冷蔵庫に戻し、部屋を出た。

私が棲息《せいそく》しているのは、いわゆるゲタばきマンションの三階で、一階が「シェ・モア」という喫茶店と小さなゴルフショップ、二階から四階までが賃貸住宅。狭い階段をはさんで、各階に二つの独身者用住居がある。その規模といい、佇《たたず》まいといい、マンションというよりはアパートと呼ぶ方が似つかわしい。しかし、梅田まで歩いて十五分の地の利と、今時2DKで月々四万円の家賃はまことに魅力的というほかなく、私としては充分満足している。

マメちゃんをひきつれ、シェ・モアのガラス扉を押した。

店内は約八坪、漆喰《しっくい》コテ仕上げの白壁と、楢《なら》フローリング、ニス塗りの濃い茶色の床がコントラストの妙をなし、籐《とう》の椅子とテーブルの間のそこここに鉢植えの花が配されているあたり、いかにも絵葉書で見るパリのカフェテラスを連想させる。

「おや珍しい。黒ちゃん、今日はお休み？」

この私を「黒ちゃん」呼ばわりするのはママだけである。

私より一つ年上で未婚、切れ長の眼と小さくぽっちゃりした唇、細く三角に尖《とが》ったあごに特徴がある。とびきりの美人というタイプではないが、男好きのする個性的なご面相だ。背も高い。百六十センチは優に超えているだろう。華奢《きゃしゃ》なヒールがすらっとした脚によく似合っている。

かつては画学生で、芸大卒業後三年をパリで過ごしたためフランス語に堪能《たんのう》で、週に二度、近くの日仏学院へ会話の出張教授にいらっしゃる。絵の方は帰国後ご無沙汰《ぶさた》しているのか、その方面の話題はとんと聞かない。

店内に、パリの下街であろう落書きだらけの壁と石畳の坂道を厚塗りの渋い色で表現した、私にいわせれば佐伯祐三もどきの絵が数枚掛けられているのが当時のママの作だ。

「アメリカン？」

と、ママは訊《き》きつつ、その手はもうペーパーフィルターをセットしている。

「二つ、モーニングつけて」

カウンターにマメちゃんと並んで坐る。他に客はいない。

「初めまして、ぼく、同僚の亀田です」

「あら、あなたがマメちゃんですか。お噂は聞いてます。私、村山です。こんなものぐさ相手にして、いつも大変でしょう」

「いいえ、有能な先輩ですから、色々教えてもらってます」

マメちゃんは「有能な」というところだけえらく強調した。コーヒー代は彼に払わせることに決める。

「ええ店ですね。明るいし、雰囲気もよろしい。花やら油絵が上品や」

店内を見回して、マメちゃんがいった。

「あら、あの絵は日本画ですよ」

「ええっ、日本画いうたら花や鳥を描くもんと違いますんか。花札みたいな」

マメちゃんの言葉にママはひとしきり笑って、

「今、日本画と洋画を区別するのは材料だけです。岩絵具を使うか油絵具を使うか……それだけの違いです。岩絵具で抽象画を描く人もいるんですよ」

「へえ、そんなもんですか」

マメちゃんはきまり悪そうに店のマッチを手に取って眺めていたが、今度は、

「パウセ・カフェ・シェズ・モイ……何です、これ？」

と、アルファベットを読みあげて訊いた。

「ポーズ・カフェ・シェ・モア。ポーズは小休止、カフェはコーヒー、シェは前置詞、モアは『私の』。つまり、この店でコーヒーでも飲みながらくつろぎのひとときを、という意味です」

「ほう、まるでフランス語みたいですな」

と、マメちゃんは感心し、ママは眼をむいた。

「ママ、カミソリ」

熱いおしぼりで顔を拭《ふ》いたら髭《ひげ》がひっかかった。

「はい、はい」

ママは後ろの戸棚から電気カミソリを出した。少しは家庭的なところもある。髭をあたりながらアメリカンコーヒーをブラックでひとすすりすると胃液がこみあげてきた。

「案の定や、黒さん。深酒を控えないと……」

マメちゃんが新聞を差し出した。第一面に派手な見出しが並んでいる。

「なになに、『大胆不敵、阪神高速道路で現金輸送車襲撃』『被害金額一億一千万円』『輸送員二人射殺さる』……えらいセンセーショナルやな」

「そんなことというてんのと違いますがな。きのう班長のいうてた銀行内部犯行説、どこに載ってます？」

「ほんまやな……あらへんがな」

「これやから銀行いうとこは油断も隙もないんですわ。さっさと新聞社に手をまわしとる。内部犯行云々を書かれるんがよっぽど痛いんでっしゃろな」

「そう怒るな。新聞社かて銀行には頭が上らんのや。要らんことを書いてご機嫌そこねることないがな」

「えらい達観してはりますんやな。人間、怒ることを忘れたら、早よう老け込んでしまいまっせ。……ま、そんなことはどうでもよろしい。黒さん、この件についてどう思います。銀行内部に、ほんまに共犯者がいてるんやろか……。三協銀行いうたら大銀行です。行員は、いわばエリートです。そのエリートがあんな大それた犯罪の片棒担いだりするやろか」

「職業や勤め先だけで判断できん。人間いうのは分らんもんや」

「そやけど、強盗《タタキ》と銀行員いうのはどうもしっくり結び付きません。横領とか背任といった経済犯罪が似合います」

「そやから、二課からも応援が来てる」

捜査二課は汚職、詐欺、横領、選挙違反、等の犯罪を対象とする。

「ま、討論会はあとにして、今日の段取りを決めよ」

私はメモ帳を取り出した。三協銀行に関する情報をマメちゃんと交換する。

――設立、昭和四年。本店、大阪。資本金一千二百二十億円。預金残高、十二兆一千八百億円、全国都市銀行中第六位。店舗、国内二百二十、海外八。従業員、一万四千二百人。大阪府指定金融機関としてその任にあたる。

元々、非財閥系銀行として誕生したためか、個人預金の獲得と、中小企業向け貸出しの分野に強いのが他の都市銀行と違う特色ではあるが、それは反面、大企業取引に弱いということでもある。

港区築港支店の人員は四十二名。支店長、次長以下、貸付課十一名、預金課十九名、総務課十名という構成となっている。死亡した籠谷、熊谷は預金課に属していた――。

私とマメちゃんの今日の仕事は、築港支店での訊込《きき》みである。

「これ食うか」

ゆで卵とトーストを指すや、マメちゃんはサッとその皿を取り込み、代わりに自分の空皿をこちらに寄越した。

「食い物を粗末にしたらバチあたります。子供の分まで食うとかんと」

ぶつくさ呟《つぶや》きながら瞬《また》く間にトーストを平らげ、ゆで卵をポケットに入れて立ち上った。

「さ、早よう行きましょ。またバテレンさんに怒られまっせ」

と、私にいい、

「ごちそうさま、コーヒーおいしかったです」

と、ママに一礼してすたすたと店を出た。

私は勘定を置いてあとを追った。

貸付課長、朝野《あきの》の案内で、築港支店地下のガレージに降りた。コンクリートの柱と壁がむきだしの、およそ店内とは対照的な殺風景な空間である。

「ここは？」

「行員、及び業務用です。客用駐車場は建物のすぐ南裏にあります」

「なるほど、現金の積込みはここで行ったわけですな」

いって、マメちゃんは内ポケットからメモ帳を取り出した。

「はい。そこの通用口から一億円を運び込みました」

奥に、鉄の一枚扉がある。

「積込み中を外部から襲われるようなことは？」

「あり得ません。ごらんのとおり、あの出入口のシャッターを下ろして行います。外部からは中を覗《のぞ》き見ることもできません」

通用口の向かい側に急傾斜の坂道があり、それを上りきったところが車輛《しゃりょう》出入口となっている。

「積込む際の規定、規則といったようなものは？」

「特にありませんが、慣習として、六、七人で行うことになっております。警備員が二人と輸送員が二人。その他、手の空いている者が二、三人」

「輸送はいつも銀行の方が？」

「はあ、特に多額の現金を運ぶ場合は警備会社や専門の輸送業者に依頼しますが、一億前後の現金なら私どもが運びます。保険にも入っていますし……『運送保険普通保険』というのがそれで、現金の輸送と取り扱いを対象とした総括契約を結んでおりますから、実害はありません」

朝野はこともなげに答えた。我の強そうなえらの張った顔に細いフレームの眼鏡をかけている。かなりの長身だから、マメちゃんを見下ろして話す。

「ほう、金さえ戻れば実害はないといわはる。さすが銀行さんや、我々とは発想の原点が違いますな」

朝野を見上げてマメちゃんがあてこする。

「いえ、そんな意味で申したのではありません。昨日は大阪府下の全公務員のボーナス支給日ですから、現金輸送の専門業者に依頼しても車が足りません。私どもも給料を銀行振込みにしていただいたら有難いのですが……」

朝野にうまくいなされた。我々刑事も公務員である。

「ぼくら公務員のために同僚を二人も失いはって。残念なことです」

今度はマメちゃんが切り返した。

「籠谷君にも熊谷君にも妻子があります。何と申していいか……二人の行動に手落ちはなかったはずです。私どもの防犯態勢にも落ち度はありません。この上は刑事さんたちのご努力で犯人を一刻も早く逮捕していただきたく存じます」

そういって朝野は視線を下げ、ついでに肩も落としてみせたが、表情に変化はなかった。銀行内部犯行説を慮《おもんぱか》って予防線を張り始めている。

「きのうの状況について詳しく話して下さい」

私が訊《き》いた。

「金庫室でかばんに現金を詰めたのは私と熊谷君、それに貸付課の川添です。籠谷君は車に待機していました。下のガレージまで運んだのは熊谷君と川添。私と、預金課長の池内《いけうち》、警備員の村本《むらもと》、吉国《よしくに》が付き添いました。かばんは助手席に坐《すわ》った熊谷君が膝《ひざ》の上に抱いていました。発車したのは九時四十分、時計を確認したので間違いありません。そのあと、席に戻り、池内が預金課の磯田《いそだ》に電話を入れさせました」

「どこへ？」

「南港高校です。十時までには到着する旨、連絡させました」

「作業に手抜かりがありませんな」

　マメちゃんが評したら、朝野は唇の端で笑い、

「ここは冷えますから上へどうぞ。お茶でも淹《い》れさせましょう」

　と、我々を店内へ案内した。

　テレビ、新聞で事件を大々的に報道したためか、ロビーは人でごったがえし、ソファに坐りきれない客までいる。日頃、銀行に用のない者までがやじ馬根性を発揮して大勢詰めかけて来たものと見える。暮れも押しつまったこの時期でも、結構暇人はいる。

　カウンター内の一番奥まったところに、合板の間仕切りで囲った応接室があり、そこに私とマメちゃんは入った。

　黒いビニール張りのソファにガラスのテーブル、その上には陶製の灰皿とたばこ入れ。中には申しわけ程度に五、六本のセブンスターが並んでいる。

　茶を運んで来た女子行員が室外へ出るのを待って、マメちゃんは早速一本つまみ出し、火を点《つ》けた。大きく吸い込んでハーッとけむりを吐き、いかにも疲れた風にソファにもたれ込んだ。

「お茶でもどうですいうたら、ほんまにお茶だけや。まんじゅうやようかんの一切れでも出るかと思たのに……しゃあない、卵でも食いましょ」

上着のポケットからさっきのゆで卵を取り出し、額に打ちあてて半分に割った。真中できれいに割れたのはいいが、黄身はそのまま左手に残っている。右手の卵は白身だけ。

「くそっ」

マメちゃんは左手を口に持って行き、突き出た黄身の半球を器用に齧《かじ》り取って、残りを、

「はい、どうぞ」

と、こちらに差し出した。半ば条件反射的に受け取ったが食う気になれない。ぼんやり卵を見つめていると、ノックがあって、男子行員が入って来た。両手を前に揃えてじっと立っている。いよいよ事情聴取の始まりだ。卵を灰皿の陰に置き、

「どうぞ」

と、前のソファを手で示し、坐らせる。小肥《ぶと》りの体に丸い顔の実直そうな青年だ。

「総務課の藤原秀樹《ふじわらひでき》と申します」

ぼそっといい、上目遣いでこちらを見ている。

「殺された籠谷さん、熊谷さんはどんな方でした」

まことに単刀直入な質問だが、藤原のような気の弱そうなタイプにはこんな訊き方が案外効果的である。我々の主たる目的は、籠谷、熊谷の性格、経済事情、交遊関係を知

ることにある。港大橋での不可解な行動が二人に対する疑惑を生じさせている。

「詳しいことは存じません。私は総務課ですし、お二人は預金課でしたから、平素お話しすることもなくて……」

――結局のところ、藤原からめぼしい情報を得ることはできなかった。早々にお引き取り願う。

また、ノックの音。面接試験官のような心境だ。

「川添隆幸と申します。貸付課に勤務しております」

マメちゃんと同じ年頃、痩《や》せぎすの腺病質《せんびょうしつ》な男だ。太い黒縁眼鏡の奥で細い眼をせわしげに動かしている。

「ま、どうぞ」

川添はソファに浅く腰かけ、血管の浮いた白い手を両膝《りょうひざ》の上に置いた。

「たばこ、どうです」

マメちゃんが卓上のたばこ入れを差し出した。一本取った川添の指先が震えている。刑事二人を前にして緊張しているようだ。

「亡くなられたお二人とは親しい間柄でしたか」

マメちゃんが訊いた。

「いえ、特には。……籠谷さんとはほんの時たま麻雀をする程度のつきあいでした。熊谷さんについては深く知りません」

「そのお顔を見ると相当強そうですな。ぼくも時々はつまむんですよ。しがないサラリーマンやからレートは申しわけ程度やけど。刑事でも金は賭《か》けまっせ。でないと、誰も相手にしてくれへんから。レートはどれくらいで？」

巧みに話を交遊、金銭関係に持っていくあたり、もうマメちゃんの芸が発揮されつつある。

「世間一般の常識程度です」

「というと？」

「千点百円。あと、五百円のウマを付けます」

「ハコ割り三千円から四千円というとこですな。川添さんの成績は？」

「勝ったり負けたり、トントンです」

「籠谷さんは強かったですか」

「どちらかといえば弱い方で。月末の清算日にはよく嘆いてはりました」

川添はマメちゃんの質問をいったん呑《の》み込んでから一息おいて答える。視線は相変わらず一定しない。

「こっちの方は？」

マメちゃんは口の前で親指と人さし指を軽く傾けた。

「お好きでした。毎日、晩酌をされるそうで。卓を囲む時もビールをよく飲んでいました」

「籠谷さんと飲みに行かれたことは？」

「ありません。あまり外ではお飲みにならなかったようです」

「それでは、主に麻雀だけのつきあいですか」

「そういわれれば、そういうことになりますか」

事情聴取の対象が籠谷と熊谷にあるらしいと知って、川添の口調が次第に軽くなる。

「仕事に対する不平、不満などを籠谷さんから聞きはったことは？　いえ、これは今日事情を聴取する皆さんに訊いてます」

「そりゃあ人間ですから、麻雀をしながらも多少の不平は洩《も》らしますが、籠谷さんのそれが特にひどかったとは思いません。私もよくぶつぶついいます」

「そうですか。最近の籠谷さんと熊谷さんのようすにおかしなところは？」

「さあ、感じませんでした」

「最後に……。これは参考までにお訊《たず》ねするんですが、きのうの午前十時過ぎ、あなたはどこにいました」

「えっ……」

川添の頬が強張った。俯《うつむ》いて答えを探している。

「確か、車の中でした。いえ、喫茶店です。大正区の小林町にあります。私、きのうは外まわりでしたから。セーヌとかテームズとか……ヨーロッパの川の名がついていたと思います。十一時頃までいました」

「ほう」

と、マメちゃんは思案顔をし、

「いや、どうもすんません。結構です」

と、川添を立たせた。

川添は不安気な表情で出て行った。

「どうや、今の貸付課員。ちょいと反応がオーバーやったと思わんか」

「さあ、どうやろ。腰落ち着けてつついてみたら、何ぞ出て来るかもしれませんな」

いって、マメちゃんは残りのゆで卵を口に放り込んだ。

次に面接したのは、先ほどの貸付課長、朝野であった。二人の被害者に関して目新しい情報は得られなかったが、さっきの川添のうろたえぶりが気になる私は、彼について二、三の質問をしてみた。

「あなたの部下の川添さん、きのうはどこへ」

「大正区の得意先まわりを命じました。現金積込みのすぐあと、九時四十分少し前に支店を出て……。そう、帰って来たのは昼過ぎでしたか」

「得意先の名を教えていただけませんか」

「外出伝票に書いてあるはずですから、あとでお教えします」

「川添さんの性格、勤務状態、最近のようすについて気づいたことありましたら」

「それ、どういうことですか。川添に何かご不審でも」

「別に……。川添さんに限らず、銀行の方については全員にお訊《き》きしているわけで」

「ということは、私についても他の行員からお訊きになるんでしょうな」

ひとつ嫌味をいって、朝野は横を向き、しばらく壁を見ていたが、思い決したように口を切った。

「仕方ありません、お話しします。……最近の彼、妙に沈んでいました。元々、口数の多い方ではありませんでしたが、ここ二週間ばかりは特にそれがひどくて。だからといって、日頃の勤務状態や性格について問題があるということではありません。まじめで仕事熱心で、良い部下です」

「そうですか……。いや、どうも」

朝野の次は女子行員、その次は預金課員、またその次は総務課員と、目まぐるしく相手が入れ替わり立ち替わり、支店長以下、築港支店全四十二名の事情聴取を終えた頃には、声は枯れ、頭は朦朧《もうろう》となり、もう根も気力も尽きていた。さすがのマメちゃんもソファにもたれ込んだまま半眼を閉じている。

「マメちゃん、報告書は明日《あした》にしよ。とてもやないが今日中にはまとめきれん」

手許《もと》には、走り書きでまっ黒になったメモ帳と築港支店の行員名簿、人事組織表がある。

ものうげに半身を起こしたマメちゃんはたばこに火を点《つ》けて、

「結局のとこ、空振りでしたなあ」

「二人は純然たる被害者ということやろ」

籠谷と熊谷の日頃の素行について怪しい点はなかった。

「明日から裏取りやな」

事件発生の十時二十分前後、支店内にいたのが全行員四十二名中の二十八名。他の十四名は外出中で、現在のところ確たるアリバイはない。強盗殺人について、行員が直接手を下したとは考えにくいが、一応は全てのアリバイについて裏付け捜査をしておく必要がある。十四名の内訳は、貸付課五、預金課八、及び次長。全員が朝の得意先まわりをしていたと述べた。

「十四人分もの裏取るの大変でっせ」

「北海道や沖縄に行ったわけやなし、せいぜいこの近辺の得意先をまわってただけやないか。外出伝票も手許にあるし、簡単な仕事や。それよりマメちゃん、これから飲みに行こ。ミナミのスナックに前から眼をつけてる女の子がおるんやけど、もうそろそろいけそうな気配なんや。花も恥じらう女子大生やで」

「また黒さんの病気が出た。できんようでできる起死回生、できそうでできん女子大生。……ま、無理です。フィーリングが合いません。ジェネレーションギャップがあります。お金の無駄です」

あまりしつこく否定するのでムッとする。

「そんなにいうんなら意地でもしたる。あとでうだうだいうなよ」

「嫉妬《しっと》に狂うて、夜眠られへんとか、その女子大生の友達を紹介せえとか……」

「何を……」

「あほらし、万が一にもそんな心配しますかいな。……けど、ぼく、黒さんのそんなとこをうらやましいと思います」

「どんなとこや」

「ええ年していつまでも甘い夢見ることのできる、そのタフな神経……」

支店の通用門をくぐり抜け、奥さんのようすが気になるマメちゃんと別れたのが十二月十一日午後八時。その四時間後に、川添が死体となって発見されようとは思いもよらない。

いい気なものでまた宗右衛門町へ流れた。

3

「こら、いつまで一服しとるんや。早ようあがって来んかい」

深夜だというのに他人の迷惑かえりみず、十一階のベランダから服部が顔をのぞかせて喚《わめ》いた。私とマメちゃんはベンチから立ち上り、一応は恭順の意を表してみせた。

「トリさん、えらいご立腹のようやで」

「人物に威厳がないから効きめあらへん」

遅いエレベーターをいらいらしながら待っていると、外でバタンとドアの閉まる音。パトカーを降り、沢居が俯《うつむ》き加減の女に付き添ってこちらに歩いて来る。川添の妻であろう、遺体の確認を済ませ、戻って来たらしい。

「こちら、川添律子さん」

沢居が手短に紹介した。

「捜査一課の黒木です」

「亀田です」

夫を亡くしたばかりの妻に話しかけるのも何となく気後れがして、四人黙り込んだままエレベーターに乗った。川添は自ら生命を絶ったが、その原因は明らかに強盗殺人と関係があり、事件についての重大な鍵《かぎ》を握っていたか、或《ある》いは共犯の可能性もあるわけだから、死者に対する礼を失わず、なおかつ捜査を順調に進めるためには律子への処し方が非常に難しい。

律子はバーバリー風トレンチコートのえりを立て、ショルダーバッグを脇に抱えて身じろぎもせず下を見つめている。眼は赤く腫《は》れぼったいが、鼻梁《びりよう》のまっすぐ通った彫の深い横顔は知的で充分に美しい。

川添家のドアを引いた。

「何をしとるのや、おまえらは。この忙しい時にふらふらと持ち場離れて。そんなに遊びたいのなら早よう犯人を挙げんかい。夜中の一時まで飲み歩いたり、子供が生れそうやからどうのこうのと勝手な都合ばっかり。……あっ奥さんですか。私、捜査一課、係長の服部です」

律子のおかげで五分間は続くであろう服部の説教を免れた。

「この度はえらいことで、お察しします。ま、こちらへ」

服部は律子を食卓の椅子に坐《すわ》らせ、自分もその前にどっかりと腰を据えた。

「コーヒーや、二つ。一階に販売機があったやろ」

と、マメちゃんを見た。

「はい、はい」

小さく答えて、マメちゃんはまた部屋を出て行った。

律子は相変わらず俯いたまま、一言も発しない。膝《ひざ》の上に固く組んだ細い指が痛々しい。左の薬指には西瓜《すいか》の種ほどもあるキャッツアイが光っている。

奥の部屋では鑑識課員が作業続行中。

「この度はえらいことで、ほんまにどないいうてええやら」

服部はまた同じことをいう。

「ご主人が飛び降りたのは午前零時でした。この家に踏み込んだのは警察官です。いえ、ドアを壊したりはしません。おとなりの家からベランダ伝いに入りました。部屋も荒らしてません。極力注意して作業するよう、私から強くいってあります。それから——」

服部は捜査そのものに関係ないことを延々と喋《しゃべ》り続け、律子も時おり頷《うなず》くだけ。実りのない事情聴取である。

マメちゃんが戻って来た。紙コップを服部と律子の前に置く。坐っている二人を、沢居、マメちゃん、私の三人で囲む形になった。

「どうぞ」

服部が七十円のインスタントコーヒーを勧める。律子は手をつけない。

「あの、奥さん、ご存じやとは思いますが、ご主人が死なはったん、おとといの強盗事件と関連があると我々は考えてるわけでして」

やっと本題に入った。

「いや、ご主人が容疑者やとか共犯であったというのではありません。ただ、参考のためにお訊《き》きするんです。これも我々の仕事です、答えて下さい。最近のご主人のように変わったことはなかったですか。例えば、仕事のことで不平をいうとか、何となく沈んでいたとか」

律子は顔を伏せたまま、ぽつりぽつり言葉を選びながら話を始めた。

「主人、元々無口で職場のことは家で話しませんでした。けど、最近は特に沈みがちで、普段にも増して無口になってました。どうしたの、いうてもただ首を振るだけで……。そう、ここ半月ほど前からですか、『ミムロ』いう人からよう電話がかかってました。いえ、氷室でも三村でもありません。確かにミムロでした。それに、その人との電話のあとはいつも難しい顔をして、私が事情を訊いても、『おまえには関係ない』といえばっかりで……。今思えば、あのミムロさんから電話がかかり始めた頃から、主人のようすが変わったみたいです。……えっ、きのうですか。きのうは主人送り出したあと、朝から子供連れて京都の実家に帰ってました。別にこれといった用はありません。主人が『今日は事件の調べがあったり、善後策を練ったりで忙しいから帰りが遅うなる。ちょうどええ、たまには京都の親に隆子の顔見せてやれ』と、しつこくいうものですから。……隆子いうのはうちの娘で、今三歳です。実家に置いて来ました。私が主人のいうことを素直に聞いたばっかりにこんなことになってしもて、隆子にどう詫《わ》びたらええか……」

律子は食卓上に泣き伏し、あとは何を訊いても答えなかった。もうこれ以上訊くのは酷だ。泣き疲れて椅子に根を生やした律子を立ち上らせ、沢居、マメちゃん、私がまた一階へ付き添う。待たせてあったパトカーに乗せ、京都まで送らせた。

「ああしんど、ぼく、あんなの苦手です」

走り去るパトカーを見送って、マメちゃんが嘆息まじりにいった。

「阪大からずっと付いて来たわしの身にもなってみい、もっとしんどいで」

沢居が珍しく愚痴をこぼした。

「ミムロか……また新たな人物が浮かんで来たな」

「明日《あした》、いや今日からの捜査に確たる目標ができましたがな。川添とミムロ、この二人の関係を洗うたら事件の糸がかなりほぐれそうです」

「とりあえず川添の地取りからやな。事件発生時、あいつ喫茶店におったとかいうてたけど」

「大正区の小林町ですわ。喫茶店の名、ミシシッピーやったかな、アマゾンやったかな……」

呟《つぶや》きながらマメちゃんは街灯の薄明りの下でメモ帳を繰る。覗《のぞ》き見れば、余白の部分に隙間なく漢字が詰まっている。誕生間近い子供の名であろう。〈理佳《りか》、佳苗《よしえ》、沙織《さおり》、江梨《えり》、真理《まり》、瑠美《るみ》……〉、女の名前ばかりで、それもかなり偏向している。子供が年老いた時、大声で呼びかけるのが憚《はばか》られるような名ばかりだ。親ばかぶりがほほえましい。

「あった。セーヌ、テームズ……これや」

「川添、金の積込みにも立ち会うてたし、まだ確たるアリバイもあらへん。喫茶店のことも、ほんまや嘘や分らん」

いって、私は一服吸いつけた。

「こら、おまえら、何しとる。早ようあがって来い」

十一階から服部がまた喚いた。

「今日は寝られへんな」

沢居が唇をゆがめる。

川添家へ戻り、本格的な家宅捜索を開始した。川添はまだ自殺と断定されたわけではない。他殺の可能性を追ってみるのは当然である。手分けして、凶器らしきものはないか、誰かが室内にいた形跡はないかと、それこそ重箱の隅をつつくように捜索する。

私はトイレとバスルームを受け持った。

まずはトイレ。水槽の中と裏側、棚の上、天井、何もない。

次にバスルーム。タオル、シャンプー、軽便カミソリ、洗面器、異状はない。天井を見る。点検口らしき五十センチ四方の穴にプラスチックの蓋《ふた》がビスで取り付けられている。そのビスが一本弛《ゆる》んでいるのに気づいた。鑑識課員にドライバーを借り、手をいっぱいに伸ばして四本のビスを外す。浴槽に足をかけたが穴に頭を入れることはできない。ダイニングルームで食器棚を調べているマメちゃんを呼んだ。

「何です」

「見たら分るやろ。肩車や、肩車」

「ほい来た」

と、マメちゃんは後ろを向いて股《また》を広げ尻《しり》を突き出した。少なくとも有能な先輩に対してとるポーズではない。

尻をドンと押してやる。マメちゃん、壁に顔から突っ込んでタオル掛けに抱きついた。

「あいたたた」

鼻を押さえて、狭いバスルームの中を跳ねまわる。

「やかましい、何しとる」

服部が顔をのぞかせてどなった。

「そやかて黒さんが……」

「黒さんも白さんもあるか。ええ年して恥ずかしいないのか、情ない。しっかりせい」

いうだけいって服部は向こうへ行った。

「痛いなあ。ただでさえ低い鼻が陥没してしまいますがな」

「あほたん、誰が上になれいうた。馬になってわしを上げるんやないか」

「それならそうというてくれたらええのに」

ぶつぶついいながらマメちゃんは私を持ち上げる。点検口に私の頭が入った。

暗い中に角ばった白っぽい塊が浮かび上った。


寝不足のしょぼくれた眼をいくらこすってみても、それらしい喫茶店は見当らない。

「セーヌ、テームズ、セーヌ、テームズ」

お題目のように唱えながら、マメちゃんは道の両側を睨《にら》む。ハンドルを握っているのにきょろきょろするから気が気でない。

「電話帳にもなかったし、こらやっぱり嘘や。川添、嘘つきよったんです」

「はっきり、セーヌ、テームズいうたのと違う。そんな感じの名前でした、というたやないか。もうちょっとだけ探そ」

港区のすぐ南どなり、大正区の中央を南北に貫く片側四車線の広い道路を、二度、三度と往復しながら、私とマメちゃんはきのう川添から聞いた喫茶店を探している。

川添は事件のあった十二月十日、現金積込みのあと、輸送車の出発する直前に築港支店を出て、十二時三十分に帰着した。十一時十分以降は報告どおり、大正区にある三軒の取引先をまわったことが証明されているが、現在のところ、九時三十八分から十一時十分までの行動が不明となっている。現金輸送車が支店を出たのが午前九時四十分、死体の発見が十時三十分だから、犯行のあった時間帯は川添の行動不明時間枠にピッタリはまることになる。是が非でも彼の行動を解明せねばならない。

川添を犯人と考えれば事は簡単である。港大橋上で後ろから来る現金輸送車を停めるのも、籠谷、熊谷を射殺して現金を奪うのも全て可能だ。輸送車のバックシートに乗り込むのも川添なら無理がない。しかし、それではあまりに単純すぎてコクがないし、銀行員と強盗では心証的に合わない。

「黒さん、あきません。これだけ探してないということは、そんな喫茶店、端《はな》からないんですわ。川添、口から出まかせいいよったんです」

「道歩いてて、ひょっこり入った喫茶店の名前、マメちゃん覚えてるか」

「いや……」

「そうやろ。行きつけの店でなかったら覚えてへん」

「それもそうですな、もうちょっと探しましょか。アドリア、アスター、カリフォルニア、エデン、ローヌ」

走りながら、マメちゃんは時おり眼につく横文字風の看板を読みあげていく。

「ローヌ、ローヌ……そや、あれや。黒さんありました。ローヌですわ。川の名前やないけど、セーヌによう似てる」

マメちゃんの指す方を見れば、大通りから二軒奥まったところに、純喫茶ローヌ、と赤地に白抜きのそで看板があった。

「ちょうどええ、コーヒー飲みましょ。寝不足で頭ボーッとしてます」


夫婦で経営しているのかカウンターの中におやじさん、こちらがわに奥さんらしきエプロン姿のご婦人がいて、かいがいしく立ち働いている。午前九時、附近の商店主や主婦で狭い店はいっぱいだ。

窓ぎわに席をとる。おしぼりで顔や首筋を念入りに拭《ふ》くと、一夜越しの汗と脂が茶色に染みついた。

「すんません、つかぬことお伺いしますが、ローヌいうのは何に由来するんですか」

コーヒーを運んで来た奥さんにマメちゃんが訊《き》いた。

「フランスにある川の名前です。地中海に注いでいます。別に意味はないけど、何となく語感がいいから。お客さんも気に入ってくれました？」

「そら、もう。川の名と聞いて余計に気に入りました。ところで奥さん、こんな人見たことありませんか。確か、おとといの十時過ぎ、この店にいてたと思うんやけど」

マメちゃんは内ポケットから川添の写真を出した。きのう、銀行から借り受けた慰安旅行のスナップだ。

「はい、よう覚えてます」

奥さんはあっさり肯定した。

「確かにこの人ですか」

「そうです。ついおとといのことやし」

「何時から？」

「十時です。あそこにあるハト時計が鳴った時、ちょうど店に入って来はったから……一時間ほどいてはりました」

「その、十時いうのは確かですか」

「はい、この店、殆《ほとん》どがお馴染《なじ》みさんばっかりやから、初めてのお客さんは印象に残ります。……あら、私、こんなこと喋《しゃべ》っていいのやろか。何か興信所の調査みたいですね」

奥さんの顔に警戒の色が見えた。

「失礼します」

と、逃げ腰になるのをひきとめ、

「すんません、これ」

と、マメちゃんは手帳を呈示した。ことがおおげさになるが致し方ない。奥さんは表情を硬くし、背筋を伸ばした。他の客は気づいていないようだ。

「この人、何時頃店を出ました」

「はい、十一時です。電話があって出て行きました」

「電話?!」

「この人……川添さん、いわはるのと違います？　電話で、川添さん呼んでくれ、いうてましたから」

「確かに電話がかかったんですね」

「はい、間違いありません。話が終ってすぐ出て行きはりました」

「十一時ですね」

「はい」

「いや、どうも、忙しい時にありがとうございました」

奥さんはやっと放免されてぎごちなく歩いて行った。

酸味の勝ったコーヒーを飲みながら、頭の中で十二月十日の川添の行動を整理してみる。

九時三十八分——営業用の軽自動車で支店を出る。
十時〇分——喫茶店ローヌに現れる。
十一時〇分——電話がかかり、話したあと店を出る。
十一時十分——取引先に現れる。
十二時十分——三軒目の取引先を出る。

十二時三十分——支店着。

港区の築港支店から大正区小林町のこの店まで、どう少なめにみても車で二十分はかかる。また、十一時十分から十二時十分までは三軒の取引先で商談をしているため問題なし。

これで、犯行日における川添のアリバイは証明されたというわけだが、新たな疑問も浮かんで来た。ローヌの名をはっきり覚えていないと、とぼけてみせたことである。川添はこの店で誰かと待ち合わせをしていたか、或《ある》いは電話連絡を待っていたと考えられる。それなら、店の名を覚えていないはずがない。なぜ川添はそのことを隠したかったのか……主犯から事の首尾を聞きたかったのか、犯行の後始末のため是非とも連絡を取り合う必要があったのか。もしそうであれば、あまりにも無防備であり、作意に乏しくはないか。疑問が次々に浮かんでは消える。いずれにしろ、現時点では材料が少なくて到底結論は出せない。

疑問を抱いたまま、我々はローヌを出た。大通りに駐《と》めた車に戻る。

「お客さん、刑事さん」

車のドアに手をかけた時、店から走り出て来た奥さんに呼びとめられた。

「あの、ひとつだけいい忘れたことがあります。電話をかけて来た人、キムラとかヒムラとか……いや、ミムラでしたか、そんな名前でした」

「ミムロではなかったですか」

「あっ、そうです。ミムロ……確かにミムロといわはりました」

「それは奥さんが訊きはったからですか」

「いえ、ミムロですが川添さん呼んでくれと、自分からいいました」

「なるほど。わざわざありがとうございます」

丁寧に礼をいって助手席に乗り込んだ。

ミムロ——。常識的に書けば「三室」であろうが、またぞろお出ましになった。なかなかに含蓄のあるお名前だ。

「またミムロか……。それにしても何で自分の名前告げたんやろ、川添の名前さえ出せば取り次いでくれたものを」

「ミムロいうのが合言葉みたいな働きをしてたんと違うか」

「うーん、分らん。分らんことばっかりや」

マメちゃんは頭をかき、大きなあくびをした。

「ああ眠たい。黒さんも眠たいでしょ」

「そら、二、三時間しか寝てへんのやから」

「ちょいと寝ましょうな。今日の訊込《きき》みはこれで打ち止め。ローヌを見つけたんやし、川添の動きも摑《つか》んだ。ミムロの名前も出て来た。収穫は多すぎるくらいです。これ以上うろちょろする必要おませんん。捜査会議までに時間あるし、ひと眠りしましょ」

「報告書まとめなあかん」

「そんなもん、今すぐせんでもよろしい。我々は現在セーヌ、テームズを求めて走りまわってる……そう考えましょ」

マメちゃんの明快な説得に心が動いた。

「どこで寝る？　南住之江署か」

「あほな、あんなとこで仮眠してたら、またバテレンにどやされます。天六で寝ましょ。ほな、出発」

マメちゃんは家主の承諾も待たず、勝手に決めつけてさっさと車を出した。この際、正しい選択ではある。

我がマンションの前、歩道に半分車を乗り上げて駐めた。駐車違反など怖くない。たとえ違反票を貼られたところで、曾根崎署の交通課に電話を一本入れればそれでこと足りる。

車を降りた。

「あら、黒ちゃん、今日もお休み、それともおサボり？」

不思議の国のアリスに声かけられた。シェ・モアのママが、黒のベルベット製ワンピースに赤のエプロン、赤のストッキングに黒いヒールというスタンダールを地でいくいでたちで店から現れ出た。切れ長の眼に淡いブルーのシャドーが映えている。

「ちょうどいいわ、まあ入って」

コートのそでを引かれ、店に入ってしまった。

「私、今、ウインド拭いてたところ。上の方、手が届かへんのよ。はい」

と、私に薄汚れたタオルを手渡す。何のことはない、お掃除おじさんだ。マメちゃんが嬉《うれ》しそうにこちらを見ている。

「トゥジュール《いつも》、プロプル《きれいに》。これ、私のモットーよ」

ママはわけの分らない言葉で私を煙《けむ》にまき、自分はカウンターの中に入って、

「今日はココアをごちそうしましょうね」

と、マメちゃんに話しかけ、ポットの湯をカップに移した。

「何から何までおひとりで大変ですね」

「ええ、でもマイペースでやってますから案外気楽です。もうこの年やから、もらってくれる人もいてへんし」

「そんなことおません。ママさんくらいの器量やったら引く手あまたです。まだまだお若いし」

ことご婦人に対しては、相手がどうであろうと、歯の浮くようなお世辞を平気で口に出せるのがマメちゃんの特技だ。

「そう見えます？　きっとこの服のせいよ」

ママはまんざらでもなさそうに赤いエプロンの裾《すそ》をつまんでヒラヒラさせている。

「それにママさん、灯台もと暗し、いうのもありますから」

「えっ?」

「いや、このココア、ええ味です」

「黒ちゃんも早くこちらへいらっしゃい。ココア冷めるわよ」

私がウインドを拭《ふ》き終えるのを確《しか》と見定めてからママはいった。有難くて涙が出る。無塩バターをたっぷり溶かし込んだココアにブランデーを少し落として飲む。足の先までジーンと温まって、体も瞼《まぶた》も重くなる。

早々にシェ・モアを退散し、我が家に帰った。マメちゃん用に、かびくさいふとんを押入れから引っぱり出してベッドの脇に敷き、私は上着をとっただけでベッドに潜り込む。あくびをひとつして眼を瞑《つむ》ると、すぐに眠り込んだ。


最初は遠かったベルの音が徐々に近づき、耐えきれない大きさになって、やっと目が覚めた。電話が鳴っている。頭をひと振りして起き上ると部屋はまっ暗、手探りで受話器をとった。

「黒ちゃん? 私よ。いつまで眠ってるの。車、店の前に放ったらかしにして。今日、会議があるんでしょ」

「あいたっ。ママ、今何時や」

「六時三十分」

「えらいことや、ほな」

ママもたまには気の利いたことをする。捜査会議は七時からだ。マメちゃんを叩《たた》き起こして階段を駆け降りた。

車のボンネット上に、もっこりふくらんだ紙袋が置いてある。中を改める暇もなく、その袋を持って助手席に坐《すわ》った。マメちゃんはタイヤを軋《きし》ませて車を出した。

「黒さん、その袋の中身、当てましょか。それ、たぶん食い物です」

その言葉どおり、中にはラップに包まれたサンドウィッチが入っていた。

「よう分ったな」

「そら分ります、男のカンです」

いって、マメちゃんは思わせぶりな表情を作った。

十二月十二日午後七時、第一回捜査会議が始まった。初めに、捜査の進捗《しんちょく》状況について宮元から報告と説明があった。

「現在までに、目撃者が二十八人も名乗り出て、色々と情報を得た。まず第一は小西賢《こにしけん》次《じ》さん、五十四歳。南港の公団職員。十二月十日午前九時四十五分頃、港大橋上の犯行現場に白のカローラが駐まっているのを目撃した。車体がほんのちょっと左に傾いてたそうや。タイヤがパンクしてたかどうかは、まだはっきりした結論を出す段階ではない。それと、車内に人がいたことも覚えてる。次は世良正雄《せらまさお》さん、三十五歳と、松下照和《まつしたてるかず》さん、二十九歳、二人とも南港の製材所員。九時四十七分頃、男が一人、カローラの左後輪のあたりに立ってるのを見た。カローラの前には茶色のブルーバードセダンが駐《と》まってた。次は……」

「ちょっと待って下さいな、キャップ」

と、声をかけたのはこの間のデブであった。

「その製材所員がカローラを目撃した時も、車体は左に傾いてたんでっか」

「そや、二人はてっきりパンクやと思たそうや」

「思た、と違うて、やっぱりパンクしてたんでっしゃろ。男が左後輪のあたりに立ってたいうの、そのためですがな」

「そない考えたいのは山々やけど、前の会議で、わし報告したやろ。タイヤは四本とも正常やった。スペアタイヤには走行した形跡がないと。……ここのとこが分らんのや。そういう君にみんなの合点がいく説明できるか」

「それは……」デブは猪首をすくめて黙り込んだ。

「ま、とりあえず全部の報告済まそ。検討はそのあとや。次の目撃者は――」

宮元は報告をつづけ、私はメモをする。


9・40▼築港支店よりカローラ出発。運転者、籠谷。助手、熊谷。

9・45▼現場着（港大橋中間点）。

9・47▼カローラの車体が左に傾いていた（パンク？）。
▼男が一人、カローラの左後輪附近にいた（服装から推定して、熊谷らしい）。
▼トランクが開いていた。
9・48▼カローラの約五メートル前方に茶色のブルーバード駐車。
▼ブルーバードのそばに男が立っていた（これも熊谷らしい）。
9・49▼カローラだけ駐車（ブルーバードは走り去った）。
▼カローラの車内には男が二人。
10・15▼カローラのすぐ後ろに青のトラック駐車（いすゞエルフ）。
▼白い鉛管服にグレーの作業帽の男が左路側帯にいた。
10・25▼カローラだけ。
10・30▼死体発見。

二十八人の証言が相前後しており、おまけに時間があやふやで、詳細に食い違いはあるかもしれないが、おおむね以上のように整理できる。なお、九時四十分の出発と、十時三十分の死体発見以外は全て推定時刻である。

私なりに事件の流れを反芻《はんすう》してみる。

九時四十五分、カローラ、現場に停車。パンクしたためと考えれば不思議はない。十時までに現金を届けねばならず、二人はブルーバードを停め、助けを求めた。運転者とどんな会話があったのかは分らない。この人物が名乗り出ていないことから考えて犯行に何らかの関係があるのかもしれないし、好意的にみれば、嫌疑がかかるのを惧《おそ》れているのかもしれない。

ブルーバードが走り去ったあと、籠谷と熊谷は九時四十九分から十時十五分まで、カローラの中でぼんやり時を過ごしていた。二人が時おり、リアウインド越しに後ろを見ていたのを、数人のドライバーに目撃されている。ここで理解できないのは、二人がなぜ二十六分間も車内でじっとしていたかということである。ブルーバードの人物から何らかの指示を与えられたのか。

次に現れたのは青いトラック。これは十時十五分から二十五分まで十分間駐まっていた。常識的に考えて、このトラックの運転者こそ犯人である。籠谷と熊谷を射殺し、金を奪って逃げた。しかし、なぜ十分間も駐車していたのか……射殺して金を積み替えるだけなら一分も要らない。

結局のところ、三つの謎が残る。
一、輸送車が現場に停まった理由。
二、ブルーバードが走り去ったあと、籠谷と熊谷が二十六分間もその場にいた理由。
三、青いトラックが十分間も現場にいた理由。
私の明晰《めいせき》なる頭脳をもってしても解き明かすことができない。まだまだ材料不足だ。

「犯人が乗っていたとみられる青のエルフは今日の昼、発見された。南港東の大阪シャーリング工場団地の路上に放置してあった。あのあたり、工場のトラックでいっぱいやから、隠すにはまたとない場所や。エルフは案の定盗難車やった。十二月七日の夕方、西区の路上で盗まれたものや。ネジ屋のトラックで、日頃ボルトやナットばっかり積んどるから、荷台も運転席も機械油でベトベトや」

「遺留品は？」

「そら、もう腐るほどある。ガムの食べカスから高速道路のレシート、油だらけのズック靴、軍手、ワイヤロープの切れ端と、ガラクタの山や。どれが犯人ので、どれがネジ屋のやら。今、分別して検証中や」

「指紋は？」

「あかん。ネジ屋の指紋だけやった」

「トラックを棄てた時の目撃者は？」

「今のところなし。年の暮れの忙しい時に、ぼんやり外を見てる人間なんぞおらん。とりあえずはカローラに期待してみるほかない。カローラはきのう科学捜査研究所に送った。タイヤについて詳細な検査をしてる。最も重要な点は、左後輪がほんまにパンクしてたかどうかということや。それさえ分ったら、籠谷と熊谷に犯意があったかどうかも分る。パンクして停まったんなら二人は白。理由もなく停まったんなら黒……簡単な理屈や。とにかく、あと一日か二日待ってくれ。科捜研のことや、何らかの結論は出る」

班長の宮元にそこまでいわれれば、我々ヒラ刑事には反論も議論もできない。ただただ頷《うなず》くばかりである。

「次に、川添の件について報告する。川添が死んだことはみんな知ってるやろ。服部君、説明してくれ」

発言を終え、さも疲れたふうに宮元は椅子にもたれ込んだ。

次は服部だ。椅子を引き、ゆっくり立ち上ると、資料を手に取り眼鏡を押し上げた。

「今朝、十二月十二日午前〇時、三協銀行築港支店の貸付課員、川添隆幸、二十九歳が死亡した。住宅・都市整備公団、森之宮第二団地、A棟十一階、一一〇五号の自宅ベランダより飛び降りて死亡したものである」

そこまで紋切り調にいい、手の甲で額の汗を拭《ぬぐ》った。

「自殺でっか、それとも……」

気の早い捜査員が訊《き》いた。服部はそれを手で制して、

「まあ待て、話は最後まで聞くもんや」

と、また眼鏡を直す。

「川添の解剖所見を発表する。『一、死亡原因。頭蓋《ずがい》破裂骨折による脳挫滅及び脳内出血。二、死亡時刻。十二月十二日午前〇時。三、血液型。A型。四、その他参考所見。肝臓及び脾《ひ》臓《ぞう》破裂、胃噴門部破裂。左手関節部屈側に五本の逡巡創《しゅんじゅんそう》あり。五、所見の総合的要旨。逡巡創縁組織には、肉眼鑑定による凝血反応及び顕微鏡鑑定による細胞内出

血が認められるため、生活反応があると判定した。ために、被剖検者は自ら左手首に創傷を生じせしめたのち墜落、死亡したものと判定する』……要するに、手首を切ったけど死にきれんかったから飛び降りた、ということや。それに、川添家の玄関扉には錠がおりてた。室内に、誰か他の人間がおった形跡もない。目撃者もなし。遺書こそなかったけど、死ぬ動機らしきものもある。奥さんと子供も実家に帰してた。自殺や。川添は自殺であると捜査本部は断定した」

「川添、何で自殺したんです」

さっきの若手捜査員だ。

「それが分ったら苦労はせん。詳しい動機が解明される頃には、事件は解決しとる」

ごもっともな意見である。

「それから、実況見分のあと、家宅捜索で重要な証拠物件を発見した」

服部はそこで言葉を切り、コホンと空咳《からせき》をした。間合いを計って、

「五百万円や、五百万円の札束を見つけたんや」

ほう、と一座がどよめく。

「午前三時頃や。バスルームユニットの天井にある点検口のビスが弛《ゆる》んでるのを第二係の刑事が発見した」

服部は胸をそらす。「第二係」とわざわざいうところなど、まだこの万年警部補にも多少の功名心が残っている証左であろう。

「こら何かあると睨《にら》んで、ビスを外し、頭を突っ込んでみたら……。あったんや、五百万の厚い札束が。使い古しの札で、百万の束が五つあった。帯封はもちろん築港支店のんや。札束から検出した指紋は二人分……照合は終ってる。川添と熊谷の指紋やった。川添の指紋についてはいうまでもない。熊谷は金庫室でかばんに金を詰めてたから、これにも合点がいく。残念なことに、強盗犯人の指紋は検出できんかった。発見した五百万については、川添の奥さん、丸っきり心当りがないというてる。それと、ひとつ注意しとくことがある。川添は事件当日、九時三十八分から十二時三十分まで外出しとるんやが、これには明確なアリバイがあるんや。つまり、川添は強盗殺人について、直接手を下してないことが分った。現段階では、自宅で発見された五百万について、情報提供料であったという推定がなされている。その情報を提供した相手が犯人なんやけど、今となっては川添の口を割らすことできん。わしらの手で解明せんとしゃあない」

「それやったら、川添はこの事件の共犯であると断定してよろしいんですな」

南住之江署の応援捜査員が訊いた。

「それは……」

と、口ごもって服部は宮元を見る。ここが服部のずるいところで、決定的な判定や重要な捜査方針などについては全て上司の決を仰ぐ。長い刑事生活で保身術だけは発達している。

宮元は渋面を作って立ち上る。

「事件当日の不審な行動、ここ二週間の沈んだようす。現金輸送の詳細を知り得る立場にあったこと、第一回の事情聴取を受けてから自殺したこと。自宅から、事件の際強奪された現金が発見されたこと、以上の事情を総合、勘案して、川添隆幸は港大橋強盗殺人事件の共犯であると断定する」

えらくしゃちほこばって、まるで選手宣誓だ。ふう、と一息ついて宮元は腰をおろした。

「念のため……川添以外の行員について、アリバイは証明されたんですか」

前の方から声があがった。

宮元はいかにも不承不承といった感じでまた立ち上り、

「それは調査済みや。籠谷と熊谷の殺された十時二十分から十時二十五分にかけて、外出してた貸付課五名、預金課八名、及び次長の十四名については裏がとれてる。それと、川添のことでおもしろい情報がある。トリさん、説明してくれ」

と、服部にゲタをあずけた。

宮元が坐《すわ》れば、今度は服部が立つ。モグラたたきだ。

「我が第二係の訊《きき》込みで、『ミムロ』いう人物が浮かんだんや。川添の奥さんの話では、そのミムロから、半月ほど前から頻繁に電話がかかったそうで、その度に川添は不機嫌なようすやったということなんや。それに、犯行のあった十日の午前十一時頃にもミムロから川添に電話があった。……川添、大正区小林町のローヌいう喫茶店でミムロからの電話を待ってたんや。川添の自殺、ひいては強盗殺人も、このミムロが重要な鍵《かぎ》を握ってると考えられる」

「ミムロいう人物についての調べは？」

「大阪市内に八、大阪府下に十五世帯あった。『三室』と書く」

「川添との関係は？」

「まあ、そんなに急くな。明日《あした》から一軒ずつあたる段取りになっとる。どうせ架空の人物やろから、調べるだけ無駄とは思うけど……『氷室』とか『三村』という語感の近い名前洗うた方が、おもしろい結果が出るかもしれん」

「黒さん」

　マメちゃんが小声で話しかける。

「ぼく、どない考えても納得できんのですわ。犯人、何でミムロとかいう変わった名前を使うたんやろ。鈴木とか田中とか、ありふれた名前でよろしいがな。その方が印象に残りません」

「そやからいうて、単なる思いつきでつけた名前でもなさそうや。いずれにせよ何らかの理由があるに違いない」

「うーん」

　マメちゃんはメモ帳の真中に大きく〈みむろ〉と書いて唸った。

「明日からの捜査方針をいう」

ひときわ大きな声に前を見ると、また宮元が立ち上り、あごを突き出して一座を睥睨《へいげい》している。おもむろにたばこを咥《くわ》え、使い捨てライターの炎を五センチほども長く伸ばして火を点《つ》けた。何をするにしても大仰で、どこか威圧的なその仕草が嫌味たらしい。

「第一に、川添、籠谷、熊谷の身辺を洗うこと。交遊関係、経済状態はいうに及ばず、銀行内におけるちょっとした噂まで徹底的に調べる。第二に、ミムロとかいう人物の特定。第三に、現場で目撃されたブルーバードの運転者を発見すること。犯人を除けば、最後に籠谷、熊谷と話をした人物やから、カローラが現場に駐《と》まった理由を聞いてるはずや。第四は、築港支店全行員の洗い直し。現金輸送のコース、時間を知ることができたはずや。第五は、同じ理由で、南港高校と住之江西高校、南港西中学の訊込み。以上や、何か質問は？」

誰も手をあげない。会議も二時間近くになって疲れがみえてきた。早く帰りたい――帰ったところですることもないが。

あとは、例のごとく細々《こまごま》とした捜査分担や指示で時が過ぎ、九時少し前になってやっと解放された。

「うれしいなあ、明日は女子高生のブルマ姿が見られる。ぼく、あれ大好きですねん」

私とマメちゃんに与えられた仕事は高校での訊込みであった。

「もう十二月やで。この寒いのにブルマなんかはいとるかい」

マメちゃんの言葉を否定しつつも一縷《いちる》の望みは持っている。

「何をいうてますの。十二月いうたら長距離走のシーズンでっせ。寒いから走るんです。ピチピチのブルマはいて、お尻《しり》プリプリ振りながら走るんです。ガードルみたいな艶消《つやけ》しの代物、はいてませんで。ロリコンの権威、亀田淳也が断言します」

一縷の望みが二縷になった。

「あほなこというな。わしらは尻見に行くんやない。訊込みに行くんやで」

目尻を下げ、鼻の下を伸ばしつつも、マメちゃんをたしなめてみせた。

4

「どこにブルマ姿があるんや、何がロリコンの権威や」

フェンス越しに広い運動場を眺めたが、ブルマどころかジャージ姿すらない。

「おかしいなあ。こんなはずないんやけど」

十二月十三日午前九時、運動場脇を通って南港高校の正門をくぐった。

受付で用件を告げると、応接室に案内された。薄緑色のペイントを塗っただけの壁の両側には、美術部の生徒が描いたのであろう、百号もあるような抽象画が掛かっている。

黒いビニール張りのソファにもたれ込んで、窓越しにきょろきょろとブルマ姿を求めているると、ノックの音がして五十年輩の男が現れた。

「お待たせいたしました。私、教頭の松村と申します」

「捜査一課の黒木です」

「亀田です。……あの、生徒さんはどこにいるんですか。さっぱり眼につきませんけど」

「現在、期末考査中で生徒は全員教室におります」

「試験中ですか。体育の試験はないんですか」

「ありません。それが何か……」

松村は異なことを訊《き》く、といった表情で答えた。

マメちゃんに喋《しゃべ》らせていては仕事が捗《はかど》らない。

「ご存じでしょうが、三日前の事件について少しお話をうかがいたいと……。この学校では三協銀行から運ばれて来たボーナスをどう分封されます」

教頭は厚い唇を小さく開いて、ゆっくりと話す。

「まず、校長室に運んで、中から錠をおろして、事務職員三人がかりで給料袋に入れます」

「先生方は、ボーナスが三協銀行から運ばれることをご存じですか」

「殆《ほとん》どの先生は知らないと思います」

「では、何時に運ばれて来るかということも」

「はい、知りません。支給の時間はもちろん報《しら》せてありますが……」

「輸送時刻を知っているのは事務職員の方だけですね」

「そうなりますか……。校長と私も知っています」

「事務職員の方は何人？」

「事務長を含めて五人です」

「ひとりずつ呼んでもらえますか」

教頭が部屋を出て行き、代わりに青い事務服を着た四十過ぎの女が入って来た。厚い化粧が浮いて、ところどころまだらになっている。

緊張しているのか、硬い表情で、

「主事の満井《みつい》です」

「お呼び立てしたわけはご存じかと思います。ボーナスはいつも築港支店から運び込まれるんですか」

「はい、そうです」

「どんな具合に」

「男の方二人で運んで来ます。車を玄関前に駐めて」

正門から玄関まで十メートルほどの通路があり、両側が車寄せになっていたのを思い出した。

「あんなとこに車駐めて、そこからとことこと入って来るんですか。警備員は？」

「昼間はいません」

「物騒ですな」

マメちゃんが口をはさんだ。

「はあ……」

正門には扉もなかった。橋の上でなく、その車寄せで襲っても充分勝算はある。

「物騒やな。無防備です」

マメちゃんは重ねていった。

「私もそう思いますけど、今まで事故なかったし、保険もかかってると聞きましたから」

銀行の貸付課長といい、この事務職員といい、多額の現金に対する感覚がマヒしているのか、損害さえなければそれで良しとする風潮があるようだ。こんな輩《やから》に限って、五百円、千円の金を落としても大騒ぎをする。

満井を含め、事務職員ひとりあたり十分程度の事情聴取をしたがこれといった収穫はなかった。犯行のあった日は全員学校内にいたこと。十時に来るはずの現金が届かず、やきもきしたこと。確認の電話を十時三十分に築港支店へ入れたこと。十一時になって事件の発生を知ったこと。午後五時になって三協銀行本店から、今度は警官二人の護衛付きで現金が届けられたこと。支給の遅れについて、教師が不平をいったこと――等であった。また、事情聴取の際、不審な素振りもみられず、まず問題はないと思われた。

マメちゃんの意見も同じである。

都合一時間を南港高校で費し、次の住之江西高校に向かう。

「あーあ、次の高校へ行く楽しみがなくなった。府下の高校はどこも試験中ですやろ。あほくさい……」

不平たらたらのマメちゃんではある。

住之江西高校でも同じような感触を得て、捜査本部に帰り着いたのは午後一時をまわっていた。

部屋の中央にひとつだけあるガスストーブのそばに椅子を寄せて、服部がうたた寝をしている。捜査の先頭を切るべき指揮官がこれでは先が思いやられる。

「ああ寒い、寒い。ほんまに外は寒い」

マメちゃんはあてつけがましくいって、手をこすり合わせながらストーブに近づく。

私はコートをとり、そばの椅子に腰かけた。

「どうですか、その後進展は？」

マメちゃんが訊いた。

服部はウサギの眼をしばたたいて、

「茶色のブルーバード、見つかったで」

と、寝起きらしくしわがれ声でいった。

「今、沢やんが確認に行っとる」

「どこで発見されたんですか」

「南港フェリーターミナルの駐車場。盗難車や」

「すると……」

「そや、ブルを運転しとったやつも犯行に一枚かんどるんや」

「名乗り出て来んはずですな。それにしても、えらい発見が遅れたもんや。もう犯行から三日も経ってますがな」

「無理もない。車を探しとったんと違うて、どちらかといえば、名乗り出ていただくのを待ってたんやから。それに、フェリーターミナルの駐車場、とてつもなく広いから、五百台以上駐《と》められるやろ。うまいとこへ放置したもんや」

「そうか、ブルーバードに乗ってたやつも犯人のひとりやったんですか。複数犯の仕業ですな」

「とは限らん。単独であっても犯行は可能や。犯人の動きとしては、事前にトラックをフェリーターミナルに駐めとく。そのあと、ブルーバードに乗って港大橋を北から南へ渡る。途中、橋の上で籠谷と熊谷に何事か指示する。次に、橋を降りてフェリーターミナルへ行く。駐めてあったトラックに乗り換えて、今度は南から北へまた港大橋を渡る。料金所を出てからＵターンし、カローラのところへ戻る。カローラは二十六分間も現場にいてたんやから、これだけの仕事をしても時間的には可能や。犯行現場からフェリーターミナルまで約五分、車を乗り換えるのに二分、そこから港大橋を渡り、港区の大阪港料金所までが約八分、料金所をいったん出てから、附近でＵターンしてまた戻って来るのに三分、料金所から犯行現場まで二分……。えーっと、全部足して何分になる？」

服部は指折り数えながら話していたが、途中であやふやになったとみえ、今度はメモ帳を取り出して、同じことを呟《つぶや》きながら数字を書き込んでいく。

「五足す二足す……二十。約二十分もあったら元の場所に戻れる。どや、単独犯でも可能やろ」

「そら確かに、計算上は可能やけど、なんかもうひとつすっきりしませんな。あまりにも余裕がなさすぎます。計画的犯行には、突発事態に備えて時間的余裕を見込んでおく必要があります」

「しかし、単独犯であると考えたら、籠谷と熊谷が二十六分もの間、橋の上で待ってたということに理由がつけやすい。つまり、ブルを運転してた犯人が、二人にそこで待っておくよう指示したからや」

「どんな具合に指示するんですか」

「ＪＡＦを呼んでやるとか、タイヤ持って来てやるとか」

「タイヤ……？　まだパンクしたと断定されたわけやないんでしょ」

「タイヤ、やっぱりパンクしてたんや。その報告書、読んでみい」

服部は宮元の机の上にある書類をあごで指した。マメちゃんが手にとって読みあげる。

「港大橋強盗殺人事件、現金輸送車に関する検査結果の報告——大阪府警察、科学捜査研究所、化学土壌鑑定室、主査、若山誠一《わかやませいいち》。……科捜研からの報告ですな」

「そや、さっき届いた」

「マメちゃん、ちょっと見せてくれ」

マメちゃんと二人で報告書を読む。

〈タイヤに付着した砂、土、その他夾雑物《きょうざつぶつ》を偏光顕微鏡により検査したるところ、重鉱物について、左後輪を除く三本のタイヤに、シソ輝石五八、普通輝石五、カンラン石二、普通角セン石一・六、磁鉄鉱二三、岩片六・六、計九六・二％の組成を認めた。対するに、左後輪には、シソ輝石三二、普通輝石一二、カンラン石一一、普通角セン石三・一、磁鉄鉱一六・三、岩片二〇・九、計九五・三％の重鉱物組成を持つ土砂が付着。また、左後ろタイヤの溝は深さ五・八ミリ、右後ろタイヤ四・七ミリ、前部左右タイヤは四・五ミリである。左後輪のジャッキアップポイントに金属磨耗を認める。故に、左後ろタイヤは付け替えられたものと判定する。

付記、左後輪ホイール部に軍手らしき繊維痕《こん》を認める。以上、報告する〉

「なるほど、タイヤに付いてた土砂から結論を導き出すとはね、さすが科捜研や。犯人、カローラのタイヤとホイール、どこからか都合してきて付け替えたわけか。こらほんまに計画的や」

マメちゃんは感想を洩《も》らしたが、ふっと真顔になり、

「それにしても、どうやってパンクさせたんやろ」

と、呟いた。

「そや、それが問題なんや。現金輸送車のタイヤがボーナスの運搬途中にパンクした。こいつはどない考えても偶然とはいえん。左後ろのタイヤには何らかの仕掛けがあったと考えられるんやが……」

「ライフルで撃ったんかな」

「そんなうまいこと当るかい。音もする」

「川添がプラスチック爆弾でも仕掛けたんかな」

「あほ、もっと現実的なことをいえ。テレビや映画と違うんやで」

いって、服部は唸った。

籠谷と熊谷の不可解な行動については一応の解決がついたが、新たな疑問を表出させてしまった。

「パンクさせた手口はいったん置いといて、犯人と輸送車の動きをまとめてみたらどうです」

私は提案した。

「そないしましょ。とりあえずまとめてみたら、ええ考えが浮かぶかもしれません」

マメちゃんは部屋の隅まで走り、移動式の黒板をわざわざストーブのそばまでゴロゴロと引っ張って来た。

「よろしいか、書きまっせ。まず第一に現金積込みと……」

喋《しゃべ》りながら、手早くチョークを使い始めた。

一、カローラへの現金積込み――川添、左後ろのタイヤに細工した？
二、カローラ出発。
三、現場にて停車――籠谷、熊谷、パンクに気づく。タイヤ交換しようとスペアタイヤを見たが、空気が抜けていた（川添の仕業）。
四、ブルーバード停車――犯人、親切気に接近、何事か話す（JAFを呼んでやる。銀行に連絡してやる）。
五、カローラだけ駐車――犯人に指示され、現場で待つ（車内から二人が後ろを見ていた）。
六、エルフ到着――二人は修理工場のトラックだと思った。タイヤ交換。交換後、何らかの理由をつけて（異音はしないか。交換したタイヤは万全か）カローラに乗り込み、後ろから二人を撃った。証拠品となるパンクしたタイヤと、現金入りのかばんをトラックに積む。
七、エルフ発車。
八、死体発見。

黒板が白く埋まるにつれて犯人の動きが鮮明になる。
「うん、だいたい納得のできる線や。この推論で、籠谷と熊谷の行動に矛盾がなくなる」

服部は腕を組み、足を投げ出して頷《うなず》いた。私は新たなる疑問に気づいて、

「その六番のとこやけど……」

黒板を指さした。

「タイヤを交換したからには当然ジャッキアップしたんやろ。金属磨耗もあったんやし。それなら、何でタイヤ交換してるとこを目撃されんかったんや」

「その説明なら簡単にできますわ」

マメちゃんが胸をそらす。

「まず、籠谷と熊谷は何ゆえ橋の真中に車を駐めたか……」

「ジャッキを使うためや」

服部が応じた。

「そう、勾配《こうばい》のある場所やったら、タイヤの交換がしにくいからですわ。橋の真中なら水平です。次にジャッキアップやけど、目撃者によると、エルフはカローラの後ろにぴったり付いてたそうです。トラックやから幅は広いし背も高い。おまけにカローラの左後ろのタイヤ交換やから、後続車からは死角に入ります。それに、中腰で作業するのやから、後続車が通過しても見えません。平均八十キロくらいで走っとるから、あっという間に通り過ぎます」

「その意見、わしと同じじゃ。ちょいとは読めるようになったな」

服部が口をはさむ。他人の意見に弱点が認められないことを知ると、一転して臆面《おくめん》もなくその意見を自分のものとするあたり、服部の辞書に「矜持」とか「恥」といった単語はないらしい。

「よっしゃ、これでひとつの課題は解決した。次はパンクさせた手口や。川添、タイヤにどんな細工したんや」

「千枚通しで刺す、いうのはどうですか。カローラのタイヤ、チューブレスやから瞬間的にパンクせんと、ちょっとずつ空気が抜けます」

「どこで刺す。……金の積込みの時、こっそり刺すのか。いっぺんに空気抜けたらどないするんや。シューッと大きな音するし、穴あいてるの見つかったら、川添その場でどう申し開きするんや」

「バルブ弛《ゆる》めたんかな」

「あほいえ、衆人環視の中でウンショョコラショとスパナ使えるかい。それに、どれくらい弛めたらええか分らんやないか」

鬼の首でも取ったように服部は攻めたてる。聞いていて腹立たしい。マメちゃんの話は脆弱《ぜいじゃく》だが少なくとも建設的だ。服部のそれは単なる否定であって意見ではない。ここは助け舟を出すべきだ。

「となりの三係で訊《き》いてみたらどうですか」

「それもそうやな」

服部はあっさりと私の提案を受け入れた。

——捜査本部は普通、所轄署の予備室、会議室等を借り受けて設置される。港大橋強盗殺人事件の捜査本部は南住之江署二階会議室にあり、その両どなり及び廊下を隔てた向かい側には南住之江署刑事課の刑事部屋が並んでいる。三係は主として窃盗事犯を取り扱う——。

私はとなりの部屋を覗《のぞ》き、犯歴者カードを睨《にら》んでいる二人の刑事のうち、年かさの方に声をかけ、捜査本部へご足労願った。

「盗犯係の五十嵐《いがらし》いいます」

浅黒いが、眼と眼の間隔が開いて少々間延びした顔から低い声を発した。

「車の盗犯について教えて下さい。タイヤをパンクさせる手口は？」

五十嵐は、すぐには答えず、しばらく考えて、

「千枚通しでんな」

と、短くいった。

「——まず、これと目をつけた車を尾行する。運転者がその車を駐《と》め、所用で車を離れた時、左側のタイヤを千枚通しで刺す。運転者が戻って来て、いざ発進させようとしたら、パンクしとる。かばんをフロントシートに置いたまま左のタイヤを調べる。その隙に盗《と》る。……ようある手口ですわ」

「タイヤの空気はすぐ抜けるんですか」

「すぐ抜けんと困りますがな。車が走り出してしもたら何にもならん」

「徐々に空気を抜くというような手口は？」

「さあ……わしの知る限りではおませんな」

素っ気ない答えだ。

「タイヤを刺すの、千枚通しだけですか」

「釘《くぎ》を使う手口もひと昔前にはありましたで」

「どんな具合に」

「タイヤに釘を立てかけとくんですわ。七、八センチある太い釘を、そうでんな、六十度くらいの角度でタイヤの溝に斜めに立てかけとくんですがな。もちろん、尖《とが》った方を上にして。車が動いてタイヤがまわった時、釘はタイヤに刺さる。それでパンクする。けど、今はこんな手口、はやりませんな」

「どうして」

「最近のタイヤ、チューブレスでっしゃろ。釘が刺さってもいっぺんにパンクしませんがな。それに、釘はタイヤに刺さったままやから空気も抜けにくい」

「そっ、それや」

突然、マメちゃんがかん高い声を上げた。

「その手で徐々に空気を抜くことできます」

「そういわれたらそうかもしれんけど、ちょっとずつ空気抜いて何の得がありますねん。

さっきもいうたように、車が走り出してしもたら何にもならへんのでっせ」

事情の分らない五十嵐は不服そうにマメちゃんを見る。

「いや、どうもすんません、ありがとうございました。ためになりました」

丁重な謝辞で五十嵐にお引き取り願う。

五十嵐は首を傾《かし》げながら部屋を出て行った。

「釘ですわ、釘。ね、係長」

マメちゃんは服部に話しかける。

「今のとこ、他に方法なさそうやから、その可能性はかなり濃いけど、仮に、釘でタイヤをパンクさせたとして、そんな都合よく港大橋の上でカローラ停められるんか」

「タイヤを刺す釘の太さを色々と変えて実験してみるんですわ。太さによって空気の抜ける時間が変わるはずです」

「分るような気もするけどなあ……」

服部はまだ釈然としないらしい。運転免許すら持っていない服部に、チューブレスタイヤ云々は無理なのかもしれない。

「築港支店から料金所まで、たったの百メートルです。犯人にとってはその百メートルが勝負なんですわ。その間だけ、パンクしてることに輸送員が気づかへんかったらええのです。いったん料金所に入ってしもたら、あとはずっと上り坂が続くんやから……そう、約一キロは走らんとあきませんやろ。パンクに気づいたところで、坂の途中に車を停めるわけにはいきません。やっとたどり着いた水平地点、そこが橋の真中ですわ」

「犯人の意図する地点に現金輸送車を停めることができそうやな」

と、私。

「多分、できまっしゃろ。……いや、できたんです。できたからこそ、この犯罪があったんです」

「よっしゃ、分った。上出来や。この説、キャップに話してみよ。実験もしてみよ」

服部にしては珍しくもの分りがいい。

「タイヤに釘立てかけたん、川添ですわ。あいつ、現金積込みにも立ち会うてたし」

「単なる情報提供者でもなさそうやな。かなり積極的な共犯関係にあったとみてええ。いずれにせよ、持ち去られたタイヤを発見するのが先決や。それで、釘の刺さった痕跡《こんせき》でもあったら、我が第二係の優秀さをまた広めることができる」

服部は満足気にひとり頷《うなず》く。眼鏡がずり落ちて鼻先にぶら下っている。

「さて、これでとりあえずはパンクの件についての検討が済みました。次は単独犯か複数犯かを考えましょうな」

私は提案した。服部はのっそりと上半身を起こして、

「もうええ、今の段階でそれを検討するのは労力の無駄や。予断は禁物、拙速より巧遅、捜査の常道を忘れたらあかん」

「そやけど、さっき単独犯を主張してはったん、係長ですがな」

マメちゃんが抗議する。

「それは、君が複数犯やと言い張ったからやないか。物事は急いたらあかん。ゆったり構えて頭を研ぎすましとくんや」

タイヤについて、一応満足のできる結論を得た服部にはもうこれ以上議論も検討もする気がないらしい。

「マメちゃん、報告書まとめんとあかんで。今日は時間があるし、きのうの分も書いてしまお」

ストーブのそばを離れるのは辛《つら》かったが、服部と顔つき合わせることにうんざりして、マメちゃんと私は席に戻った。

報告書を書き終えた頃には窓の外もすっかり暗くなり、訊《きき》込みや地取りに出ていた捜査員がぽつぽつ帰り着いて、部屋は捜査本部らしい賑《にぎわ》いを呈し始めていた。

腹が減った。慣れない文章書きで頭も痛い。

「おい、帰ろか」

とっくに作業を終え、傍らの捜査員と軽口を叩《たた》きあっているマメちゃんに声かけた。

「へ、帰りましょ。早よう帰りましょ。今日あたり出て来そうな雰囲気やし」

「予定日までまだ一週間はあるやろ」

「ぼくの子やし、いつ生れるとも限りません」

「喋《しゃべ》りながら出て来るのと違うか」

「そんなあほな……」

立ち上ってコートを羽織った時、

「そこの黒マメ、ちょいと待て」

声のした方を見れば、宮元が難しそうな顔でこちらを睨んでいる。

（はて、何事か。怒られるようなことしたかな）

怯《おび》えつつ、背中丸めてデスクの前に立った。

「川添の事情聴取したん、君らか」

「はあ、そうですけど」

「明日《あした》の予定は？」

「フェリーターミナル附近の訊込みです」

「今日はもう終りか」

宮元は俯《うつむ》いてデスクの上に広げた書類に眼を通しながら、こちらの顔も見ずに質問する。毛のない頭頂部が光っている。

「報告書提出しましたし、たまには早よう帰らしてもらおかと思いまして」

「よし、分った。君ら、帰りに馬場町《ばんばちょう》へ寄れ」

東区馬場町には府警本部がある。

「二課の第四係に岡崎《おかざき》いうデカ長がおるから、話を聞け」

「聞いてどうするんですか」

「川添の周辺を洗うんや」

宮元は指示を与えるばかりで、それも断片的だから全く要領を得ない。説明が欲しい。

「川添をどう洗うんですか」

宮元は顔を上げて、

「あのなあ、捜査二課いうたら何をするとこや」

「いわゆる知能、経済犯罪を担当する部署です」

「よう分っとるやないか。ほな、今すぐ行け。ある程度の情報摑《つか》むまでは帰って来るな。トリさんにはわしからいうとく」

と、また書類に眼を遣《や》った。

「はあ……」

これ以上訊《き》いたら嚙《か》みつかれそうで、適当に返事をした。踵《きびす》を返して一歩踏み出したら、

「ちょっと待て」

と、また宮元の声。

「黒板拭《ふ》いて行け。落書きしたん君らやろ」

「落書きとは失礼な。我々の議論と検討と努力の跡を単なる落書きとしか表現できんと

は、何とボキャブラリーとデリカシーに欠けた輩《やから》であることよ」

マメちゃんが唾《つば》飛ばして訴える。

「そう怒るな。あれがあの人一流の諧謔《かいぎゃく》なんや」

「カイギャク？　何です、それ。黒さんまでボキャブラリー不足したんですか」

少々八つ当り気味だ。

府警本部正面の階段を上る。捜査本部が設置されれば、そこが別宅となるが、ここが本来の勤め先であり本宅である。捜査一課の私のデスクまでは眼を瞑《つむ》っていても行きつける。

捜査二課の扉を押して、

「岡崎部長刑事おられますか」

と、中を見まわした。奥の壁ぎわでファイリングケースを覗《のぞ》き込んでいた男が向き直って、

「ああ、話は聞いてます。そこへどうぞ」

扉横のソファを示し、自分はアルミの灰皿とたばこを持って来て、向かい側にどっかりと腰を沈めた。白髪まじりの、というよりは殆《ほとん》ど白髪の頭を細長い体に乗せた五十前後の男だ。少したれ気味の長い眉毛《まゆげ》と丸い小さな眼がやさしい感じを与える。

「宮元キャップから依頼がありましてな……川添の件で目鼻がつくまで、二、三日おたくらを預かってくれ、いわれましたんや」

ゆっくりと低い声で喋るが、言葉遣いは初対面にもかかわらずかなりくだけたものだ。

「どういうことですか」

「ま、そんなとこに立ってんと坐《すわ》んなはれ。たばこ、どうでっか」

差し出されたのが最近珍しいショートピースであった。坐って、一本もらい、火を点《つ》けたが、からいし重いしで思わず顔をしかめた。

「えらいきついたばこ吸いはるんですな」

「娘には禁止されとるんですわ。北浜の証券会社へ行ってますけどな。たばこなんぞ百害あって一利なし、健康に悪いとかいうて、家では吸わしてくれませんのや。そやけど、この年になって今さらやめる気にもなれんし、内緒で吸うとるんです。家にはたばこ持って帰られへんし、ここで吸いだめしとかんと困るから」

黙って聞いていれば、とりとめのないことを際限なく喋る。それも、本筋を離れた話題ばかりで、これはマメちゃんの上をいく。

「すんません。ぼくら、キャップから詳しいこと聞いてないんです。明日からどうしたらいいんですか」

さすがのマメちゃんもしびれを切らしたらしい。

「おっと、そのことや。あのな、わしらが港大橋事件の応援に出てることは知ってまっしゃろ?」

「はあ」

「主に川添が担当した貸付業務について調査しとるんやけど、あいつがここ一ヵ月、元気のなかった理由、分りましたんや」

「ミムロからの電話のせいと違いますか」

「それもありまっしゃろ。けど、わしらが摑んだんはまた別のネタや。川添な、かなりひどい拘束預金かまして訴えられそうになってたんですわ」

「拘束預金？」

「歩積《ぶづみ》、両建《りょうだて》預金のことですがな」

はてさて、何のことやら分らない。

「歩積いうたら、銀行が手形割引した時、両建いうたら、貸付をした時に、融資した金の一部を預金させることですわ。この二つを拘束預金いいますのや。俗に、にらみ預金ともいいまっせ」

まだもうひとつ理解できない。我々が首を傾げているのを見て、

「お二人とも、日頃銀行に縁がなさそうでんな」

と、岡崎は笑い、

「よろしいか、よう聞きなはれや。今のご時世、銀行の力が弱なったとはいえ、まだまだ企業にとって銀行は怖い存在ですわ。つまりでんな、銀行が企業に対して必要以上の預金を担保として要求するのが拘束預金。担保の手続きをせんでも、圧力を加えて事実上引き出せんようにした預金をにらみ預金というんですわ。企業にとっては自分の金で

あって自分の金でないというようなおかしな状態になるんですがな」

「ほう……」

「まだ、もうひとつぴんと来んような顔してまんな。もっと分りやすう説明しまひょか。ここにAという銀行があり、Bという企業がある」

岡崎はテーブルの上に傍らのメモ用紙を広げて略図を描き始めた。

「BはAに百円の金を貸せという。Aはそれに対して条件を出す。百円のうち三十円は預金せい、とね。金に困ってるBは渋々OKする。百円はBに貸出されるが、実質的には七十円しか使えんということになる。それに、貸出金利を年一〇%、預金金利を年三%と考えたら、BはAに年間十円の利息を払わないかんのに、預金の利息は九十銭しかもらえん。要するに、Bにしたら、百円借りたのに七十円しか使えん上に年間九円十銭の利息を払わないかんことになるわけで……七十円に対し九円十銭やから、実質金利は……ちょっと待ってや」

岡崎は内ポケットから電卓を出した。捜査二課ともなれば、いつも携帯しているのであろうか。

「えーっと……一三%になりまんな。どうです、ちょいとしたマジックでっしゃろ」

「金利が三%も上りましたな」

「三%いうたら大変なもんでっせ。一億借りて三百万、二億借りて六百万も余計に利息を払わんといかん」

「そやけど、それくらいの金、企業にとっては大したことないのと違います?」

マメちゃんが口をはさんだ。

「あほいいなはんな」

岡崎は眼をむいた。

「あんた、今どこに住んではる?」

「千里ニュータウンです」

マメちゃんは勢いよく答え、

「賃貸でっしゃろ」

岡崎に念押されて、

「そうです」

と、肩落とした。

「まだ若いんやし、よろしいがな。仮にあんたが家買うことになって、銀行から一千万の金を借りたとする。三%の金利アップいうたら年間三十万円でっせ。月にしたら二万五千円を余分に払わんといかんわけや。あんたの小遣い、飛んでしまいまっせ」

「そらあきません、拘束預金反対」

マメちゃんはこぶしを突き上げた。

「そもそも、拘束預金の目的は?」

私が訊いた。

「さっきいうたように、第一は実質的な金利アップ。第二は名目上の貸付金の増額、第三は債権の保全。第四は他の融資先に対するイメージの保持でっしゃろな」

「……？」

「一三％もの高金利で貸してると他の企業が知ったら、新たな借り手が出て来まへん。あぐまでも、うちは一〇％でっせといいたいわけですわ」

「貸出金利の上限は？」

「利息制限法いうのがあって、百万円以上の金については、年一五％までの金利が認められとるんやけど、道義上そんな高利をとるわけにもいきませんやろ」

（この男、かなり切れる）

私は岡崎を見直し始めた。すぐ話題が逸《そ》れる上に口調はざっくばらん、それだけから判断すればとても本部の部長刑事とは思えないが、その知識と経験には充分な裏付けがある。第一、解説が巧みだ。普通、門外漢にものを教える場合、能力に自信のない者ほど横柄な態度をとったり、不必要な専門用語を交えて自分の知識をめいっぱいひけらかそうとするものだが、岡崎にはそんなところが微塵《みじん》もない。ものを教えるというのは難しいことなのである。

――話は逸れるが、数年前、私が配属された頃、一課で碁が流行《はや》り、服部の熱心な勧めで、私も少しばかり習ってみようとしたことがあった。最初の相手は服部だったが、基本的ルールすら知らない私に、やれコウがどうのアテがこうのと難解な用語を連発し、わけが分らずとまどっていると、遅いやら筋が悪いと口汚く罵《ののし》るものだから、もういっぺんに嫌気がさして、それ以来石に触ったことがない。私はあの時点で碁に見切りをつけ、ついでに服部の人間性にも見切りをつけた。

マメちゃんには麻雀を習った。チー、ポンもできない私に、上り方から点の数え方まで懇切丁寧に教え、考え込んでおたおたしていても文句ひとついわずつきあってくれた。私はあの時点でマメちゃんの人間性を評価し、ついでに自分の博才《ばくさい》のなさを再認識した――。

「もう五年前になるやろか……大蔵省が中小企業三千社に、アンケートで〈借入額に対するにらみ預金の割合〉を訊《き》いたことがありましたんや。どれくらいやと思いはる？……一一％、平均して一一％でっせ。ひどいもんや。それに、こいつは平均であって、業績の悪い企業やと、二〇％や三〇％はざらにある」

「そんな悪習、やめさしたらええのに……」

マメちゃんから素朴な意見が出た。

「大蔵省もやっきになって解消させようとするんやけど、こればっかりはどうしようもない。要するに証拠がないんですわ。銀行は貸出した資金の一部を企業が勝手に預金したというし、企業はそれを面と向かって否定することできん。最後は水掛け論に終ってしまう。結局のとこ、中小企業はいつまでも銀行に泣かされまっしゃろ」

「何とか予備知識は得ました。川添との関係はどうなんですか」

「そうそう、それが本論ですな」

岡崎はショートピースを抜き出し、親指の爪に二、三度打ち当ててから火を点《つ》けた。

「川添な、五〇％もの拘束預金をとって二億の金を貸付けてますのや。相手は西区京町堀の大手画廊」

「つまり、二億貸して一億を半ば強制的に預金させてるわけですな。両建預金とかいうやつ」

「正解、よう覚えました。レートは長期貸付で一〇・二％。レートに関してはそんなに法外なもんやないけど、五〇％の定期預金を組んでるから実質金利は一六・四％。利息制限法にひっかかってまんがな」

「そらひどい」

「うん、確かにひどい。けど相手も負けてへん。相手の画廊……『碧水《へきすい》画廊』いうんやけど、このオーナーもなかなかの曲者《くせもの》で、両建をネタにして築港支店と真向からやりおうてたらしい。つまり利息制限法で定められた金利を超えてるのを逆手にとって、訴訟起こすこと前提に、元金と利息の支払いを渋り始めたようでんな。直接の矢面に立たされたのが川添で、銀行幹部と碧水との間に立ってえらい困ってた」

「川添みたいなヒラの行員に二億もの金が動かせるんですか」

「決裁権はないけど、ま、簡単にできまっしゃろ。支店の規模にもよるんやが、一般的に支店長には三億くらいまでの決裁権がある。貸付課員が貸付稟議書《りんぎしょ》を作り、これに相手企業の概要、営業内容、貸借対照表、損益計算書等を添付して課長に提出する。課長はそれを検討して、ＯＫとなれば次長を通して支店長に最終的な決裁を仰ぐわけで、実際のところ、書類上の不備がなく、相手企業に妙な噂のない限り、予定どおり貸出しはされますな。今は金が余って、銀行も優良貸付先を四苦八苦して探している状況やから、割と簡単に貸しとるみたいですな」

　事件が起きてまだ三日というのに、かなり捜査が進んでいる。やはり、この種の金融機関がらみの犯罪には、その分野のエキスパートの協力が不可欠であると思い知る。私は捜査一課こそが府警の顔であり、花形であると、誇りも自負も持っていたし、そのため正直いって他の課を甘く見るようなところがないでもなかった。一課に入ってもう五年、そろそろ慢心の生ずる時期でもある。

「川添、何で困ってたんですか。正規の手続き踏んで交わした契約なら、訴えられたところでどうということないのと違います？」

　マメちゃんが訊いた。

「そんな単純なもんやおまへん。訴訟起こされるだけで、銀行にとってはかなりのイメージダウンになるし、築港支店の審査機構も指弾を受ける。ひいては支店長の力量も問われる。それにもし、もしでっせ、裁判に負けて拘束預金であると認定されてみなはれ、頭取が大蔵大臣に詫《わ》び状書かんといかん」

「詫び状いうたら始末書みたいなもんですやろ。それで済んだら易いことですがな」

マメちゃんがこともなげに評すると、岡崎はけむりにむせて、

「あほなこといいなはんな。いやしくも三協銀行の頭取いうたら財界の雄でっせ。三協グループの総帥でもある。その頭取が詫び状差し出すような事態になったら、銀行中がひっくりかえるような騒ぎになりまっせ。支店長の首が飛ぶくらいでは済まん。担当重役も左遷降格は覚悟せんといかん。そうやな、本店の管理部長、業務部長あたりが危ない。この間のシンガポール事件、知ってまっしゃろ」

つい最近であるが、某大銀行のシンガポール支店で為替投機失敗による百億円近い損失が発覚して、マスコミに恰好《かっこう》のニュースを提供していたことを思い出した。

「あの事件の後日談、知ってまっか……資金課長解雇。神戸支店長、検査役、シンガポール支店長降格、減給。外国業務部の常務が平取に降格。役員全員の賞与辞退……ざっと、こんな具合ですわ。ま、こんなおおげさな事態にはならんやろけど、それ相当の累《るい》が及ぶことは確かや」

いって、岡崎は指のところまで吸ったたばこを揉《も》み消した。

「まるで、末期の佐藤内閣ですな」

マメちゃんがいった。

「何や、それ？」

「トカゲの尻尾《しっぽ》切《き》り……ぼくも切られんように気いつけよ」

「心配せんでもええ、切って価値のある者だけが切られるんや」

「それなら黒さんも大丈夫や。安心して下さい」

　またまた本論を逸れつつある。軌道修正を計らねば。

「両建預金のことで川添が悩んでたんは分りました。そやけど……強盗の片棒まで担がんといかんほど切羽つまってたんですか」

「そこがもうひとつよう分りませんねや。訴訟に関する悩みだけなら、首が飛ぶか左遷されるかだけでカタはつく。それやのに、何で犯罪に加担したんか、何で死なんとあかんかったんか……分りまへん。わしのカンでは、碧水画廊との関係に何か深い因縁があるように思いますわ。川添のようすがおかしなったん、碧水との軋轢《あつれき》が表面化してからやし……とりあえずはこのあたりから探りを入れてみるべきでっしゃろ」

「その碧水画廊についてもうちょっと詳しく教えてもらえませんか」

　姿勢を正して訊いた。

　岡崎も前にせり出した腰を引いて深く坐《すわ》り直し、

「オーナーは水坂壮平《みずさかそうへい》、立志伝中の人物でんな。戦前は梅田の日昭《につしよう》画廊いう大阪一の老舗《しにせ》で丁稚《でっち》奉公してたんやけど、戦後すぐ独立して、ふろしき一枚で商売始めたらしい。絵を二、三枚抱えて売り歩く、ま、行商みたいなもんですわ……ふろしき画商とかいうそうでっせ。

　絵は食いつめた旧家や中産階級から、ただ同然で何ぼでも手に入る。それを新興成金に売りつける。お定まりのブローカー稼業やけど、水坂の偉いとこは儲《もう》けた金を全て絵の収集に注ぎ込んだことで、それが以後の猛烈なインフレの中で画期的な発展を遂げた原因でもあった。昭和三十年代の半ばには、西区京町堀にビルを建てていっぱしの画廊オーナーにおさまったというわけですわ。四十年には先細りの日昭画廊も買収して、日本画の扱いでは大阪で一、二の画廊になりおおせた。……わしの知ってることはこれだけ。お二人には、これ以上の詳しいことを調べて欲しいんですわ。もちろん、金融面に関してはわしらの領分やさかいこれからも捜査進めて行くけど、個人的な評判や生活いうのはやっぱり一課のベテランに調べてもらわんとあきまへん」

やっと我々が二課に派遣された理由を知った。

「マメちゃん、これからどないする。もう帰るか」

「まだ六時半か、中途半端な時間ですな。明日《あした》の打ち合わせもせんといかんし、うどんでも食いながら考えましょうな」

府警本部を出て、地下鉄、谷町四丁目まで歩く。

勤め帰りの人波に合流した。OLを二、三人交えて、これからミナミかキタにでも繰り出そうかというグループを眺めていると、つくづくタイムカードのある職場が羨《うらや》ましい。彼らにとっては、一日の終りが一応の仕事の区切りであり、週に一度か二度は規則的に休日が巡って来る。我々刑事にとっての休日は事件の解決した時だけ、それも、せいぜい一日の休息で、すぐ次の捜査に投入されるのだからやりきれない。

「女の子はええなあ」

マメちゃんが嘆息した。

「何をいうとるのや」

「いや、女の子のおる会社いうのはええやろなと思いましたんや。ＯＬいうのはやっぱり職場の花ですわ。一生のうちで最も美しい時代を会社に捧《ささ》げるんやから。ぼくらの職場どうです、女っ気のかけらもない」

「あったところでどうこうするもんでもないやろ」

「また夢のないことをいわはる。今、オフィスラブいうのが流行《はや》ってますねんで」

「あほくさ、あんなもん週刊誌の宣伝文句やないか。女の子かて相手を選ぶがな」

子持ちの豆狸に女の子がなびくわけがない。

「そんなふうに物事を悲観的に見るから嫁さんが来んのです。スナックの女子大生よりはよっぽど成算がありまっせ」

うるさい、余計なお世話だ。

「ちょうどええ、ここに入りましょ」

通りがかったうどん屋の前でマメちゃんに腕をとられた。

「今日はうどん堪忍してくれ」

そうそう、うどんばかり食えるか。

マメちゃんは自称うどん食いで、三度が三度きつねうどんを食う。彼の説によると、きつねうどんこそ大阪の味であり、だしにアゲの甘さがミックスされたところにその醍《だい》醐味《ごみ》があるという。また、きつねは儲けの薄い商品で——マメちゃんの実家は大衆食堂である——アゲを甘辛く煮るのに案外手間がかかる上、本来安価なアゲ入りのうどんを高く売るわけにもいかず、客にとっては最もお買い得、いやお食い得の商品であるそうな。それに、マメちゃんとうどんを食うとうるさい。やれコンブの酸味がどうの、かつおぶしの甘味がこうのと文句ばかりいう。そのくせ、食べ残すことは絶対にしない。鉢を舐《な》めたようにきれいにする。

結局、天満橋《てんまばし》まで歩き、OMMビルの地下にあるレストランでカレーライスを食う。

「これからどうする、帰るか？　子供、気になるやろ」

「気になるけど、ぼくには何もできませんわ。仕事してる方が、気が紛れてよろしい」

福神漬をスプーンいっぱいにすくいながらマメちゃんがいう。

「さて、どうしたもんかな。明日、水坂に会う前にある程度の情報仕入れといた方がええやろし。これから新聞社行って、美術担当の記者に話聞こか」

「ええ……やっぱりラッキョですな」

「あん？」

「カレーにはラッキョの方がよろしいなあ。黒さんはどっちが好きです」

突然、話題が逸《そ》れる。

「わし、漬物好かん」

「そらもったいない。この日本に生れて、漬物が嫌いやとは。ぼく、漬物とお茶がなかったら飯食えませんねん」

どうでもいいことをべらべら喋《しゃべ》る。さっき私が新聞社云々をいってからだ。今日はもう仕事がしたくないものとみえる。

「コーヒーでも飲もか」

「そうしましょ。カレーの口直しにはコーヒーが……。そや黒さん」

マメちゃんは手を打った。

「シェ・モアで飲みましょ。あのママさん、日本画の絵描きさんでっしゃろ。碧水のこと聞けるかもしれませんで」

仕事に対する意欲があるのかないのか、マメちゃんの思考形態が理解できない。

谷町線天満橋から地下鉄に乗り、天神橋筋六丁目のシェ・モアに着いたのが午後八時。表の電飾看板は消え、店内は照明を落としていた。

ママがカウンターの奥で皿を洗っている。

「すみません、もう閉店です」

と、こちらを向き、

「何や、黒ちゃんやないの。お客さんかな、と思た」

「これでもお客さんでっせ」

コートを脱ぎ、椅子の背に掛けて、カウンターの隅にある電話をとった。捜査本部に今日の報告をする。

「おう黒さん」

沢居の声だ。

「今どこや……天六？……天六いうたら黒さんのマンションやないか。そこで何してる……碧水画廊の水坂の調査？……それがどないしたんや。川添の融資相手？　そうか、がんばってくれ」

「とにかく、水坂に関する情報とってみるつもりや。金融面の調べは岡崎さんに任せて、わしらは水坂個人を洗うてみる。ま、楽しみに待っといてくれ。そっちの方はどうや」

「新情報あり。……犯人、どうもひとりらしいで。さっき鑑識から連絡があったんや」

「単独犯か」

「そう考えて差し支えないやろ。ブルーバードとエルフ、両方の車内から犯人のものらしい髪の毛が発見された。チリチリパーマの赤い頭髪や。血液型Aの成人男子とまでは分った」

単独犯説を主張していた服部の得意気な顔が眼に浮かぶ。

「犯人、やっぱりフェリーターミナルで、ブルーバードからエルフに乗り換えたんやな」

「まず間違いないな」

「髪の毛、自然脱毛か？」

「何でそんなこと訊《き》くんや」

「擬装いうこともあるがな」

「ほう、黒さんほどのベテランともなると抜かりがないな。自然脱毛や。ちゃんと毛根部が細うなってるそうや」

「なるほど……」

沢居の報告を聞いて疎外感がつのる。なぜ捜査本部を離れて二課の応援などしなければならないのか。その応援要員に、なぜ私とマメちゃんが選ばれたのか——大いに不満である。

「明日かあさってにはそっちへ戻れるやろ。二課の捜査ぶりを見るのもたまにはおもろいで。係長に伝えといてくれ」

最後は負け惜しみで報告を終え、受話器を置いた。

カウンターの、マメちゃんの横に坐る。

「もう八時よ。閉店時間過ぎてるけど、ほかならぬ黒ちゃんとマメちゃんやから許してあげる」

ママがおしぼりと水を出してくれた。ママの本日のいでたちは濃い緑のコーデュロイパンツにからし色のシルクブラウス。いつもながら絵描きさんらしい鮮やかな配色である。

「ママ、その首のまわりのビラビラ何や。天草四郎みたいやな」

「ビラビラとは何よ、いやらしい……フリルといって、フリルと。かわいいでしょ」

「ああかわいい。ほんまによう似合うてはる。ママやからこそ着こなせる」

「ちょっと、それどういう意味？　ひと言多いみたいやね」

ママはキッとこちらを睨《にら》んで、

「眠気覚ましにコーヒー入れたげる。思い切り苦いのを」

と、逆襲の構え。

「いやママさん、ぼくココア下さい。前にいただいたココアの味、まだ忘れられません」

マメちゃんが矛先をかわす。

「そう、それじゃマメちゃんにはおいしいココアをごちそうしましょう」

にっこりほほえみかけ、

「黒ちゃんにはコーヒー」

と、無愛想に宣告した。

苦い、本当に苦いコーヒーを飲んで、不用意な発言を悔いる。

「ママさん、絵の方どうです。ずっと描いてはるんですか」

「ええ、ぼちぼち。でも最近は真剣に描いてないのよ」

「どうしてですか」

「食べられないから。絵で生活できないから、こうして喫茶店したり、会話を教えたりしてるのよ」

カウンターに頰杖《ほおづえ》ついてママは答える。

「ママさん、碧水画廊いうの、知ってはります？」

「知ってるも何も、フランスへ行くまで私の絵を買ってもらってました。マメちゃん、絵に興味あるの？」

「興味はないけど、仕事のネタにはなってます。今、オーナーの水坂壮平について調べとるんです」

「へえ、刑事さんは色んなところへ首突っ込まなあかんのやね。なかなかおもしろそうやないの」

「別におもろいことないけど、これも仕事やから。それよりママさん、水坂について詳しいこと教えて下さい」

マメちゃんの要求に、ママは視線を宙に据え、しばらく考え込んだ。自分で淹《い》れたコーヒーをひとすすりして、

「知ってることはいくらもあります。どうしても必要？」

と、真剣なまなざしをマメちゃんに向けた。

「ええ、水坂について何か摑《つか》まんことには、ぼくら捜査本部に帰れません」

「そう、それなら話しましょか。何しろ水坂さんについては、私悪口しかよういわんか

ら」

「悪口結構、どんどんいうて下さい」

「これが私の人間性やと思わんといてね。あくまでも水坂さんのことやと考えて下さい」

ママはえらく予防線を張る。水坂はそれほどの悪党なのか。

「水坂さんの商売はね、端的にいえば金でほっぺたを張るというやり方です。ちょっと有望な日本画の新人が出て来て、これは売れると見込んだら、丸抱えにして積極的に売り出すんです。作品の良し悪しは別にして徹底的に宣伝するの。子飼いの業界紙記者、評論家なんかを利用してちょうちん記事を書かせ、碧水画廊はもちろん、東京や京都の画廊借り切って大々的に個展を開きます。そうして、意図的に丸抱え作家の絵の値段を吊《つ》り上げておいて、お客さんに売り込みます。半ば投資のように誘うんです。今、この作家の絵を買っておけば必ず高騰します、とね。そう、新人タレント売り出しのプロダクション方式を絵の世界に持ち込んだ、と考えられるんやないかしら。この方式のあくどい点は、作家の実力に対して人気と絵の値段がかけ離れることで、確かに碧水が丸抱えにしているうちは、それでも何とか平衡線を保ってるわけやけど、いったん碧水が手を引いたとなると値がガタガタに崩れてしまいます。タレントやったら人気が落ちようとどうなろうと知ったことやないし実害もないけど、絵を買った人の身にもなってみなさい、詐欺まがいの商法です。作家に実力があって世間の期待に見事応《こた》えおおせたら、それでめでたしめでたしやけど、元々新人やし急に脚光浴びるもんやから、天狗《てんぐ》にはなる、技術は伴わない、絵は荒れるで、たいがい途中でポシャッてしまいます。碧水はそれで困ることありません。しゃぶれるだけしゃぶり尽して放り出したらそれでいいのやから……。あとはまたお金になりそうな新人探します。一画商功成りて万骨枯る……そんな表現がぴったりやね」

ママは考え考えそこまで語り継いで、残りのコーヒーを飲みほした。ママの言葉にはどこかしら翳《かげ》があり刺《とげ》があった。碧水に抱えられ、利用されて捨てられたのはママではなかったのか。

「どうしたの、湿っぽいムードが漂ってるやないの。お酒でも飲む？」

ママは後ろの棚からブランデーとグラスを取り出し、カウンターに置いた。

「もう仕事終ったんでしょ。はい、どうぞ」

「ぼく、あきませんねん。家に帰らなあかんし」

根は好きなくせに奥さんのようすが気にかかるのか、マメちゃんが抗《あらが》う。

「何いうてるの、閉店後に押し入って来て……話の続き聞きたいのなら飲みなさい」

ママはブランデーを注ぎ、手早くレーズンバターを切った。

「純喫茶がスナックに早変わりかいな。女の子とカラオケはないけど贅沢はいうまい」

「まあ失礼な。ちゃんと眼の前にいるやないの。黒ちゃんそんなことばっかりいうてるから、お嫁さんもらわれへんのよ」

「そんなもん要らん。これがあったら充分や」

グラスを傾け、澄んだ薄茶の液体を舌の上でころがすと、芳醇《ほうじゅん》な柔らかい香りが鼻に抜けた。酒こそ我が友、我がつれあいである。

「ママさん、こんなこと聞いて失礼かもしれませんけど、さっきいうてはった有望新人、あれママさんのことやないですか」

マメちゃんも私と同じことを考えていたらしい。

「ええ、そうです。こんなこと誰にもいったことなかったけど……私、大学院を卒業して二年目に、東洋美術院の新人賞もらいました。今考えたら、まだ若いうちにあんな大それた賞もらったんが間違いなんやろね。早速、碧水画廊が来て私の描く絵、全部引き取るといってくれたの。もう十年くらい前になるけど、あの当時で、号五千円。私、自分の描いた絵が売れると聞いて有頂天になりました。全ての画学生が目指す、絵でご飯が食べられる生活ができるとなったんやから無理ないでしょ。私、碧水のいうままに、毎日毎日、それこそ寝食を忘れて制作に没頭しました。花描いてくれと頼まれたら花を描き、鳥やといわれたら鳥を描き、何の疑問も持たずに描き続けました。そう、一年くらいそんな状態が続いたかな……。ある時、フラッと立ち寄ったデパートで私の絵を見たの。仰々しい額に貧弱な絵が納まってました。おまけに、値札を見てびっくり。私から買い取る値の十倍やもん」

「絵いうのは、そんなに元値と売値が開いてますんか」

「そう、だいたい五倍くらいが普通やね」

ママは平然と答えたが、我々一般人の感覚として、五倍は法外だ。額を付けただけで五倍になるのなら、碧水が急速に大きくなったのも当然である。

「私、その日のうちに大阪中のデパートまわってみたの。そうしたら、どこにも私の絵がありました。どの絵も荒れてて高くて。あんまり衝撃的で、立ってるのが辛《つら》かったわ」

もうひとつぴんと来ない。絵が荒れて困るというのは充分理解できるが、高すぎて困るというのが分らない。

「何でそんなにびっくりしたんや」

「あのね、美術の世界というものを特別視したらあかんのよ。絵の流通も、需要と供給のバランスという経済の原則から逃れることできません。需給状態を無視した絵の氾濫《はんらん》は、いずれ破綻《はたん》をきたすんです。つまり、どこにでも私の絵があって、その上、実質以上の高値であるということは、売り方が常識外れで、いずれ見向きもされないようになるということよ。新人作家の後押しをする場合、普通の画商なら、市場を睨みながら、ストックしてる絵を少しずつ計画的に市場に流します。それに、業者間で絵をやり取りすることもしません。少なくとも、作家から絵を買い取った画商が責任を持って直接お客さんに売ります。私の絵が十倍の値で売られていたということは、碧水が安易な絵ころがしをしてると考えていいのよ。結局のところ、碧水画廊には私を育てようという意志がないと分ったの」

極楽とんぼのママにこんな論理立った解説をする能力があったとは驚きだ。人間、生半可なつきあいではその実像を理解し得ない。

「それでママさん、碧水に対してどんな策をとったんですか」

「水坂さんに会って、やんわりと制作量を減らしたいといいました」

「それで？」

「どうにもなってません。相変わらずの制作地獄よ」

「どういうことです」

「マメちゃん、新人画家というのは、画商には頭が上りません。例えば……そう、絵具。このブランデーグラスに岩絵具いっぱい詰めていくらくらいすると思う？」

ママはブランデーを注ぎながら訊《き》いた。

「岩絵具？」

「日本画の画材で、主に有色鉱物の粉。それをニカワで画面に定着させるの。そうね、色は天然緑青《ろくしょう》にしましょう。高松塚古墳知ってるでしょ。あの貴人の服を塗ってたのが緑青。孔雀石を砕いて作ります。さあ、いくら？」

「そんな、実際見たこともないもんに今すぐに値を付けいわれても……」

それでも、マメちゃんはおずおず、

「一万円、いや、五千円かな」

と、答えた。

「アッハハハ」

ママは弾《はじ》けたように笑い、

「甘い甘い、その十倍、六、七万円はします。絵を描き続けて行くには、膨大な材料費と時間が要るのよ。もちろん、才能も必要です。それと、コンスタントに絵を引き取ってくれる画商が必要です。少々無理なリクエストにも応えないといけません」

「画商離れて制作することできんのですか」

「ある程度の地歩を固めるまでは難しいやろね。……日本画家が世に出るには大まかに三つのコースがあります。まず第一が、団体に所属してその中で地位を得る方法。日展、院展、創画会なんかの新人賞、奨励賞を狙うの。ここでは、画塾、師弟関係といった昔ながらの複雑な環境と人間のしがらみの中をうまく泳ぐ社交性と、タフな神経が必要やろね。それが苦手な向きは、第二の、フリーでがんばる方法をとります。個展や、アンデパンダンで作品を発表しながら、山種、シェルといった団体展以外の有力な賞を目指すのよ。第三が、大手の有力画廊後援で売り出す方法……ま、実際はこんな簡単に分類できないけど大きな間違いはないでしょう。いずれにせよ、何か有名な賞をとらないことには一生うだつが上りません。絵具代にもこと欠きながら、毎日身を削るような精進して作品を描き続ける人達の中で、ほんの一部だけが浮かび上り、絵で生活できるようになる。それが世の常やといってしまえばそれまでやけど、厳しい競争がいつまでも続くの。その生存競争の中で大部分の人が挫折《ざせつ》します。未練を残しつつ、生活のためにこの世界から離れて行きます。私もそのうちのひとり。……とどのつまり、私の惧《おそ》れてたようになってしまいました。絵は氾濫する、不当に高い、売れなくなる、碧水画廊が見切りをつける。それこそ絵に描いたような悲劇が私自身に訪れたというわけ。それで私、日本を離れました。フランスで、たまった垢《あか》を落とそうと考えたの。その結果が今の私、日仏学院の先生です」

ママは最後をおどけるようにいって、残りのブランデーを一気にあおった。

「ママ、水坂にいうべきこと、まだようけあるやろ」

「もういいのよ。あの人にとって私たち作家はお金儲《かねもう》けの道具でしかないもの。私も、まんざら素人でもないし、碧水画廊の悪い噂は聞いていました。それでも、碧水の敷いたレールの上を走ったのは、いつか機会をみて、自分の路線を開拓してやろうという下心があったからで、お互い、相手を利用しようと考えていたのは同じです。水坂さんの方が、さすが年食ってるだけあって、役者が一枚上やったみたい」

「どの画商も同じような商売するんですか」

「水坂さんは特別よ。あんなやり方やからこそ、戦後の短い期間で大阪一、二の画廊になりおおせたんでしょ」

「ママさんの話聞いて、絵描きさんの世界も大変やと知りました。ぼく、高校の時、絵の先生いうのは、いつもボーッと口開いてポケットに手を突っ込んだまま、『はい、始めなさい』、『はい終り。道具をしまいなさい』というだけやったし、あれで給料もらえるんやから、何と気楽な商売やろと思てました。そやけど、あの先生も挫折したんやろなあ。作品が売れへんから教師になった……」

「そう一概にはいえないわよ。いいもの見せてあげる」

いって、ママはトイレ横の更衣室にゆらゆらと入って行った。

ブランデーはもう三分の一に減っている。最初は三分の二ほどあった。私が三、四杯、マメちゃんが二杯ほど飲んだだけで、あとは全てママの胃に収まったわけだから、その足取りが怪しいのも無理はない。ママが酒を飲んだのも、酔ったのも初めて見た。我々はママにとって、思い出したくない、いいたくない古傷を暴《あば》いたのかもしれない。

ママが戻って来た。

「これ見なさい」

と、カウンターの上にドサッと置いたのは、あずき地に「新日本美術総年鑑」と金文字で印刷された、電話帳よりも厚い本であった。適当にめくるが、どのページにも、これまた電話帳並みの小さい活字が隙間なく詰っている。芸術院会員を筆頭として無名の作家に至るまで、その名前、略歴、所属団体、作品の値段が延々と並んでいる。一種の名簿と考えていい。電話帳と異なるところは、活字の大きさに少しずつ差があることで、当然、大家の活字は大きく、新人は小さい。

「どう、ご感想は？」

「芸術家、ようけおるんですな」

「自薦、他薦含めて、この狭い日本にこんな沢山の芸術家がいるの。その高校の先生も名前が載ってるかも。自称、芸術家として。マメちゃんも芸術家になってみる?」

「どういうことです」

「日曜画家でいいから、とにかく小さな無名の団体展に応募するの。一度でも入選すればこっちのものよ。あとは年鑑の出版社に連絡するだけ、ぼくの名前を載せてくれ、とね。すると、すぐ振込用紙が送られて来ます。二、三万円も出せば隅っこに名前くらいは載ります」

「そんなにええ加減なもんなんですか」

「そうね、残念ながらそんな一面もあります。年鑑の出版社は、大家や中堅を別にして、有象無象《うぞうむぞう》の新人にはそんな風に虚名と箔《はく》をつけてやることによって経営を成り立たせ、新人はその虚名と箔を利用して自分の作品を売り込む。お互いギブアンドテイクといったところやね。要するに、新人の時代は作品の値段なんかあってないようなものよ。ここに載ってるのはあくまでも作家と画商側の言い値であって、その値で売れることはまずないでしょ。絵なんて売れてなんぼ、売れなかったらただの趣味。日曜画家にとっては高尚な趣味で、私たちから見てもほほえましいけど、プロの作家にとっては、売れない絵なんて時間と労力と材料の無駄を集成したものでしかないのよ」

ママは自嘲《じちょう》と憤懣《ふんまん》をないまぜにして吐き捨てた。眼のふちがほんのり赤い。

「いいたいこと、まだまだあります。いい機会やし、この際、お二人さんにとっくり聞いてもらうからね……」

ママは電話帳を手に取った。

5

爪を長目に切り揃えた華奢《きゃしゃ》な指で千ページもありそうな本を丁寧にめくり、「現代日本画」の欄を開いた。

「どうです、このとおり絵にはちゃんとした市場価格があるんですよ。これは各先生方が血の滲《にじ》むような自己研鑽《けんさん》を積まれた結果です。そんな……値段があって、ないというようなことは絶対にありませんな。私どもも、先生方に満足していただける条件で絵を引き取っております」

水坂は私の眼をじっと見て答えた。

きれいに梳《す》き分けた髪、細い眉《まゆ》、切れ長の眼、尖《とが》った鼻の下には細く形を整えられた薄茶色の髭《ひげ》。別誂《あつら》えらしいダークグレー、ピンヘッドストライプの三つ揃いにブルーのシャツが映えて、いかにも芸術的な雰囲気を漂わせる人物ではあるが、その言葉と態度は自信に満ちており、時には傲慢《ごうまん》な印象を与える。

昨夜、岡崎とママから仕入れた予備知識をもとに、新しい情報を得るべく、私とマメちゃんは朝から碧水画廊を訪れている。

「もちろん、先生方への画料は現金でお支払いしております。あなた方は優雅なビジネスとお考えになるかもしれないが、作品が売れるまで数カ月、いや数年もストックしておかねばならないし、ストックしておいたところで利を生む性質のものでもないから……絵が好きでなかったら、こんな商売、とてもじゃないが続きませんな。それに、京都に新しい店を構えようという計画もありまして。この不景気だから、店を増やして新しい顧客を開拓しないことには生き残れません。そんなわけで、三協銀行に二億円の融資を依頼したんだが、五〇%もの拘束預金を強制されるとは思いもよりませんでしたな」

水坂はいかにも腹立たしいといった風に答えた。その言葉を、きのう岡崎から聞いた内容と対照させてみる。

(碧水が二億もの金を借りた目的やけど、表向きは京都に新しい店出すためですわ。多分、水坂もそないいよるやろけど、騙《だま》されたらあきまへんで。ほんまの目的はサラ金に資金を貸すためですわ。えっ、サラ金の名前でっか？　ちゃんと調べはついてます。桜木《さくらぎ》、桜木商事といいますねん。経営者は桜木肇《はじめ》、四十二歳でまだ独身。かなりの曲者《くせもの》で、過去二回も出資法違反で罰金食ろうとる。水坂は五〇%もの拘束預金を三協銀行につけられても、充分ペイできるだけの裏金を桜木から取っとるのやろ)

「しかし、拘束預金は承知の上で二億円をお借りになったんでしょ」

私が訊《き》いた。

「それはもちろん……知ってはいるが、そんな常識外れの条件を呑《の》んでも、なお融資を受けねばならないほど資金繰りが苦しいということを察していただきたい」

（しかし、何で水坂は銀行から金借りたんやろ。今の碧水の経営状態なら、一億や二億の金、簡単に捻《ひね》り出せるはずなんや。単なる税務対策とも思えん。それに、拘束預金そのものにもわしらは疑問を持っとる。そうでっしゃろ。五〇％もの拘束いうたらやっぱり異常でっせ。あとあと訴訟でも起こされたら……ま、実際起こされかけとるんやが……銀行にとって著しく不利になるのは眼に見えとる。要するに両刃の剣なんや。銀行にとっても碧水にとっても非常に危険なことなんや。何でこんな危険な契約を結んだか……。これだけは分らん、ほんまに不思議や）

「担保は主に何を？」

「このビルですよ。絵を担保にとってくれるんなら願ったりかなったりなんだが、銀行というのはお堅いところでね、不動産しか担保にとってくれない」

と、水坂は部屋を見まわした。

（担保に関しては問題ありませんな。碧水画廊の土地と建物、時価に換算して優に二億以上の価値はある。手続きにも問題はおまへん）

　応接室は二十畳ほどもあろうか、壁は凝った織りの布クロス貼り、床は靴のかかとがすっぽり埋まるようなウイルトンカーペット敷き。広い部屋の真中にはスエードと白木の北欧調応接セットが配されているだけのまことにシンプルな造作で、それがかえって豪華な雰囲気をかもしていた。商売柄、四方の壁には十数枚の日本画が掛けられている。

「そこにある小さい絵、何ぼくらいですか」

たばこをふかすばかりで、私と水坂のやりとりを所在なさそうに聞いていたマメちゃんが訊いた。

「号、七十万だから……」

「えっ、七十万……あの絵が七十万円もするんですか」

マメちゃんが驚いたのも無理はない。絵は見開きLPジャケットより少し小さいくらいで、左下に桜、右上に月を描いただけの何の変哲もない構成である。アルミサッシ様の安っぽい額に入れられている。

「ばかいっちゃいけませんよ」

水坂は鼻白んで、

「私は号七十万といったんです。あの絵は十号だから七百万になる」

「ええっ?!」

今度はマメちゃん、腰抜かさんばかりに驚いた。マメちゃんならずとも普通の金銭感覚を持った人間なら当然の反応だ。

「その、号とかいうの何ですか」

「絵の大きさを計る単位ですよ。だいたいハガキ一枚の大きさを一号といいます」

「ハガキ一枚が七十万円ですか。何ともはや」

「文化勲章拝受クラスなら、号五百万を超える先生方もいらっしゃる」

水坂はこともなげにいった。

「法外な値ですがな。ほんまにそんな値段で買う客がおるんですか」

「いくらでも。その絵が気に入ったとなると金に糸目をつけないのがほんとの美術愛好家というものですよ」

「ぼくにはその心理分りませんな。ハガキ一枚に五百万。どう考えても異常ですわ」

水坂のいかにもあなどった態度が気に入らぬとみえてか、マメちゃんは執拗《しつよう》に食いさがる。

「亀田さん、あなたにお訊きします。……ここに二枚の絵があったとする。一枚は百万円で、もう一枚は十万円。あなたは百万円の絵が嫌いで十万円の絵が好きだ。さてここで、どちらでもお好きな絵を差しあげるといわれたら、あなたどちらを選びます？」

「そら、百万円の方ですがな。高い方がええに決まってる。好き嫌いはいうてられへん」

「結構、なかなか正直なお答えですな。……今の話はね、いわばすずめのお宿なんですよ。人間誰しも、小さなつづらよりは大きなつづらがいいに決まっている。これですよ。絵は高価だから売れるという一面を持っているんです。いいから高い、高いからいい、ニワトリと卵の関係ですな」

何やら禅問答風だが分るような気もする。

マメちゃんが黙り込んだのを見て、頼みもしないのに水坂は壁にかかった絵の紹介を始めた。

「あれが日展評議員、山中瑞鳳《ずいほう》先生の作。右どなりの水仙の絵は大倉厚一先生、そのとなりが――」

この調子では我々がここに来た本来の目的を逸脱するばかりだ。

「すんません、絵の方は今度ゆっくり見せていただくことにして、先に仕事の方を片付けたいんですが」

水坂の話を遮った。

「川添さんとのつきあいはいつ頃から」

「もう四年になりますか。彼が築港支店に来てからずっとお世話願ってました」

「今回の融資について詳しくお聞かせ願えませんか」

「二年前、最初は八千万の融資を依頼しました。ところが、川添君のいうには一億六千万借りてくれとのことで、すったもんだのあげく一億四千万借りました。そのうち六千万は強制預金ですな。半年後、六千万借りました。うち四千万が預金です。都合、二億借りて一億が拘束預金。……ひどい契約です」

どこまで信用していいのか――。何しろ相手の川添はもうこの世の人ではない。どういおうと水坂の意図するままだ。

「川添はなぜ死んだと思います」

いきなり核心に触れることを訊いてみた。水坂は表情も変えず、

「やはり訴訟騒《ざ》ぎがこたえたんでしょうな。それに、新聞によると、例の強盗事件との関係も取《と》り沙汰《た》されているそうではありませんか。川添君には気の毒だが、私は彼が死んだことについて何らの呵責《かしゃく》も感じてはいませんよ。彼は人生におけるちょっとしたつまずきに耐えられずころんでしまった。弱い人間が淘汰《とうた》された。ただそれだけのことでしょう」

「はたしてそれだけでしょうか。訴訟に関しては我々も調査済みのことであるし、充分理解はしてるつもりなんですが、それが強盗とどう関係するのか。水坂さんに何か心当りは？」

「えらくひっかかったいい方をなさる。それじゃ、まるで私が強盗に関係しているとでも……。冗談じゃないよ。川添君と私とは単なる銀行員と顧客の関係であって、それ以外の何物でもない。つまらん言い掛かりはやめていただきたい」

水坂は憤然といい放ったが、その眼は決して怒ってはいなかった。被疑者を訊問《じんもん》する際によく見る、視線の定まらない、虚偽の供述を考えている時の眼であった。

きっと何かある、叩《たた》けばほこりが出る、私は確信を持った。叩くためにはもっと情報を集めねばならないし、今ここで水坂を追いつめて、妙な警戒心を生じさせても困る。

（今度来る時は、ただでは済みませんで。あんたのその紳士面引っぱがして泣きの涙流させたる。首洗うて待っときなはれ）

心の中で宣戦を布告し、

「そうですか。今日は忙しいところをどうも」

おもむろに腰を上げた。

応接室を出る時、ひょいと振り返って、

「また寄せていただきます。その節はよろしく」

と、いってやったら、水坂は何とも表現し難い複雑な表情を作った。


西区京町堀の碧水画廊ビルを出た。ビルは全面レンガタイル貼り、玄関のまわりに御影石をあしらった、大きくはないが洒落《しゃれ》た外観である。建坪は約五十坪、一、二階が画廊、三階が事務所、四階が水坂一家の居宅となっている。道路を隔てたすぐ南側には、大阪市立靭《うつぼ》公園のうっそうたる緑が広がり、北へ五十メートルも歩けば西船場小学校、その二つに挟まれて、大阪市の中心地区ではあるが、附近は閑静な佇まいを見せていた。

靭公園を抜けて、地下鉄四つ橋線本町駅まで歩くことにする。

「黒さん、腹減った。何ぞ食いましょうな」

「まだ十一時やないか」

「まだやおません。もうというて下さい。朝から水坂みたいなタヌキ相手にして、飯でも食わんことには元気出ませんわ」

「うどんは嫌やで」

「また意地の悪いことをいう。きのうはカレーライス食いましたがな。ねえ、きつね食いましょうな」

公園の途中まで来て、ボールを打つ音が聞こえた。近くにテニスコートがあるらしい。マメちゃんはすかさず音のする方へ駆け出した。立木の奥にコートがあるのを確認すると、そこから私を手招きした。心ははやるが大儀そうな動作で近寄った。

二人、フェンスに貼りついてプレイを見守る。もちろん奥様テニスである。女子高生のブルマ姿を拝めなかった代償を求めたわけだが、どの奥様もジャージかスウェットパンツで完全武装しているため、フリル付きのアンダースコートなど眺めるすべもない。

「何や、あほらしい。だんなは一所懸命働いとるのに、嫁はんはこないして昼間からちんたら遊び狂うて。日本の行く末が案じられるわ」

マメちゃんは怒る。その対象が奥様連の行動であるか、それとも服装であるかはこの際言及するまい。

「寒い、あそこ入ろ」

コート横にクラブハウスがあった。公立のことでもあり、合板製のテーブルとプラスチック成型の椅子を並べただけの安っぽい喫茶室に入った。

薄いサンドウィッチを水とアメリカンコーヒーで胃に流し込む。

「黒さん、これからどないします」

「そうやな、岡崎はんの応援にでも行かんとしゃあないやろ」

岡崎は朝から、三協銀行築港支店で書類をもとに、碧水画廊の融資について引き続き調査をしている。

「ぼくらが行ったところで帳簿の一冊も調べられませんで」

「それもそうや。捜査本部、覗《のぞ》いてみるか」

「出向の身でそれはあきません。何か摑《つか》まんことには帰れません」

「また、天六で仮眠か」

「あほな。ぼくら、サボッてばっかりいるようですがな」

「実際、ようサボッとるやないか」

「それをいうたら身も蓋《ふた》もありませんわ」

「ごちゃごちゃいうとってもしゃあない。とにかく岡崎さんとこ行ってみよ。水坂の件も報告せんといかんし、今はあの人がわしらの上司や。部下としては上司の指示を受けるほかない」

このままマメちゃんのペースに巻き込まれては午後を無為に過ごしてしまいそうな気がした私は、水を飲みほし、席を立った。

岡崎は築港支店三階の会議室に陣取り、調べを進めていた。折りたたみ式のテーブル上には細かい文字と数字のぎっしり詰まった書類が山と積まれている。凶悪犯罪専門の我々には全く縁のない捜査方法だ。

岡崎は仕事の手を休め、こちらを見上げて人なつっこい笑顔を作り、

「ああ、お疲れさん。ま、そこらに坐《すわ》りなはれ。わしも一休みしまっさ」

細い腕をせいいっぱい突き上げて大きく伸びをする。

「お二人さん、飯は？　食いはったんですか。それならちょっと失礼して、わしも食わしてもらいまっさ」

岡崎は書類を手早く脇に除け、テーブルの上にグレーのディパックを置いた。岡崎とディパック、奇妙な取り合わせだ。中からハンカチに包んだアルミの弁当箱を二つ取り出す。我々の視線を感じたのか、岡崎は、

「わし、いつも弁当ですねん。外食は栄養が偏《かたよ》るいうて、家内が毎朝作ってくれますんや」

いって蓋を取った。弁当箱の片方にはおにぎり、もう一方にはおかず、きれいに並んでいる。おにぎりは、のり、たらこ、しその三色。おかずは筑前煮《ちくぜんに》、だし巻、ほたて貝の煮付、ほうれんそうのごまあえと色とりどり、かなりの豪華版だ。

「どうでっかおひとつ」

「うまそうです」

早速、マメちゃんが手を出した。

「どないでした、水坂。一課の探偵さんとしてはどう見ます」

岡崎がおにぎりをほおばりながら訊《き》く。

「デカ長に聞いたとおりですな。なかなかのタヌキですわ」

私とマメちゃんは水坂に対する感想を述べ、次いで、碧水画廊の評判と営業の詳細を伝えたが、その情報源が誰であるとまではいわなかった。行きつけの喫茶店のママから聞いた、などといえば、いつも安直な方法で訊込《ききこ》みをしていると思われてしまう。

岡崎は興味深げにふんふんと頷《うなず》きながら聞き、

「なかなかおもしろい話や。きのうの夕方から半日の間に、ようそれだけ調べはった。さすが一課の探偵さんはどこか違う」

と、我々の自尊心をくすぐった。

「わしにも、おもしろい……というよりは重大な情報がおまっせ。まだ確証はないけど」

「川添のことで？」

「多分、水坂も一枚嚙《か》んどりまっしゃろ」

岡崎は立って窓際までゆっくり歩き、ぼんやり外を眺める。

私とマメちゃんもそばへ行った。

うっすらとほこりを被ったガラスを透して灰色にくすんだ住宅の瓦《かわら》と町工場のスレート屋根、申し訳程度に散在する緑が見える。

岡崎は声を潜めて、

「今朝、ええもん手に入れましたんや。まあ見なはれ」

と、ポケットから数枚の紙を取り出した。預金通帳をコピーしたものらしく、入金、出金、摘要などの欄に細かい数字が並んでいる。

「銀行預りの通帳のうち、川添が持ち込んだのをこの間から調べてましたんや。案の定、架空名義の通帳が五冊残った。五冊のうち四冊は金の振込み先や出金先を追及して、何とかほんまの所有者を特定できたんやけど、最後に正体不明のが一冊残った。今、黒木はんの見てるのがその通帳のコピーでんがな。それ、よう見てみなはれ、二年前の十一月以降、毎月二十日に五十万円の入金がおまっしゃろ。振込み人の名前は梅木《うめき》商会、もちろん架空の会社ですわ。どうです、おもろい名前でっしゃろ」

「ほんまにおもろいなあ。梅木商会と桜木商事、よう似てますわ」

「桜木商事と考えて間違いおませんやろ。それに、この通帳の名義人は山辺《やまべ》隆弘《たかひろ》。わし、川添隆幸本人の通帳やと思いますねん。銀行の貸付係に対して、ゆうれい会社から毎月一定額の振込みがある。こいつはリベートとしかみなしようがない。これらの事実から思いあたることはひとつしかおまへん。川添な、どうも浮貸しをやってたらしい」

「浮貸し？」

マメちゃんがすかさず復唱したところをみれば、彼は浮貸しの何たるかを知らないらしい。拘束預金を知らなかった私にも、浮貸しくらいは理解できる。

「金融機関や会社の役職員が、職務上保管している金を秘かに貸出すことでんがな。要するに、不正貸出しの一種と考えたらよろしいわ。例えば、銀行の貸付担当者なら、表向きは年一〇％で企業に融資しといて、裏であと二、三％の金利を個人的に要求する。厳密には業務上背任やけど、これは広義の浮貸しと解釈してよろしおまっしゃろ」

「そやけど、裏金利を払うてまで資金を借りんといかん企業いうのは、相当業績の悪いとこでしょ。ぼくにはよう分らんけど、サラ金いうたら、今、花形の成長産業でしょ。そんなややこしいことせんと、堂々と金を借りたらええのと違います？」

マメちゃんが素朴な疑問をはさんだ。岡崎はふっと笑って、

「世論いうのがおますがな。銀行が、善良な市民から集めた半公共的な資金を、庶民の敵であるサラ金に貸付けてることが大々的に喧伝《けんでん》されてみなはれ、えらいイメージダウンになりまっせ。昭和四十七、八年の狂乱物価や土地ころがしの黒幕やということで、あれ以来、銀行イコール悪であるという図式が定着しつつあるのに、この上評判落とすことできますかいな。そら、確かに銀行はサラ金に資金を調達しとる。この間、全国信用金庫協会の会長がえらい剣幕でいうてましたやろ、銀行が一千億以上の資金をサラリーローン業界に貸付けとるが、これはけしからんと」

「そういや、そんなこと聞きましたなあ」

マメちゃんの言に岡崎は頷いて、

「銀行としても辛《つら》いとこや。不況の長期化で優良貸付先の確保に頭痛めとるし、イメージダウン覚悟でサラ金業界にどんどん貸し込んどる。背に腹は代えられん、いうとこでっしゃろ。しかし、この状況はサラ金にとって大歓迎ではある。低利の優良資金を利用

できるようになったんやから。ただし、この恩恵に浴しとるのは大手サラ金だけ。銀行もあほやないし、経営基盤の弱いとこや、極端な高利をとってる不良業者には金貸さん。融資を受けとるのは、武富士、プロミス、アコム、レイクの大手四社を中心とする上位百社が殆《ほとん》どや。これで、最近、大手の寡占化が進んどる理由が分りまっしゃろ」

「……？」

「つまり、低利の資金を安定的に調達できるようになって、大手サラ金業者は金利を下げた。五十二、三年の年利九〇％前後から、段階的に金利を引き下げて、今は四十数％になっとる。それで他のサラ金の客も流れて来る。いきおい寡占化が進むというわけですわ」

「なるほど、デカ長のいわはることよう分りました。それやったら、川添は何で……」

「桜木商事みたいな零細業者に貸付をすることができたんかと……こういいたいんでっしゃろ。それが、ありますねん、合法的に貸付のできる方法が。ダミーを使うんですがな、ダミーを。比較的業績のええ企業を橋渡し役にするんですわ」

「それが碧水画廊」

「多分、そうでっしゃろ。川添は碧水をダミーとして使いよったんや。碧水に最初の融資をしたんは二年前の十月。山辺隆弘への五十万円の入金は二年前の十一月から。時期的にもうまいこと符合しまんがな。表向き碧水に貸付けた金は、実は桜木商事に流れてた。桜木はその資金をもとに荒稼ぎをしてる。おそらく、碧水にも桜木がかなりのバックマージンを支払うとるはずや。さて、問題は、その金の流れをどうやって証明するかやけど、碧水も川添も、桜木商事に対して領収書なんぞ発行しとるわけないし……」

「今調べてはる書類からは分りませんか」

「わしもそのことを頭に置いて調べとるのやが、どうも望み薄でんな。銀行はあくまでも碧水画廊に金貸しただけで、そこから先の金の流れは銀行側のあずかり知らんことやさかい」

岡崎は腕組みをし、じっと外を見つめながら話す。その眼が赤いのは、朝からずっと書類を睨《にら》んでいたせいであろう。

「碧水が一億円を桜木に貸してるという証明はできるんでしょ」

「そら当然ですがな。一億もの金、借用証も取らずに貸すわけおません。そのことはとっくの昔に内偵済みや。せやけど、その事実を突きつけたところでどないなります。川添の犯罪が立証されんことには、強盗の捜査には何の進展ももたらしまへんがな」

「一概にそうとばかりはいえんでしょ」

私は二人のやりとりに割って入った。

「碧水、桜木、川添、三者の間に一億の金をめぐるどろどろした関係があるからこそ、川添は強盗に加担したと考えられます。ミムロの正体は、案外、水坂か桜木かもしれませんで」

「なるほど、ここは黒木はんの説に賛成や。よっしゃ一区切りついたことやし、これから桜木商事へ行ってみよ。お二人さんも一緒にどうでっか」
我々に異論のあろうはずがない。弁当の残りを平らげ、岡崎に従《つ》いて築港支店を出た。ほたて貝の煮付がうまかった。

「桜木商事、どこですか」

「京都。……東山区今熊野ですわ」

岡崎は平然と答えた。

「ええっ！　今から京都まで行くんですか」

マメちゃんが驚く。

「お嫌ですか」

「いやいや、ぼく、てっきり大阪市内やと思てたから。……京都もよろしいわ。そうか、京都か。遠足気分や」

私もマメちゃんも足取りが軽い。宮元に命じられて、書類や数字ばかりこねくりまわす二課の応援に来た時は、正直いって私にもマメちゃんにも疎外感があった。捜査本部を離れて、捜査の本流から外れるのではないかと感じていた。それが今はどうだ、自分たちの捜査が最も進んでいるという確信と、ひょっとしたら、碧水画廊、桜木商事の線から強盗の主犯に到達するのではないかとの期待まである。二人の銀行員を射殺し、一億円を強奪し、その結果、共犯の川添を死に追いやった赤いチリチリ頭、A型の男。この憎むべき犯人を逮捕し、事件を解決するのは我々であるかもしれないと思うと、足取りが軽くなるのも無理はない。真意はどうであれ、私とマメちゃんに出向を命じた宮元と、大いなる進展をもたらしてくれた岡崎に感謝せねばなるまい。

「どないしました黒さん。さっきからひとりでにやにやして。何を考えてるか当ててみましょか」

築港支店から歩いて十分、朝潮橋から乗った地下鉄の車内でマメちゃんが話しかけてきた。

「ママのお尻《しり》を思い出してはるんでしょ」

昨晩、シェ・モアのママは完全に酔ってしまった。結局、ブランデー約半本をママひとりで空けたのだから当然の結果であった。正体なく眠り込んだママをマンションまで送り届けたのだが、私がママをおぶっていたから、その感触をマメちゃんはいっているのだ。

「あほくさ」

否定はしてみせたが、あの時、悪い気はしなかった。ママは重かったし、私も少し酔っていたので困りはしたが、意外にふくよかなママの胸を背中に感じた。柑橘《かんきつ》系のコロンが鼻をくすぐった。ママの長い髪が私の首筋を撫《な》でた。ママもやっぱり女なんや——。

そんな柔らかい感じを抱いていた。

「ほな、何をにやにやしてはるんです」

「そういうマメちゃんこそ楽しそうやないか」

「そら、そうですがな。今は、ぼくらが犯人に一番近いとこにおるような気がするんですわ。ひょうたんから駒で、ぼくらが事件を解明したということになったら、こらすごいことになります。本部長賞はもらえますやろ」

マメちゃんは何の衒《てら》いもなく答えた。あまりにも自分の感情に正直で、直截《ちょくせつ》で、こちらまで気恥ずかしくなる。岡崎もそれを聞いて笑っている。

「ぼく、この事件だけは早期解決させたいと思てますねん。お宮入りなんかには絶対させません」

「おうおう、えらい大きく出たやないか」

「子供のためですねん。初めての子供が生れる時にかかずりおうてる事件やし、何としても解決せんことには縁起が悪い。子供が大きなって、『これが、おまえの生れた時に、お父さんのもろた賞状やで』と見せてやりたいんですわ」

殊勝な、というよりは、古き良き時代の働き蜂的発想で、マメちゃんの日頃の言動とは天と地ほどの差がある。この自然児にも、良き家庭人、良き父親としての自覚が芽生えつつあるのか。

本町で御堂筋線に乗り換え、淀屋橋《よどやばし》で降りる。京阪《けいはん》電車の特急に乗り、三十数分のうたた寝をすると、京阪七条に着いた。

寒い。大阪より二、三度は低い京都盆地の底冷えに震え、コートのえりを立てた。鴨川沿いの駅から七条通りを東へ歩く。勾配《こうばい》の強い上り坂が東山通りまで続く。坂の突き当りが真言宗智山派の総本山智積院《ちしゃくいん》で、そこに至るまでの通りの両側には、長い軒を連ねた昔ながらの町家が並び、対照的に現代風の装いを凝らした喫茶店、ブティックなどの店舗を包み込んで、全体として落ち着いた佇まいを見せている。

国立京都博物館の、左右対称の正統的なルネサンス風記念建築を通りの向こう側に望みながら、三十三間堂の白い土塀に沿って歩き、東山七条に着いた。智積院の前を南へ曲る。岡崎は細長い体をいっぱいに使って跳ねるように歩く。肩にひっかけたディパックが揺れる。

「えらい元気な人やな。上り坂を十分も歩いて全くペースが落ちてませんわ」

「昔の人は我々と鍛え方が違う」

岡崎に十歩ほど遅れて私とマメちゃんが従いて行く。

国鉄東海道線を越えたところが今熊野、新熊野神社の真前に目指す桜木商事はあった。前面だけに鉄赤釉のタイルを貼った小さなビルの一階を喫茶店、二階を桜木商事が使っている。さて、岡崎がどんな攻め方をするか……。

狭い階段を上り、ガラス扉を押した。ほんの五坪ほどの店内は、大理石模様のカウンターで客用スペースと事務室を区切っただけの、およそ機能一点ばりの安っぽい作りで、壁のビニールクロスなど、ところどころ端がめくれ上っているのを画鋲《がびょう》でとめている。天井の照明といえば裸の蛍光灯だけ。朝訪れた碧水ビルの応接室とは天と地ほどの相違がある。

手前に、紺の上っ張りを着た若い女と、三十過ぎの、青いカッターシャツに黒いウールの編みタイを付けた男、奥に、黒っぽいスーツの男が坐《すわ》っていた。

「いらっしゃいませ」

青シャツが立ち上った。岡崎が手帳を呈示する。

青シャツは少し表情を硬くし、奥へ行って黒スーツに耳打ちした。

黒スーツは報告を受けると驚く気配もみせず、ゆっくりとこちらへ来て、

「ここでは何ですから、下でお願いします」

と、我々を誘って外へ出た。悠揚迫らざる態度だ。商売柄、この種の訪問に馴《な》れがあるのかもしれない。

階下の喫茶店へ案内し、我々が坐ったところで男は口を開いた。

「大阪府警の刑事さんがわざわざ京都まで。……いったい何です」

「いや、大したことおまへん。ちょいとした訊《きき》込みですわ」

岡崎がいった。

「ほう、ちょっとした訊込みに大阪の警察では刑事さんを京都まで、それも、三人も派遣するんですか。さすが大阪、金に不自由はしていませんな」

皮肉を浴びせたが、我々の表情が険しくなったのを見て、

「私、こういう者です」

名刺を差し出した。〈株式会社桜木商事　桜木肇〉と、ある。広い額に細い眼、薄い唇、全体に生気の乏しい青白い顔だ。銀縁のほんの少しグレーのかかった眼鏡をかけている。

「桜木商事とはおもしろい名前ですね」

マメちゃんがいう。

「桜木、サラ金、よく似ているでしょ。語感は悪いが、他にいい名称を思いつかなくて」

「やっぱりサラ金と呼ばれることに抵抗がありますか」

「そうですね、私どもとしてはキャッシュローンと呼んでもらいたいのですが。どうも、サラ金という語句には悪いイメージがあるようです」

軽いジャブの応酬で相手の出方を探る。

オーダーしたコーヒーが運ばれて来た。砂糖を入れ、ミルクを注いで、しばらくの沈黙があった。

桜木はブラックをひとすすりして、

「刑事さん、ご用件は何です」

低い声で切り出した。

「おたくさんが大阪の碧水画廊から借りた一億円について、少々お訊《き》きしたいと思いましてな」

桜木の眼を見て、岡崎が小さく答えた。桜木も負けじと視線を受けとめる。静かな睨《にら》みあいが続く。

先に視線を逸《そ》らしたのが桜木で、表情を和らげながら、

「出所は碧水ですか……いや、税務署かもしれませんね。守秘義務とかいうのも、警察力の前にはあえなく敗退。蛇の道はヘビというところですか。いいでしょう、いずれ分ることです。一億円、まさに碧水画廊から借りています。それがどうかしたんですか」

「いや、わしらは貸借関係をとやかくいうとるのやおません。その一億円がどういう性格のものかを調べとるんですわ」

「これはまた異なことをおっしゃる。そりゃあ確かに碧水画廊から金は借りてますがね、その金を碧水がどこからどうして捻出《ねんしゅつ》したかは問題じゃない。今は資金量がものいう時代だから、借りられるのならどんな金でもいい。今度、貸金業規制法が施行されたこと、みなさんご存じでしょう。当面の年利は七三%だが、三年後は五五%、その二年後は四〇%でしょ。うちあたりの零細キャッシュローン業者にとっては厳しい規制ですよ。金利という質で儲《もう》ける時代は終ろうとしているんだから、これからは貸金の量で勝負しないと……あなた方のへそくりも年利二〇%で運用しますよ。どうです、私に預けてみませんか」

下手に出るとみせて上手に出る、突っ張るとみせてやんわりいなしてもみる。桜木肇はやはり予想どおりの、一癖も二癖もある人物であった。

「分りました。ほな、別の質問しまっさ。碧水画廊とはどういう縁で知りあいはったんですか」

「ちょっと待って下さいよ。さっきから、碧水、碧水とおっしゃってるが、碧水画廊がどうかしたんですか。私どもは碧水だけから資金を調達してるんじゃありませんよ。なぜ、そんなにこだわるのか、わけを聞かせて下さいよ。理由もいわずに、ただ話を聞くだけというのはルールに反しますよ」

桜木は鼻白んでみせたが、刑事三人を相手にするには少々迫力不足だ。

「おっと、こいつは失礼をば。つい刑事の習い性で訊くことばっかりに気をとられましたんや。ま、堪忍しとくなはれ」

岡崎はポンと額を叩《たた》いて笑った。こちらも相当の古ダヌキである。

「実はな、碧水画廊の一億円には犯罪が絡んどるんですわ」

身を乗り出して囁《ささや》いた。

「それがどうかしましたか。さっきもいったように、今は、我々零細業者にとって生きるか死ぬかの瀬戸際なんですよ。どんな性格の金でもいい、金は金です」

「そら、ちょいと言い過ぎでしょうが」

マメちゃんが憤懣《ふんまん》やる方ないといった顔で応じた。

「じゃあ、客が我々に支払う利息と元金はどうです。それが自殺の保険金であるか、それとも犯罪で得た金か、我々には分らない。我々としては喜んで受け取るほかない。金は金なんです」

桜木も負けじと強い口調でいう。

「あんたらがそんな考えやから、毎月二百件もの、サラ金絡みの心中や犯罪が発生するんでっせ」

マメちゃんがいよいよ本気で噛《か》みついた。桜木は動じない。

「あなた、亀田さんとかおっしゃいましたね。誤解してもらったら困るんですよ。世間はキャッシュローン業者を、まるで鬼か悪魔のように喧伝《けんでん》しますがね、本当に悪いのは何かを、もっと正しく認識しないとダメですよ。なぜ物事の本質を見極めようとしないんですか」

「おもしろい、その本質とやらを教えてもらいましょうか」

亀田さんは引っ込みがつかない。

「よろしい、あなたの固い頭を啓蒙《けいもう》しましょう」

いちいち気に障《さわ》ることをいう。

「世間でいうサラ金悲劇の本当の黒幕はね……銀行ですよ。都市銀行を筆頭として地方銀行、外資系銀行、相互銀行に至る、いわゆる『銀行』が悪いんですよ。昨年の日銀統計によるとですね、銀行が消費者金融にまわした資金は六千八百億円です。えらく多いと思ってはいけませんよ。たったの六千八百億です。昨年の総貸出残高は百五十兆円、つまり、銀行は総貸出額のたった〇・四五％を消費者金融に向けているに過ぎない。因《ちな》みに、相互銀行で〇・七%、信用金庫で〇・八%です。話にもなりません。銀行にとって預金者は廉価《れんか》な資金の供給者、預金獲得の対象物でしかないんですよ。

銀行と一般市民を結ぶものはもうひとつある。……住宅ローンです。現在の銀行の総預金残高は百六十七兆円、うち個人の預金は八十兆円、約四八%です。対して、住宅ローン残高は十六兆三千六百億円。個人預金残高に対して、たったの二〇%、五対一です。銀行と個人とは五対一のアンバランスな対比で関係しているんです。これは日本だけの特徴ですよ。例えば、バンクオブアメリカなど、総融資額の三〇%が消費者金融、住宅ローンを加えると、六〇%が個人向け融資になってます。西独の銀行もおおむね五〇%以上を個人に向けている。……銀行と個人とは、あくまでもフィフティーフィフティーという考えが浸透しているんです。業務こそ、専門化し、多角化し、コンピューターを導入した超近代的な運営をしているが、その根本には、古き良き時代の無尽的精神が色濃く残っていますよ。必要な時、困った時に金を借りる、そのため日頃から預金しておく。これが銀行対市民の自然な関係でしょうが。なのに、日本の実情はどうです。ただ預金するばかりで、いざ必要となっても金が借りられない。うまく借りられたとしても、仮に住宅ローンを例にとると、マイホームを担保にとられた上、連帯保証人を立てるか、保証料、或《ある》いは保証保険料を負担させられる。その上、火災保険から生命保険と、がんじがらめです。とりわけひどいのが生命保険です。命まで担保にとるんですよ、命まで……。こんな理不尽なことがありますか。倫理的にも問題がある。実にお寒い限りというほかない。ことほどさように、日本の庶民は一般金融機関に背を向けられてきたんですよ。そりゃあ、この方式が敗戦後、日本経済復興の原動力となったことは否定しませんがね、今の時代では功罪相半ばしていますよ。とりわけ、庶民にとっては害あって益なし、銀行が産業界に貸付けた金が土地ころがしや狂乱物価の原因となったんだから、どうにも救いようがありませんな。庶民から集めた金で庶民を苦しめる……それが銀行の本質ですよ」

熱っぽく一気呵成《かせい》に桜木はいった。さすが金融を業《なりわい》とするだけあって、理路整然とした解説ではあったが、サラ金業者である桜木から聞くと、どこか、しらじらしさを感じる。

「全てを銀行性悪論で片付けるとはね。なかなかお上手や」

マメちゃんはへこたれない。

桜木は笑みを含んで、

「亀田さん、キャッシュローンがこれだけの批判を受けながらも、依然需要が絶えないのはなぜか、考えてみたことありますか。……仮に、あなたが京都で高校時代の同級生に会ったとする。女の人にしましょう。昔は、お互い憎からず思っていたし、この機会にラブホテルでも行こうかと話がまとまった。が、あいにく持ち合わせがない。飛躍が過ぎるかもしれないが、そんな場合、あなたならどうします。女に金借りますか、質屋さんに走りますか。そんな時にこそキャッシュローンの存在価値があるんです。銀行に行ってみなさいよ、たかだか五万円の貸付に、住民票から戸籍抄本、印鑑証明書まで要求した上に、『現金は二週間後、お受け取り下さい』といわれます。要するに、端《はな》から貸す気がないんだ。銀行はね、基本的に個人を信用しないんですよ。個人の肩書き、職種、或いは、勤めている会社という属性に対してだけ信用を供与するんです。それに対して、キャッシュローン業者は、人そのものに信用供与を行う。健全な収入、計画性、勤労意欲といった個人の信用を評価します。それにね、マスコミはキャッシュローンが高利だ、高利だとむやみに喧伝するが、実際には、そんな単純なものじゃないんですよ。例えば、キャッシュローンに似たものとして銀行系クレジットカードのキャッシングサービスがありますが、これは、最低二十五日間は借りておかないといけない。自動引き落としの日までね。対するキャッシュローンのシステムは、実際の貸出し日数分しか利息を徴収しない。年利が七〇%のキャッシュローンを利用しても、日歩十九銭だから、給料日まで一週間借りたとして、利息はたった一・三%で済む。五万円借りたとして、六百五十円の利息ですよ。小口、短期という、キャッシュローン本来の融資システムを利用すれば、これほど安くて便利な借金方法は他にない。だからこそ、ここまで成長したんですよ。どうです、亀田さんは、銀行とキャッシュローン業者、どちらがより人間的であるとお考えですか」

「あほくさい、何をいうかと思たら」

マメちゃんは桜木の顔をまじまじと見て、

「あんた、ほんまに口がうまいなあ。屁理屈《へりくつ》もそこまで行ったら、もう芸術の域に達してますがな。あんたのいう、その安易な借金方法が曲者《くせもの》なんや。残念ながら、人間いうのは弱いもんで、これ以上借りたらあかんと頭では思いながら、ついつい手が出てしまう。こいつは仕方ない。子供の眼の前に甘いケーキを出しといて、次々に食わせる。それで虫歯になったら、食うたもんが悪いという。……良識ある大人はそんなことしませんで」

桜木の表情は変わらない。マメちゃんの言葉におかまいなくなおも続ける。

「今説明したように大手キャッシュローンの資金は、その大半を銀行に依存しているんです。つまり、銀行はキャッシュローン業界というフィルターを透して市民に金を貸す。もちろん、直接貸出しじゃないから、取り立て方法とか、高利といった最も批判を受けやすい分野に首を突っ込むこともない。いわば、暴力団の上納金制度ですよ。子分であるキャッシュローン業者は、覚醒剤《かくせいざい》であろうと博奕《ばくち》であろうと、やばいことに手を染めなきゃ上納金を捻《ひね》り出すことはできない。いざ事が露見しても、悪いのは子分であって、親分は知らぬ存ぜぬでシラを切り通すだけ。決して自分の手は汚さず、浄化された金を奥座敷で受けとる。それが銀行ですよ」

「今度は銀行ヤクザ論ですかいな。ずいぶんと持ち駒が豊富なことで」

「日頃の私の考えを述べただけです」

桜木は平然といい放ち、冷めたコーヒーを口に運んだ。

胸くそが悪い。よくもこれだけ臆面《おくめん》もなく手前勝手な曲論を羅列できたものだ。金は商品ではない。日々、労働をし、社会に対する新しい価値を創造してこその対価だ。ただ右から左へ金を動かすだけで何の生産もしないやつが何をほざく。どなりつけたいのは山々だが、その価値もない。

「桜木さん、この辺にうまい漬物屋おませんか。女房にしば漬とすぐき、買うて来るように頼まれてますんや」

岡崎があくびを嚙み殺して訊《き》いた。桜木の解説など、岡崎にとっては退屈なものでしかないのであろう。

桜木は不審そうな顔をしたが、それでも、

「百メートルほど南へ行った商店街にあります。私は買ったことないが、うまいと評判です」

と、伝えた。

「すんまへん、ちょっと行って買うて来まっさ。黒木はん、あと、頼んまっせ。肝腎《かんじん》なこと、訊き忘れんように」

ふいと立ち上って、私の返事も聞かずに出て行った。これ以上桜木を相手にしても、得るものがないと読んだのだろうが、無責任極まりない。セコンドに逃げられて、我々四回戦ボーイはどう戦えばいいのか。

「肝腎なこと、とは何です」

桜木が訊いた。

「いや、それが……」

どう切り出したものか、考える時間が欲しい。

「碧水とはどういうきっかけで知りおうたんですか」

マメちゃんがうまい質問を発した。

「二年前になりますか、碧水画廊が京都に店を構えようという計画がありましてね」

桜木は澱《よど》みなく答える。「当時、碧水の水坂社長は出店のために一億円を用意していたんですが、何かのトラブルがあって、買うはずの用地が買えなくなっていた。当然、一億という金が余る。それを噂に聞いた私が社長にお願いして借りたというわけですよ」

「その噂、誰に聞いたんです」

「狭いこの京都でちょっとした金の動く話は全て私の耳に入りますよ。それくらいの情報を取れないようじゃ、この業界で生きていけません」

桜木はすらすらと機械的に喋《しゃべ》る。おそらく、この日を予期して脚本を練っていたのであろう。

「一面識もなかったあなたが、よくもそんな大金をすんなり借りられましたな」

今度は私がいった。

「色々と紆余曲折《うよきょくせつ》はありました。しかし、最後は私の誠意と永年培《つちか》って来た信用が認められたんです」

出資法違反で二度も罰金を食らった人物の言葉とは思えない。

「あなたと水坂さんの間を仲介した人物は？」

「いません。今いったように、噂、噂で私は水坂氏を知ったんです」

「そら、おかしい」

マメちゃんが、ただでさえ高い声をもう一オクターブ高くしていった。

「単なる噂で、誰の紹介状も持たずに行けますかいな。それも、一億円という大金をはさんだ話でっせ」

「そう感じるのは亀田さんの勝手、私はあくまでも真実をいってるんです。刑事さん相手に嘘はつきませんよ」

平板な口調でしゃあしゃあという。

「それやったら、碧水がどこから一億円を借りたかは……」

マメちゃんが別の突破口を開こうとする。

「もちろん、知っています」

意外な答えが返って来た。

「三協銀行築港支店、ついこの間、現金輸送車強盗殺人事件がありましたね。刑事さんが来られたのはその件でしょ」

いって桜木はへらへら笑っている。食えない野郎だ。この男、我々の来訪の理由を最初から知っていたのだ。

「水坂社長の口から、築港支店の名が出たのを何度か耳にしたことがありますよ」

「銀行の担当者の名は？」

「さあ、そこまでは」

話が焦点を結ぼうとするとうまくとぼける。さて、これからどう攻めるべきか……。桜木にとってはどう守るべきか。

三者三様の思いを巡らせているところへ岡崎が帰って来た。薄茶の紙袋を抱えている。

「どうや黒木はん、訊込《ききこ》みは終ったかな」

まるで他人事《ひとごと》のようにいう。

「ええ、まあ……」

「ほな、帰ろ。早よう帰らんと日が暮れる」

テーブル上の伝票を持って、岡崎はさっさとレジに向かった。ずいぶん勝手なふるまいだ。

桜木に目礼して、私とマメちゃんは岡崎のあとを追った。

「いったいどうしたんです」

口尖《とが》らせてマメちゃんが訊いた。岡崎は歩を弛《ゆる》めて、

「えらいすんまへん。ま、これでも食いながら話しまひょ」

と、紙袋の口を開いて差し出した。中はみかんであった。

「漬物と違いますがな」

マメちゃんはみかんをひとつつまみ出した。

「わし、お二人が話しとる間、二階におりましたんや」

「二階いうたら？」

「喫茶店の二階、桜木商事ですわ。若い女の事務員おりましたやろ、あの子と話してました」

道理で、漬物を持っていないはずだ。

「わし、桜木の話しぶりから、こいつ、ほんまのこと喋りよらんと思いましたんや。……最初から大して期待もしてへんかったけど。それで目標を変えたんですわ。お二人が桜木の相手してる間に、女の子たぶらかそうと、あんな猿芝居打ったんですわ。事務員の名前は杉井《すぎい》悦子《えつこ》、二十二歳。桜木商事に勤めて一年半ほどになる。

わし、いきなり『山辺隆弘さんの先月分の入金がないんやけど、どないなってます』と訊いた。『ええ、そんな……』と答えた時の杉井の顔、お二人に見せてあげたかったなあ。一瞬、ハッと口をつぐんで、『その、山辺さんてどなたです。私、何のことか分りません』と、あとはしどろもどろの返事ですわ。桜木に口止めされとったんやろけど、やっぱり若い女の子や、ついぼろが出たというとこでっしゃろ。問いつめたら、いずれ白状はするやろけど、桜木商事を馘《くび》になったらかわいそうやさかい、わし、これ書いてもらいましたんや」

岡崎はコートのポケットから紙きれを一枚出した。ボールペンで、今熊野の桜木商事から京阪七条駅までの略図が描いてある。指標となる建物の名称も書いてあった。

「何で地図なんか要りますねん。来た道やのに」

「筆跡鑑定しますんや。山辺隆弘宛《あて》に毎月五十万を振込んだ伝票が銀行に残っとるから、その振込伝票と、この地図に書いてある杉井の字を照合するんですわ」

「いつも杉井が振込んでたとは限らんでしょ」

「いや、杉井や。桜木はこんな雑用しまへん。……というのは、いつも振込みに利用しとるのな、三協銀行の淀屋橋支店ですねん。桜木も川添宛の振込み、京都からやったらやばいと考えたんやろ、いつも淀屋橋からしてたんですわ。桜木本人が、毎月、振込みのためだけにわざわざ淀屋橋まで行きまっか。……杉井に行かせたんや。京阪七条から淀屋橋まで、特急なら四十分もかからへんし」

私は岡崎に対し、頭の下る思いがした。その推理と行動力、捜査の進め方。どれをとっても申し分ない。目標に対して確実に最短コースを歩んでいる。さっきの岡崎の行動に対して不服を感じたことを恥じた。

「このみかん、うまい。すんません、もうひとつ……」

そんな言葉でしか自分の気持を表現できない。

「これから、淀屋橋支店へ行くんでしょ」

「そう、早よう行かんと閉まってしまいまっせ」

七条通りを、今度は下り坂を駆けるように歩いた。

三協銀行淀屋橋支店に着いたのは午後六時少し前、日は落ちていた。

担当係から振込伝票のコピーを受け取り、府警本部に帰る道すがら、コピーを、杉井の描いた略図と対照させてみた。伝票の「梅木商会」と、地図の「桜木商事」、共通する木、商の文字は両方とも極端な右上りの角ばった字体で、その筆跡は鑑識課にまわすまでもなく、我々素人にも杉井悦子のものだと分る。これで、川添、水坂、桜木を結ぶ金の流れが解明されたことになる。

「へっへ、川添の浮貸し、摑《つか》みましたね」

マメちゃんがほくそ笑む。

「そやけどな……」

岡崎は渋面を作って、

「拘束預金の方はまだ解決がついてまへんがな」

「浮貸しという巨悪を隠すために、拘束預金という小さい悪を演じてみせたとは考えられませんか」

「うーん、難しいとこやな。考えようによっては、拘束預金の方が大きな波紋を生じさせまっせ。浮貸しなんぞどこにでもある不祥事や。当事者を秘かに内部処分したらそれで済む。けど、拘束預金の方はそんなわけにいかん。なんせ、頭取の詫《わ》び状やさかい……。それに、もうひとつありまっせ。訴訟の件や。水坂、何で三協銀行を訴えようとしたか、や。拘束預金の件、ごたごたいうてたら、浮貸しまでばれてしまいますがな。二年間続いた川添、水坂、桜木三者の密接な関係がどこかで崩れたんや。その理由さえ摑んだら、川添が強盗に加担した動機も分る」

「明日《あした》は支店の偉いさんから事情聴取でしょ」

「ああ。貸付課長、次長、支店長に、拘束付き融資を許可した事情を訊《き》いてみんとあきまへん」

「楽しみやなあ。デカ長の捜査方法、今までと違うたおもしろさがあるし、ええ勉強になりますわ」

「そんなええもんやおまへん。わしらの捜査、年がら年中この調子ですねん。地味といえば、これほど地味なことない。若い頃には捜査一課に憧《あこが》れたもんですわ」

岡崎は熱のこもらぬ口調で応じる。

府警本部に着き、鑑識課に伝票と地図を渡して、十二月十四日の長い充実した勤めを終えた。

6

「拘束預金と知りながら、川添の稟議《りんぎ》に許可を与えたのは私ですし、次長、支店長もゴーサインを出したんですから、今は何を申し上げても言いわけにしかなりませんが、川添の強力な推進がなければ、あの融資は実現していなかったと思います。あくまでも築港支店としての融資でしたが、やはり、担当者のやる気がなければ、組織というものは動きません」

朝野の言葉が、はからずもサラリーマンの処世術をさらけ出した。

十二月十五日、私とマメちゃんは朝から岡崎の腰巾着《こしぎんちゃく》である。三協銀行築港支店、三階の会議室で、貸付課長、朝野から事情を聞いている。

「わしはそう思いまへんな。何ぼ川添が走りたがってたかて、それをチェックして制御するのが、直属上司であるあんたはんの役目でっしゃろ。馬と騎手、どっちが欠けても走ることできまへんで」

「だから、私は組織の動きようを説明しただけで、責任逃れをしようなどとは……」

「考えておりません、でっか。けど、正直なとこはどうですねん。川添が強盗事件に関連して死んだ、いうことで、拘束預金の件がかすんでしまいましたがな。でなかったら、いずれ裁判沙汰《ざた》になってたんでっしゃろ」

「確かにその可能性はありました。ですが、それはあくまでも結果論であって、あの融資はやはり――」

川添ひとりの責に帰するものだと、婉曲《えんきょく》な表現ではあるが、朝野は主張する。食えない野郎だ。

岡崎はそんなことにかまわず、

「わし、思いますんや。生半可な事情では、銀行員が強盗のお先棒なんぞ担ぐわけないとね。課長はんはどう考えまっか」

「さあ、私どもにはどうも。数字をいじくるほかに能がありませんので」

「浮貸し、いうのはどうでっか」

ついに岡崎は切り札を出した。

「ええっ！」

さすがにこの時ばかりは、エリート銀行員らしいスマートな対応をみせていた朝野も心底驚いたらしい。

「浮貸し？　確か浮貸しとおっしゃいましたね。根も葉もないことをおっしゃっては困りますよ」

「根も葉もありますんや、花まで咲いてまっせ」

「ばかな。融資の際は入念な審査をしますし、月一度の定期検査、各企業のバランスシートのチェック、本部監査と、二重、三重のチェックがあるのに、浮貸しなど……」

「コンピューターの時代にそんなことできるわけない、といいたいんでっしゃろ。それが、できますんや。川添、碧水画廊をダミーにして浮貸しをしてた……これならどうでっか。充分可能ですがな。証拠もありまっせ」

「碧水画廊をダミーに……。そうですか、それなら、あながち不可能ともいえません。チェックもできません」

朝野も貸付課長だ、察しが早い。碧水をダミーにしたと聞いて、全てを悟ったようだ。

「川添があの融資を積極的に推したわけが分りました。いやどうも、大変なことです。直属上司である私はどうすればいいか……。刑事さん、それ、確かに本当ですね」

朝野の問いかけに岡崎は深く頷《うなず》く。

「最終の融資先はどこですか」

「それはいえまへん」

「……」

朝野は頭を抱える。

「浮貸しについて、気いついたことおませんか、どんなことでもよろしいわ」

「――ございません。あの融資に関して、書類上の不備はありませんでした」

朝野は呆《ほう》けた表情で答える。無理もない、これで、この貸付課長に出世の芽がなくなったといえる。

「あの、浮貸しが表面化しないということは……」

「残念ながら、おません」

岡崎はにべもない。決定的な返答に、朝野は見るも気の毒なくらいしょげかえった。

「すみません、気分が悪いので失礼させていただきます」

朝野はゆらゆらした足取りで部屋を出て行った。

拘束預金が問題になったと思えば強盗殺人事件、やっとショックが癒《い》えたと思えば、今度は浮貸しと、朝野にすれば川添という疫病神を背負い込んで次から次と火の粉が降って来る。サラリーマン社会において、上役に人を選ばなければならないのは常識だが、部下もよくよく吟味して選ばなければならない。

——我々の属する警察内においては、この構図がもっと明白にあてはまる。どこの警察署でも、署長、次長級の幹部連にとって若い警察官はお荷物でしかない。若いから酒の飲み方を知らない、女が欲しくなることもある。高校卒で奉職すれば、未成年でピストルを所持することもできる。よほどしっかりした教育をせねば、最近の社会情勢からして、非行警官が出ないという確証はない。事実、不幸にして明るみに出た事件の何倍もの、警察官による非行が陰で処理されている。幹部連中は、ひとたび部下の非行が発覚すれば、半生をかけて得たその職を、監督責任を問われて失ってしまう。東京北沢署の、二十歳の巡査が起こした女子大生暴行殺人事件では警視総監が辞任した。その他、京都の巡査部長によるサラ金を苦にしたピストル強盗事件、最近では大阪府警のゲーム機汚職、淀川署警官の愛人射殺事件、と枚挙にいとまがない。

服部がいつもいう。「わしが昇進試験を受けへんのはな、部下が増えるからや。今でさえ、君ら黒マメコンビ抱え込んでひいこらいうとるのに、これ以上頭痛のタネ増やしとうないわい」

生意気な。黒マメコンビがいるからこそ、服部が係長として大きな顔をしていられるのではないか――。

「黒木はん、どないしました。ボーッとして」

「いや、管理社会における身の処し方を考えとったんです」

「朝野を見て、そない思いはったんやろ。仕方おまへんがな。禍福は糾《あざな》える縄の如し、運、不運、表裏転変するのが人生ですわ」

岡崎がひっそりといった。

次に事情を聴取したのが次長、次いで支店長に同じことを訊いた。二人の反応は朝野とさして変わらなかった。拘束預金に関しては全て川添の責任であるかのようにいい、浮貸しの事実を聞いた時は驚き、うろたえた。次長は貸付課長が浮貸しを見抜けなかったことに不平を洩《も》らし、支店長は次長に対して文句をいった。

「ほんまに、やりきれまへんなあ。またぞろサラリーマン社会の縮図を見せつけられましたがな」

事情聴取を終えて、岡崎が吐き捨てた。

「ほんまや、銀行いうとこ、もっと近代的でスマートなもんやと思てたけど、内実は西鶴の頃からひとつも変わってませんな」

マメちゃんが同調する。

「所詮《しょせん》は勤め人や。時代が変わっても処世までは変わらん、いうことでっしゃろ」

「デカ長、結局のとこ、どない考えはります。今の幹部連中、どういう立場におったんですか」

「うーん、そうですな……」

岡崎は白髪頭をひと掻《か》きして、

「三人とも、浮貸しに関しては何も知らんかったと考えてええでしょ。部下の背任行為を察知できんかった、いうことで、いずれにせよ何らかの処分を受けるんやから、彼らにとって浮貸しは害あって益なしや。対して、拘束預金の方は三人とも充分承知の上でやったんでっしゃろ。何せ、碧水は築港支店にとってこの上ない優良貸付先や。しっかりした担保も設定できる。一億より二億貸したいのはやまやまですわ。拘束を積極的に推したのは川添やのうて、貸付課長か次長やったんかもしれませんで。これからはそのあたりの事情を探らんとあきまへん」

「貸付課全員から話を訊《き》きましょ」

マメちゃんが提案した時、部屋の隅にある電話が鳴った。受話器をとったのは私。

「もしもし、黒さんか、わしや」

服部の声だ。耳を塞《ふさ》ぎたい。

「ええとこにおった。マメちゃんも一緒やろ。今すぐそこを出て沢やんの応援や、ええか」

「応援て……」

「詳しいことは沢やんから聞け。ごちゃごちゃ説明しとる暇ない。一刻一秒を争うんや」

えらく慌てふためいた口調だ。

「第二係が大手柄立てるかどうかの正念場や、早ようせい」

全く要領を得ない。

「どこへ行ったらいいんです。沢やんどこにおるんですか」

「港区八幡屋《やはたや》の喫茶店や。築港支店からみなと通りを東へ三百メートル行ったとこにある。店の名は『ダービー』、ええな、走って行くんやぞ」

服部はいいたいことだけいって電話を切った。何かは知らぬが、宮元班第二係は新しい局面を迎えたらしい。

岡崎に電話の内容を告げ、マメちゃんと一緒に支店を出た。東へ向かって、たばこをふかしながらゆっくり歩く。理由も聞かずに走っては捜査一課刑事の沽券《こけん》にかかわる。

「いったい何ですねん。わけもいわんとぼくらをこき使うて」

マメちゃんが不平たらたらいう。

「いつもの発作やがな。適当にあしろうたらええ」

ダービーはみなと通りに面していた。いかにも場末の喫茶店といった構えだ。住居兼用の喫茶店の常で、二階部分を安上りの青いテントで隠し、一階は濃いブロンズ色のガラスとあずき色の窓枠、その下にしつらえたタマツゲの植込みで外装をそれらしくまとめている。

ガラスのドアを押した。

窓際の席に沢居がいた。テーブルに内蔵されたテレビゲームをぼんやり見ている。服部の電話にあった切迫したようすはない。あずき色の安っぽいシートにマメちゃんと並んで坐《すわ》った。

おしぼりを使いながら、

「トリさん、えらい慌てようやったで。早よう沢やんの応援に行ったれいうて。どないなっとるんや」

「これからガサ入れや」

沢居が小さく答える。

「何や、ガサ入れか。慌てることないやないか」

「大きな声出すな」

と、沢居は眉《まゆ》をひそめて、

「それがな、ただのガサ入れと違うんや。わしが川添の交遊関係を洗うてたこと知ってるやろ」

「ああ」

「捜査会議で、川添の唯一の趣味がパチンコやと聞いたことも覚えてるやろ」

「うん」

私はいちいち頷《うなず》いてみせる。

「川添、銀行からの帰宅途中、毎日のようにこの八幡屋周辺のパチンコ屋へ寄るんや。わし、ここ二日間、ずっとパチンコ屋を嗅《か》ぎまわってた。……それでな、さっきおもしろい情報を摑《つか》んだんや」

沢居は身を乗り出してきた。声を潜めて、

「佐藤治《さとうおさむ》いうてな、パチンコで生活しとる男がわしの網にかかったんや。そいつ、八幡屋商店街周辺のパチンコ屋に巣食うとるんやが、同じパチプロ仲間の話では、ここ一週間ほど治の顔を見てへん、盆と正月でさえあいつの姿を見かけんことないのに、これはおかしい……というんや」

「ここ一週間いうたら、十二月九日からやな。事件の前日やないか」

「まだあるで。治な、チリチリパーマの髪を赤う染めとる。どうや、おもろい話やろ」

「おもしろ過ぎるがな。で、沢やんの心証はどうや。その、治とかいうやつ」

「心証、ありやな。治、事件の前日は全く仕事しとらんのや。この店で一日中ボーッとしてたらしい」

パチプロにとっての仕事とは、朝十時の開店と同時に店に入り、これと見込んだ台に貼り付いて、その日の目標を達成することである。各人、自分の腕と欲をもとに、一日二万とか三万円のノルマを自分に課しており、そのノルマ分を稼ぐまでが一日の仕事となる。一、二時間で達成できる日もあれば、閉店時間まで粘ってだめな日もある。だから、パチプロは無職渡世ではあるが、決して仕事がないというわけではない。

「この店が飯場やな」

パチプロの集まる店は決まっている。パチンコ屋そばの、何となく不健康な臭いを持つ喫茶店がそれにあたる。そこで飯を食いながら情報交換をし、ひと休みし、時には眠りもする。つまり、仕事のベースになる店で、飯場とか城《シロ》と称する。

ダービーは中の暗さ、シートの安っぽさ、客用テレビ、マンガ、スポーツ新聞、ゲーム機付きのテーブル、と飯場になるべき要素をことごとく備えている。

今は十一時、パチプロ連にとって最も忙しい時間帯だから、我々の他に客はいない。

「マスター、すんません、ちょっと」

沢居が振り向いて呼んだ。マスターは洗いものの手を休め、カウンターをくぐってこちらへ来た。濡《ぬ》れた手で無造作にたばこをつまみ出し、咥《くわ》えた。沢居が火を点《つ》けてやる。

「マスター、わしの同僚や。さっきの話、もういっぺんしてやってくれへんか」

「何べんでもしまっせ。今は暇やから」

吊《つ》り上った眼と、薄い眉が狡猾《こうかつ》そうな印象を与えるが、マスターの話しぶりはのんびり、まったりしていて、外見にそぐわない。

「私ね、治には悪いけどこの間の強盗、あいつの仕業やないかなと思てます。あいつ、腕もうひとつやから、毎日、朝から晩までパチンコ屋に入りびたりやったのに、あの事件の前の日だけはちょいとようすがおかしかったんですわ。一日中、この店でマンガ読んだりテレビ見たり。それで私、訊いたんですわ、何で仕事せんのや、と。そしたら治のやつ、『ええスポンサー摑んだからあくせく働く必要ない。パチプロみたいにこつこつ日銭を稼ぐのはあかん。おれもそろそろ三十やし、ドーンと大きな勝負するんや。うまいことといったら、マスターにもええ思いさせたるがな』と、えらそうにいいますんや。私、その時、どうせケチな競輪か競艇でもするんやろと思たんやけど……強盗とはね。えらい大それたことやりよった」

マスターはもう治が犯人だと決めつけている。

「夕方、治に電話が入りましたわ。今考えたら、あいつ、それを待ってたんですな。アパートに電話ないから」

「電話の声は？」

「さあ、初めて聞いた声でした」

「ひょっとして、川添とか名乗らんかったかな」

「名前は聞いてません。何か？」

「別に。……それからどないしました」

「一分ほど喋《しゃべ》って電話切りました。『おれにも運が向いて来たで、マスター』とかいうて、赤いチリチリ頭振りながら機嫌良う出て行きましたわ」

「そうですか。どうも。為になりました」

マスターはまだ話し足りないのか不服そうに立ち上った。

改めて沢居に訊《き》く。

「あのマスター信用してええんか。どうも素人には見えんけど」

「店の名前で分るやろ。競馬のノミ行為で二回パクられとる。そやけど、わしらには協力的や。警察に義理だてしといて損はない」

「で、治の性格的な面はどうや。あんな大きな事件《ヤマ》打てるようなタマか。わし、パチプロと強盗いうの、どうも結びつかんような気がする」

「わしもそう思て、係長に電話入れて治の前歴を調べてもろたんや。佐藤治二十九歳、寸借詐欺で一回、傷害で二回パクられとる。詐欺の方はまだええのやが、わし、傷害二回いうのが気に入らん。粗暴な面も充分持っとるいうことやがな。それやのに、係長どういうたと思う。今からすぐガサ入れせい、黒マメをそっちにまわすから……と、こうや。治のこと、まだ殆《ほとん》ど知らへんし、令状もないのにガサ入れやで。腹立つやないか」

「ほんまに、ほんまに、あのあげ足取りの怠慢じじいが」

マメちゃんが声を荒らげる。

「危ないことだけはぼくらに任せて、自分は出て来よらん。その治いうのが本星やったらどないしますねん。ピストル持ってますがな。ガサ入れもええけど、もし治がおったら、ドンパチがあるかもしれんのでっせ。チョッキも付けずに行けますかいな。ぼくら、そんな給料もろてません」

一気にまくし立てたその言葉で、鈍い私にも、沢居が初めからしかめっ面をしていた理由が呑《の》み込めた。「ただのガサ入れと違うんや」といった意味も分った。

「あほらしい、やめとこ」

私が提案し、

「ほんまや。ちゃんとしかるべき準備をした上で踏み込みましょ」

と、マメちゃんが同調するが、

「治がアパートにおったらやめとこ。おらなんだらガサ入れや。ピストルかカローラのタイヤでも発見してみい、賞状もんやで」

と、主張する沢居の意見に結局は同意した。

ダービーを出て、みなと通りを東に歩き、最初の辻《つじ》を右に曲る。しばらく行くと、三角形の小さな公園に突き当った。誰もいない。葉を落としたいちょう並木と、赤錆《さ》びたブランコが寒さを際立たせる。

公園に沿って左に歩く。附近は、ところどころに狭い路地をはさんで、二間、三間間口の小さな住宅がひしめきあって軒を接している。

公園を過ぎたところで、前を行く沢居が歩を弛《ゆる》めた。黙って真前にある文化住宅を指し示す。元は明るいクリーム色だったのだろうが、薄汚れてグレーにしか見えない側壁に、かろうじて「浮島荘」と読める小さな表示板が取りつけられている。

沢居はまっすぐ突っ込んで、奥の鉄製階段を上り始めた。私とマメちゃんもあとに続く。つま先立って上るが、カンカンと響く音がひどく大きなものに感じられる。

二階の通路で靴を脱いだ。足裏からひんやりした鉄の感触が伝わる。

階段から三軒目、端の部屋が佐藤治の住居であった。電気メーター、ガスメーター、共に動いていない。

ベニヤ板にオイルステンを塗っただけの粗末なドアに沢居が貼り付いた。耳をドアに付けて中のようすを探る。沢居の表情に変化はない。

「治、おらんようやで」

沢居が囁《ささや》いた。

「管理人どこや」

「そこまで知らん」

「どないする」

「帰りましょうな」

「そや、帰ろ」

「あかん。ここまで来たんや、手ぶらでは帰れん」

狭い通路に大の男が三人並んで実りのない問答を繰り返せば、否《いや》が応でも人眼につく。

となりの部屋から中年女が顔をのぞかせた。年の頃なら四十過ぎ、化粧気のない皮膚の薄そうなその顔はいかにも不健康で、一見して夜の勤めと分る。

女は長い爪の指で眼ヤニを擦《こす》り取りながら、紫色の唇を割って黄色い歯を見せた。

「あんたら何や、見かけん顔やな。サラ金の人か。治ちゃんやったらおらんで。もう一週間くらい顔見てへんわ。嘘やないで。私、あの子の保証人でも何でもないし、嘘つく必要なんかないもん。さ、分ったら帰って。用件は聞かへんで。ややこしい話は結構や。品物やったら預かってあげてもええけど、あの子いつ帰るや分らんしなあ。そやけど、こんなこと珍しいわ。一週間も家あけるやて。女もおらんし金もないから、どこも行くとこないのに。あんたら、一軒取り立てて何ぼもらうんや。結構ええ商売なんやろな、男が三人がかりでするんやもん。治ちゃん、いったい何ぼ踏み倒したんや」

寝起きのくせによく喋る女だ。我々を帰したいのか、話し相手になって欲しいのか、判断がつきかねる。

「ぼくら、こういう者ですねん」

煩わしくなったのか、マメちゃんが内ポケットから伝家の宝刀を抜いた。

「おや、警察の人かいな」

女は驚いたようすもなく、

「赤毛の治もついに年貢の納め時か。何したん、あの子？　ま、どうせケチなけんかか無銭飲食でもしたんやろな」

「いや違います。ちょいと話を聞かせてもらおと思て」

「そやから、さっきいうたやないの。一週間ほどあの子の顔見てへんて」

女は外に出てきた。ピンク色のガウンに年を感じる。

「失礼ですが、お名前は？」

「吉野啓子《よしのけいこ》。お店ではユミ。新地のクラブやで」

北新地といえば一応高級とされている。この程度のご面相で勤まるクラブとは、いったいどんな店であろう。「クラブ妖怪《ようかい》」、「ナイトラウンジ魑魅魍魎《ちみもうりょう》」、「百鬼夜行《ひゃっきやぎょう》」、そんな店名が頭に浮かぶ。

「管理人、どこです」

「そんなもんおるかいな。あんたら、治ちゃんの部屋、覗《のぞ》きたいんか」

「ええ、まあ……」

「それやったら、鍵《かぎ》貸したげよ」

啓子は自分の部屋の前にある牛乳箱を探った。治宅には、牛乳箱はもちろん新聞受けすらないから、治はいつもとなりの箱を利用しているのであろう。それにしても、啓子が出て来て良かった。家宅捜索がどうの、令状がこうのと七面倒くさい手続きを踏む必要がない。

啓子はつまんだ鍵を顔の前でぶらぶらさせながら、

「ただし、条件があるで。私、治ちゃんの後見人やし、立会いするわ」

「それは……」

「あかん、あかん。見も知らん他人を部屋に入れたこと、治ちゃんに知れたら私が怒られる。それに、あんたらほんまに刑事さんやどうや分らへんがな。あんな手帳、信用できへん」

好奇心にかられたのか、暇つぶしになると思ってか、啓子はそう言い張る。ここでもめては本当に令状を用意せねばならない。結局、啓子の案内で治宅に入った。

手前が三畳ほどの台所、奥は六畳。白地に花模様の整理だんすとテレビ、電気ごたつが三和土《たたき》から見えた。

台所の、ガスコンロにかかったままの鍋《なべ》には、二、三本の麵《めん》がこびり付き、カラカラに乾燥している。インスタントラーメンでも食ったのだろう。

奥の部屋は、スポーツ新聞、ポルノ雑誌、穂の抜けたほうき、どんぶり鉢、座ぶとん、靴下、麻雀パイなどがこたつを中心に散乱して、ヘリの擦り切れた畳が見える隙間さえない。それでも、鴨居には四着の背広が整然と吊《つ》るされている。どれも普通の勤め人には着られない派手な柄だ。

こたつの上には空のマイルドセブンと灰皿、ライターは黒い漆塗りのデュポン、ヘアトニックとオーデコロン、ヘアドライヤー。灰皿には十本の吸殻、うち三本には口紅が付いている。

「治ちゃん、ライター忘れてるやないの。たった二つしかない大事なもん置いて行くやて、よっぽど急《せ》いてたんやな」

啓子がいった。

「それ、どういうことです」

「あの子、このライターと腕時計だけが自慢やねん。いつも手許《もと》から離したことないのに」

「時計は？」

「ロレックスとかいうスイスの自動巻き。他に見せびらかすもん持ってないから、それはもう大事にしてたわ」

インスタントラーメンを食いながらも、時計やライターなど、身を飾るものは高級品を持つ——治の、日頃の淋《さび》しい生活ぶりがうかがえる。

押入れを開けた。饐《す》えた臭いが鼻をつく。ふとんとラジオしかない。

「タイヤ、ピストル、タイヤ、ピストル」

お題目のように唱えながら、マメちゃんはシミだらけの低い天井をほうきで下からつつく。

私は窓の下にころがっているミッキーマウスのくずかごを改めた。中には丸めた新聞紙が突っ込んである。スポーツ新聞ではなく、一般紙であるのが奇異に映る。取り出して広げると、中から空になったミシン油のビン、油の染みたティッシュペーパーと綿棒が現れ出た。五本の綿棒は全て先が黒ずんでいる。

「おい、あったで。見つけたで」

声が上ずる。

「ほんまや。ほんまに大手柄や。表彰や、金一封や」

覗き込んだ沢居の声も普段より高い。犬も歩けば何とやら、ここ掘れワンワン、我々は目指す宝物を掘り当てたようだ。発見した三つの品が意味することはただひとつ、ピストルの手入れである。この部屋にミシン油や綿棒を必要とするものはない。

「まだ喜ぶのは早い。綿棒やティッシュペーパー、鑑識に持ち込んで火薬末でも検出されんことには、確かなこと分らへんがな」

そういう私の頬もつい弛《ゆる》む。

「治のやつ、帰って来るやろか」

「さあどうやろ」

部屋の状況を見ただけではどちらともいえない。ふらっと外出したようでもあるし、風を食らって高飛びしたようでもある。

「こんなとこに長居は無用や、報告もせないかん。早よう退散しよ。吉野さん、行きまっせ」

啓子に声をかけ、我々は丸めた新聞を抱えて外に出た。枕に付着していたチリチリの赤い髪を数本、ハンカチにはさんでポケットに入れたのはいうまでもない。

鍵を元に戻し、啓子にくどいほど口止めをして浮島荘を離れた。第一功労者の沢居が搜査本部に戻り、私とマメちゃんは公園から浮島荘を見張る。

寒い――。

沢居の報告は捜査本部に衝撃を与えるに充分な重さがあった。私とマメちゃんが張込みを始めて二時間も経つ頃には、服部が現れ、宮元が顔を出し、他に十人を超す刑事が派遣されて来た。全員手分けして訊《きき》込みにあたる。もちろん、その動きは目立たない。治がいつ舞い戻るとも知れないからだ。眼つきの鋭い男が浮島荘の周辺を徘徊《はいかい》しているとしか、附近の住民には映らないであろう。

あとで知ったが、啓子は六時頃まで事情聴取を受け、出勤に間に合わなくなったと大むくれだったそうだ。ついでながら、啓子のいった新地とは、「北新地」ではなく、大正区の「千島新地」であった。さもありなん……。

午後六時、日もとっぷり暮れた頃、府警本部から鑑識班が到着して、治の部屋の検証を開始した。窓の内側に遮光カーテンを吊るして作業をしているから、外からはそうと知れない。

「係長、ぼくら、いつまで張込みです。腹も減ったし、寒いし。ちょいと休憩いうのはあきませんか」

服部が再び公園へ来たのを見て、マメちゃんが声をかけた。

「そういや君ら、昼からずっとここにおるんやな。よっしゃ、帰ってもええ」

この言葉を何時間待ったことか。

「これはどうも。ほな、お先に」

喜び勇んで一歩踏み出した。

「おい、どこへ行くんや、方向が違うがな」

「えっ……」

「誰が家に帰れ、いうた。捜査本部や、捜査本部に帰るんやで。これから臨時捜査会議や。わしも一緒に帰るし、車、運転してくれ」


午後七時、臨時捜査会議が始まった。延々六時間にわたる張込みで、腹も減ったし疲れもしたが、この会議が招集された原因となったのが我々第二係の佐藤治あぶり出しであったことを考えれば、そうそう文句ばかりもいっていられない。

最初に、宮元から型どおりの捜査報告があった。ブルーバード、エルフ等、遺留品に関して新しい情報はない。また、川添以外の築港支店行員、その他、関係者についてこれといった情報もなかった。当然、論議の焦点は佐藤治関連のものとなる。

担当責任者の服部が立った。晴れがましい気分であろう。

「本日、容疑者を特定しました」

服部はそこで言葉を切り、出席者を見渡すが、誰もたいした反応を示さない。拍子抜けの体《てい》であとを続ける。

「佐藤治、二十九歳、無職。前歴三回。本籍、羽曳野《はびきの》市桃山町三丁目。現住所、港区八幡屋東浮島一丁目二、浮島荘二〇三号室。佐藤は八幡屋周辺のパチンコ屋を根城とするパチプロです。川添の趣味はパチンコであり、帰宅途中、毎日のように立ち寄ってましたから、第二係はその線から攻めてみたわけで、今にして思えば正しい判断やったと考えます」

宣伝臭の強い報告だ。

「佐藤は十二月九日から行方不明です。昼、治の部屋を調べて、ピストルの手入れをした痕跡《こんせき》を発見しました。ミシン油の空きビンと油の染みついた綿棒……」

「よっしゃ、ちょいと中断。あとは専門家に説明してもらお」

宮元が服部を坐《すわ》らせた。代わりに立ったのは、度の強い黒縁眼鏡をかけた三十男で、初めて見る顔だ。府警本部の鑑識課員であろう。

「持ち込まれたブツの亜硝酸反応試験を行った結果、強い赤色反応を得ました」

亜硝酸反応試験とは、いわゆる硝煙反応を検査するもので、赤色は陽性。つまり、火薬粉粒の存在が証明されたことになる。

「また、微量の金属粉も検出しました。ピストルの銃身《バレル》に使用されるクロームモリブデン鋼のようです。以上の検査結果を総合して、綿棒及びティッシュペーパーはピストルの手入れに使われたものと思料されます」

「質問」

手があがったのを見れば、声の主は岡崎であった。例のざっくばらんな口調で、

「ピストルがいつ使用されたかいうのは分りませんのか」

「そこまでは……」

「さっき、服部係長は、佐藤治が十二月九日から行方不明やと説明しはったけど、九日いうたら事件の前日ですわ。事件の前に手入れをしたピストルに硝煙反応があったいうの、どういうことでっか」

さすが、岡崎、鋭い指摘だが、これには答えがある。

宮元が立ち上った。

「岡崎君の疑問、もっともや。もっともやけど、決定的な証拠がある。綿棒やティッシュ包んでたん、十二月十一日の朝日新聞朝刊なんや。十日の事件のこと、デカデカと載っとる。普段スポーツ新聞しか読まん人間が一般紙を購入した。……これで分ったやろ。佐藤のやつ、犯行後、部屋に舞い戻ったんや。多分、十一日の晩やろ。となりのおばさん、ホステスやから夜はおらん。その間に部屋へ入って、一、二日ようすを見てた。そこへ川添の自殺や。佐藤、泡食ろうてフケた。ま、こんなとこやろ」

「川添と佐藤との関係は？」

「今日、訊込みをした限りでは何ともいえん。二人とも毎日のようにパチンコ屋へ出入りしとるんやから、何らかの接触があったと考えておかしくはない」

「それにしても状況証拠だけですなあ。もうひとつ弱い気がします」

第一係長の多田《ただ》が口をはさんだ。第一係は主に遺留品捜査にあたっている。第二係に対するライバル意識が佐藤治犯人説に異を唱えさせるのであろう。

「これでまだ不足か」

宮元が多田を睨《にら》みつける。

「アリバイはない。ピストルの発射痕《こん》はある。ここ一週間行方不明。土地勘はある。車の運転もできる。事件前日のようす、大金摑《つか》むいうてはしゃいでた。……これで充分やないかといいたいところやが、まだあるんや」

そこで宮元はたばこを咥《くわ》え、火を点《つ》けた。深く吸い込み、勢いよくけむりを吹き上げてから、

「佐藤の部屋から持ち帰った頭髪と、ブルーバード、エルフの車内から発見された頭髪が一致したんや。どちらも同じA型、同一人物の髪の毛やった。それだけやないで。最後にダメ押しともいうべき事実がある」

いって、宮元は部屋の隅にある黒板の前まで歩いた。四角い字で「佐藤治」と大きく書いた。

「佐藤な、名字がありふれてるから、仲間からは『治』とか『治ちゃん』、髪を染めてるから『赤毛の治』とか呼ばれてた。そこで、この『治』という字に注目して欲しい」

赤のチョークで名前だけを囲った。

「この字を見て思いあたることないか」

下手な字だとしか感じない。

しばらくの沈黙のあと、

「分った！」

突然、マメちゃんが叫んだ。

「それ、ミムロですがな。『治』を分解したらカタカナで『ミムロ』、まさにミムロや」

部屋中にざわめきが広がる。ミムロの正体が割れた。ミムロ、すなわち佐藤治であった。川添がミムロからの連絡で暗い表情を見せたのも無理はない。治から、おそらくは強盗への協力、参加を強要されていたか、或《ある》いは脅迫されていたのであろう。決心のつきかねた川添は逡巡《しゅんじゅん》し、鬱屈《うっくつ》した日々を送った。ローヌで治からの連絡を待っていた川添の沈んだようすが眼に浮かぶ。

「やっぱり班長ですな。名前見ただけでよう気づきはった」

形勢不利とみて、多田が早速白旗を掲げた。変り身の早さも、管理職には欠くべからざる資質だ。宮元は得意気にそっくり返る。ばかばかしい。そもそも治を発見した第二係の三人に対する称賛はどこへ行った。宮元の単なる語呂《ごろ》合わせの陰に我々の活躍が埋もれてしまった。

「あかんな、班長にあぶらげさらわれたで」

となりに坐っている沢居にいった。沢居は憮然《ぶぜん》として、

「バテレン、わしらみたいに外を這《は》いずりまわることもないし、暇なもんやから、捜査

本部であんな落書きばっかりしとるんや。それで、たまたま治とミムロの一致に気づいた。偶然いうのは不公平なもんや。どこまでも運の強いやつに味方しよる」

「運も実力のうち、いうで」

「落書きが実力か、あほらしい」

そんな我々の怨嗟《えんさ》の声が聞こえるはずもなく、宮元は益々意気軒昂《いきけんこう》、

「ええか、これからは佐藤治の身辺捜査に力を注ぐんや。交遊関係はもちろんのこと、ピストルの入手経路、奪った金の使い途《みち》、立ちまわり先、カローラから持ち去ったパンクしたタイヤ……徹底的に洗うてくれ。とにかく治をパクることや。明日《あした》、佐藤治を港大橋強盗殺人事件の重要参考人として全国指名手配する」

もう事件が解決したような口ぶりだ。

その後、二時間を費して新たな陣容が組まれた。第二係は行きがかり上、治の追跡捜査。第一係は引き続き遺留品捜査と関係者の洗い直し。二課の刑事は川添が事件に果した役割を固めるため、銀行業務に関するより詳細な調査と検討。その他、所轄署の捜査員は、各係の応援として、訊込《きき》み、地取り、治の追跡にあたることとなった。治という明確なターゲットを得て、臨時捜査会議は活気に満ちた意見が交わされた。

十二月十五日、あと半月で年が改まる。どの捜査員も年内解決を目指して、師走《しわす》を文字どおり走り続けねばならない。

――そして、一週間。

「やった、やりましたで」

南住之江署近くの大衆食堂にマメちゃんが飛び込んで来た。私はサバの煮付と味噌汁《みそしる》で遅い昼食をとっていた。

「そうか、おめでとう。やっと肩の荷が下りたな。年内にカタついたやないか」

「へっ……」

マメちゃんが怪訝《けげん》な顔をする。

「その顔は男やな。男でもええやないか。五体満足で生れたんなら、それで結構や」

マメちゃんの奥さんはきのう入院した。出産予定の十二月二十日を過ぎても、一向に生れる気配がないので、薬で陣痛を促進させるというマメちゃんの話だった。

「子供、まだでっせ」

マメちゃんがいう。

「ほな何や。佐藤治、逮捕したんか」

「そんな大ニュースなら黒さんの耳に入らんはずおませんがな。ぼくのはちょいとしたスクープ。……川添、水坂、桜木の関係、やっと正確に摑めたんですわ。あの常識外れの拘束預金のからくり、分りました」

「五〇%の両建預金とかいうやつやな」

「そう」

マメちゃんは私のお茶を一気に飲みほして、「人間、あんまりあくどいことばっかりしてたらあきませんな。あの水坂、飼い犬に手を噛《か》まれよったんです」

「どういうことや」

「さっき、岡崎さんが捜査本部に顔出しはって、宮元さんに報告してたんです。岡崎さん、捜査の的を、水坂本人やのうて、碧水の社員に絞ったんですわ。あの人らしいええ狙いや。案の定、社員からは水坂に対する恨みつらみが山ほど出てきた。水坂を庇《かば》うような社員、ひとりもおらんかったみたいですな。陰ではぼろくそにいうてたらしい。岡崎さん、主に経理担当者から得た情報を検討、分析したんやけど、川添はね、水坂から一億円の返済を迫られてたんです」

「そらおかしいやないか。川添は水坂に金を貸したんやで」

「話は最後まで聞いて下さい。……おっちゃん、きつね。早ようしてな」

マメちゃんは私の向かいに腰を据えた。

「一億円の融資以前、水坂と桜木の間には何の関係もなかったことが分ったんですわ。つまり、あの融資は全て川添が図《え》を描いたんです」

マメちゃんの語る事実は私を驚嘆させた。

――川添は四年前まで、三協銀行京都支店に勤務していた。その頃、桜木とのつながりができたらしい。築港支店に転勤して二年、川添の働きかけか、桜木の誘いかは分らないが、ともかくも川添は桜木に資金をまわし、リベートを得ようと考えた。しかし、桜木商事のような弱小サラ金に直接貸出しなどできるはずもなく、たとえ、できたとしてもそれでは正規のルートを通ることになるためリベートが入らない。

川添はダミーとして碧水画廊を使おうと考えた。二年のつきあいで、水坂にこの種の裏工作に乗りそうな犯罪者的体質を感じたからであろう。川添は少なからぬリベートを提示して水坂に話を持ちかけた。

当時桜木商事の平均貸出し金利は年間九〇%を超えていた。対して、碧水画廊が三協銀行に支払う金利は約一〇%。一億円を運用すれば、年間八千万強の利益があがる。経費を差し引いても四千万円の純益はあるはずで、半分の二千万を桜木、あとの二千万を水坂と川添で分配すると仮定すれば、水坂には毎月百万円近くの小遣いが入ることになる。水坂にすれば、名義を貸すだけ、金の調達、運用といった実務は全て川添と桜木に任せておけばいいのだから、こんなおいしい話はない。

水坂は誘いに乗った。乗ったが、碧水画廊がダミーになるにあたって、何の保証もないことに気づかぬような単純思考の持主ではない。つまり、金を借りたのはあくまでも碧水画廊であって、仮に桜木商事が倒産し、一億円が回収不能になれば、債務は当然碧水が負うことになる。リベートは欲しいが、できるだけ危ない橋は渡りたくない。そこで水坂は、おそらく二、三日は頭をひねったのだろうが、またとない妙案を思いついた。それが、拘束預金である。常識外れの両建を川添に強制することで水坂はより安全な立場を得た。本来、銀行側が企業に強制すべきことを、虚を衝《つ》いて、碧水側から求めたのである。

水坂にとって拘束は強ければ強いほどいい。実質金利が利息制限法の枠を超えれば超えるほど有利になる。川添や桜木との間に何らかのトラブルが生じた時、常識外れの両建預金をタテにとって圧力を加えることもできる。訴訟になった場合、最も窮地に立たされるのは川添であるから、少々のことでは三者の関係が崩れることはない。拘束預金によって実質金利がアップしたところで、支払いは桜木商事がするのだから水坂にとっては痛くも痒《かゆ》くもない。また、名目上の借入れ金が倍になっても、半分は預金として三協銀行に預けているのだから、何の危惧《きぐ》もない。多額の貸付を受けて、銀行にもいい顔ができる。実際、一石二鳥にも三鳥にもなる名案であった。

融資後二年間は順調に事が運んだ。三者三様の利益を得て、川添のプランは図にあたったとみえたが、思わぬところからこの構図が崩れることとなった。その発端となったのは、皮肉にも、最も防備堅固なはずの碧水画廊であった。本業で大きな穴をあけてしまったのだ。

昨年の春、水坂は大胆にも、同時に三人の新人画家を抱え込んだ。以前、シェ・モアのママから説明を受けたプロダクション方式で売り込んだのはいうまでもない。今年の秋には作品の市場価格吊上げにも成功し、機は熟したとばかりに、実った穂を収穫にかかったのはいいが、ものの見事に失敗してしまった。三人の新人画家が、碧水画廊には内緒で、自分達の作品を大量に、他のふろしき画商に流していたからだ。ふろしき画商は目立たぬ程度に三人の絵を扱ってはいたが、碧水が大々的に作品を放出するという動きを察し、暴落を惧《おそ》れて手持ちの作品を一気に市場に出したのである。これでは、いかに碧水といえども価格を維持することはできない。三人の絵は大暴落。画商、作家、顧客と、全てが被害を蒙《こうむ》る結果となった。とりわけ悲惨だったのが碧水で、新人画家の売り出しに四千万、彼らに支払った画料が五千万と、一億円近い欠損を生じさせてしまった。

水坂は穴埋めのため、桜木商事に、貸した一億円を返済せよと迫った。桜木がそんな虫のいい申し出を承諾するわけがない。彼にしても、サラ金規制法の施行で生きるか死ぬかの勝負時であるし、一億円は水坂から借りたという意識はない。碧水は単なるダミーである。必然的にしわ寄せは弱い立場の川添に行く。

水坂は川添を責め、脅したであろう。拘束預金はもちろん、浮貸しの事実をもネタにして脅迫したに違いない。進退窮まった川添は、より荒っぽい犯罪に手を染めた——。

「おもろい話やないか。それでキャップ、どないするつもりや。水坂と桜木、引っ張るんか」

食後の一服を味わいながら訊《き》いた。

マメちゃんは、きつねうどんの最後の一本をすすり込んで、

「岡崎さんがいうには、川添は業務上背任で引っ張れるけど、もうこの世におらん。水坂と桜木については、貸付にあたって書類上の不備はないから、たとえ起訴しても公判

の維持が難しいと……」

「やっぱり無理か。ほな、強盗教唆いうのはどうや」

「水坂が川添に、強盗してでも一億円返せと強要したんですか。たとえ、そうであったとしても証明する術《すべ》がおません」

「水坂が治を川添に紹介したんかもしれんで」

一週間前の臨時捜査会議以降、我々第二係は治の身辺調査を続けているが、治が川添と親しかったという情報を得ていない。現時点では、ただの顔見知りであったと結論付けている。

「画廊のオーナーとパチプロではイメージに開きがあります。水坂と治が知り合いやったとは考えられませんわ。それなら、まだ桜木の方が可能性大きいのと違います？」

「大きい、いうたって、京都と大阪やからなあ。治はここ十年、港区から動いてないし、桜木は元々京都の人間やから、接点があらへん」

実際、我々の捜査は難航している。治と川添との関係に確たるものが摑《つか》めないからだ。

「やっぱり、川添が直接、治に接触したんやろか。……いや、そんなことない。仮にも強盗の計画や、誰かの仲介がなかったら不自然や」

マメちゃんはうどん鉢を抱え、残りのだし汁を少しずつ飲みながら話す。

「こいつはどうあっても治を引かんことには捜査が進まへんな」

「ほんまや。それにしても赤毛の治、今どこにおるんやろ。もう指名手配になって一週間やというのに」

「いずれ、金が尽きたら出て来るやろ」

「そんなん、待ってられますかいな。年が改まってしまいます。正月返上して働くの嫌でっせ」

「嫌なら、早よう引くことや」

「それができんから、毎日毎日退屈な訊《きき》込みしとるんです」

最後は愚痴になった。

「さあ行こ、ご出勤の時間や」

私ははずみをつけて立ち上った。

ここ三日間、私とマメちゃんは、日が暮れ始めると決まってミナミのネオン街に赴いている。犯歴者カードにあった治の写真を持って、女のいる店を巡り歩くのである。

治の部屋で発見されたマイルドセブンの吸殻のうち、口紅の付着した三本からは、いずれもO型の唾液《だえき》が検出された。また、同時に検出された口腔《こうこう》粘膜の細胞片の変性検査により、そのたばこが十二月十一日前後に吸われたものであることも分った。犯行後、治の部屋を訪れた女、事件に関与したはずの女、クリスチャンディオール、ナンバー737の口紅を塗る女、その女を私とマメちゃんは追っている。

新地の啓子嬢によると、治は背が低く、少々肥《ふと》り気味、おまけに頭髪が後退して額が必要以上に広く、つまり、どうひいきめにみても、もてそうにない風貌《ふうぼう》である上、ぐうたらでいつもスカンピンと来ているから女には縁がなく、ましてや、部屋に若い女が訪れたところなど見たことも聞いたこともないそうである。それだけに、余計女の存在が気にかかる。

いくらもてないとはいえ、治もただ手をこまねいていたのではないらしい。パチンコで大勝ちした日などは、ひとりでミナミへ繰り出し、もっぱら水商売の女の子を口説いていたらしい。

「犯罪の陰に女あり」、ありきたりの言葉だが真理には違いない。捜査の常道として、私とマメちゃんは女の線から治をたぐり寄せようとしているのである。

地下鉄四つ橋線でなんばに出た。御堂筋を北へ歩く。道頓堀橋を渡る頃には日も薄くなり、ぽつりぽつりとネオンが点《とも》り始めていた。

今日は、久左衛門町から三津寺町、八幡町を攻めてみるつもりだが、年末の書き入れ時であるだけに、予定どおりには進まないだろう。

御堂筋を一筋西へ入ると、あたりの情景は一変した。人の動きが慌ただしい。申し合わせたように毛皮のハーフコートで着飾った出勤途中のホステス、つきだし用の材料を配達する八百屋のおやじ、店内の椅子を二段重ねにして路上に出し、床を水洗いしているマスター、立看板を通りに持ち出すウエイター、みなそれぞれ準備に余念がない。

角の雑居ビルに入った。五階建、各階に四軒の店がある。

エレベーターで最上階へ上った。一軒一軒、ドアを押す。こんな男知らんか、飲みに来たことないかと、写真を示して訊《たず》ねまわる。手応《ごた》えなし。

階段を降りる。またドアを押す——。

ビルを出た時にはもう一時間が過ぎていた。次にとなりのクラブへ向かう。

筋向かいのアルサロへ入った。

これから先、どれだけの店を訊ね歩くのか、いったいいつ女を探り当てられるのか、それで果して勝算があるのか……答えのない疑問を胸の奥に押し込めて、歩く。

日はとっぷりと暮れ、通りには酔客があふれていた。

「今、何時ですか」

マメちゃんが訊いた。自分の時計があるのにわざわざ時間を確認するのは、仕事を終えて、帰ろうという意思表示である。

「もう八時過ぎや。帰ろか」

「いや、帰りません」

「珍しいな。今日はえらいやる気やないか」

「やる気なんかありますかいな。まだ帰らへんというただけです。これから飲みましょうな」

「わしは願ったりかなったりやけど。今晩あたり生れるのと違うか」

「生れそうやから飲むんですがな」

「ほう、そんなもんかいな」

マメちゃんの顔をしげしげと見つめた。この男にしてやはり精神的動揺がある。初めて父親になるというのは大変なものらしい。

私はマメちゃんを従え、今日は笠屋町へ向かった。


シェ・モアでモーニングサービスをとる。職業柄、まっ先に社会面を広げ、まだアルコールの散らない頭を振りながら新聞の細かい活字を追っていると、バタンと大きな音がして、マメちゃんが勢いよく店に入って来た。開口一番、

「やった、やりましたで」

きのうと同じ言葉を発する。かん高い声だから、いあわせた他の客がいっせいにこちらを向く。

「そうか、今度こそほんまやな」

念を押すと、マメちゃんはこっくり頷《うなず》いた。顔中が笑っている。

「そら、おめでとうさん。で、どっちや、その顔は女の子やな」

マメちゃんは一層深く頷いて、

「樹理《じゅり》、いう名前にしますわ。どうです、ええ名前ですやろ」

同意を求めるが私の好みではない。

「ええけど、沢田君とは結婚させられへんな」

いってから気づいたが、何ともくだらない発想だ。

「ママ、アメリカン下さい」

マメちゃんはさっさと私の横に坐《すわ》った。

「えらい赤い眼してるやないか。二日酔いか」

「寝てないんですわ。うちの子、今朝の五時に生れたもんやから」

「ほな、家に帰ってへんのか」

「直接、病院に行ったんですわ。そしたら、もう陣痛が始まってるとかで」

きのうマメちゃんと別れたのは十一時過ぎであった。

「結局、分娩《ぶんべん》室前の長椅子で夜明かしですわ。寒うて、寒うて。風邪ひいてしまいましたわ」

洟《はな》をすすりながら喋《しゃべ》る。

「生れたての子供いうの、丸っきり猿ですなあ。顔はくしゃくしゃで、おまけに頭がヒョウタンか洋梨みたいに長うて。あのまま育ったら化物でっせ」

「産道を通りやすいように頭が尖《とが》っているのよ。二カ月もしたら丸い頭になります」

ママがトーストにバターを塗りながらいった。

「それやったらええけど、あれはどう見ても嫁はん似ですな。かわいそうに」

マメちゃんに似た方がよほどかわいそうだ。

「まあ、ええやないか。鬼も十八、番茶も出花。年頃になったら、それなりの色気も出てくるやろ」

「黒ちゃん、あほなこというたらあきません。マメちゃんの娘さんやし、きっと美人になります」

ママは私をたしなめ、

「トンビが鷹《たか》を生む、いうのもあるでしょ」

と、いわずもがなの一言を付け加えた。ママが最もきつい。それでもマメちゃんは相好を崩したまま、

「これでやっと一安心ですわ。今日から心置きなく仕事に専念できます」

と、殊勝な嘘をつく。

「マメちゃん、今日はどないする。報告書でもまとめるか」

午後は例によってミナミを徘徊《はいかい》する予定だが、午前中は空白になっている。治の遊び仲間、パチプロ連中、八幡屋周辺、浮島荘近辺の訊込みと、私とマメちゃんに課せられた治の身辺捜査はきのうであらかた終った。特に重要な新情報を得たわけでもないから、報告書の作成を急ぐこともないが、他にすることもない。佐藤治逮捕の報《し》らせを待つばかりである。

治を待ちうける網は全国に張りめぐらされている。八幡屋一帯はもちろんのこと、羽曳野市にある治の実家、その周辺にある幼友達の家と、治の立ちまわりが予想される場所には全て二十四時間の張込みがある。また、治のギャンブル狂を見越して、現在開催

中の競輪、競馬、競艇場には多数の捜査員が潜入している。今日一日だけをとってみても百人を超す捜査員が治逮捕のために注ぎ込まれている。

現金輸送車のタイヤをパンクさせた手口についても一応の結論が出た。以前、私とマメちゃん、服部の三人が検討した、あの釘パンク説だ。服部が進言し、宮元が科捜研に実験を依頼していたもので、きのう判定が下された。結果はマル。マメちゃんのいっていたとおり、釘の太さを変えることで空気の抜ける時間を調節することができたそうだ。あとは証拠となるタイヤを探すことだ。タイヤの捜索にも、所轄署から捜査員が投入されている。大阪中の自動車修理工場、ガソリンスタンド、自動車部品販売店、スクラップ商等の訊込《ききこ》みにまわっている。万に一つの可能性であろうが、パンクしたタイヤが修理されていることもないとはいえないからだ。

「なあマメちゃん、どないするつもりや」

もう一度訊《き》く。

マメちゃんはしょぼくれた顔をこちらに寄せ、

「仮眠」

と、耳許《もと》で囁《ささや》いた。予想どおりだ。こんな朝早くからシェ・モアに現れたマメちゃんの目的はそれしかない。

「ほい。これ持って行け。昼になったら起こしたる」

我が住まいの鍵《かぎ》を手渡すと、マメちゃんはアメリカンをオーダーしたことも忘れ、ゆらゆらと店を出て行った。

「しゃあないやつや。サボることばっかり考えとる」

私は顔をしかめてみせた。

「ええやないの。普通の会社員なら堂々と休暇とるのに、あんな風にふらふらしながらも仕事に出て来る。見上げたもんやないの」

「屋根屋のふんどしでもあるまいし、男として当然の生き方やないか」

「あら、独身貴族が生意気いうようになったんやね」

「またそれをいう。独身はもうええがな」

「悔しかったら結婚してみなさい。相手もいないくせに」

「相手くらい何ぼでもおるがな。おるけど……」

ハッと気づいて抗《あらが》うのをやめた。この種の言い争いをしてママに勝ったためしがない。話題を変えることにする。

「ママ、祝いの品、何がええやろ。わしには皆目分らんわ」

「そうやね、デパートのベビー用品売り場でも覗《のぞ》いてみたらどう」

いかにもママらしい無責任な答えだが、とりあえずは仕事らしきものができた。

「北浜の三越がいいわ。ここからやと堺筋線で三つ目やから」

ママの声を背中に聞いて店を出た。

「ごめん、ごめん。十時開店やいうの、すっかり忘れてたわ。まあ、そんなに怒らんと」

「一時間半も待ったんやで、この寒空の下を」

私はまだ憤懣《ふんまん》が治まらない。

「ようそんなに長いこと待ったね。やっぱり刑事さんや、辛抱強いこと。店員さんが整列して迎えてくれたんやから、よかったやないの」

カエルの面に何とやら、怒るだけ無駄である。私は買って来た籐《とう》の馬を投げ出して、カウンターに腰を下ろした。

そんな我々のやりとりが聞こえたかのように、マメちゃんが姿を現した。ぷくっと瞼《まぶた》を腫《は》らし、口をへの字に結んで、まさに寝起きの顔だ。

「コーヒー下さい。濃いやつ」

しわがれ声でママにいい、私に向かって、

「まだ坐ってはったんですか。えらい長《なが》っ尻《ちり》ですな」

とは何たる言い草。

「ほら、祝いや。樹理ちゃんに」

大きな包みを差し出した。マメちゃんの眼が輝く。

「おおきに、すんません」

大仰に感謝してくれるが、一時間以上もデパートの前をうろうろしていたことを思えば気分の良さも半減。

「マメちゃん、もうそろそろ昼前や。コーヒー飲んだら、飯食うて出かけよか」

提案したが返事がない。

「いくら何でも、もう仮眠はあかんで。ちょっとは仕事せんと」

「……」

マメちゃんはコーヒーカップを手にしたまま、ガラスの灰皿をじっと見つめている。さっきまで窓際の席にいた近所の事務員が使っていたのを、ママが片付けてカウンターの上に置いたものだ。中にはピンク色の口紅が付いた吸殻が数本入っている。

「黒さん……」

呟《つぶや》いて、こちらを見たマメちゃんの表情が厳しい。

「クリスチャンディオールの女、ほんまに存在するんやろか」

「どうしたんや、急にしかつめらしい顔して、何をいい出すんかと思たら……。女がおったからこそ、吸殻が治の部屋で発見されたんやないか」

「いや、その吸殻のことですねん。今、ぼくがこの吸殻をそっとポケットに隠したら、黒さんどうします」

「どうするて……、どうもせんがな」

「そうですやろ。つまりですな、口紅の付いた吸殻なんぞ、どこででも手に入れられるということですわ」

ここまで聞いて、やっとマメちゃんのいわんとすることを理解した。

「治は擬装工作をした。こう考えるわけやな」

「そうです。灰皿の中に口紅付きの吸殻を交ぜとくだけで女の存在を暗示する。ほんのちょっとした努力で捜査に相当の混乱を生じさせる。小さな投資で大きな収穫、これほど効率のええ擬装工作、他にありませんで」

「そう、確かにそうかもしれんけど。ほな、治は何でピストルの手入れした痕跡《こんせき》を残したんや。それほど頭のまわるやつが後始末もせんとフケるのはおかしいがな」

「綿棒の先に付いた汚れだけで硝煙反応が検出されることにまで気がまわらんかったんでしょ」

「それはないで。マメちゃんの説、考えられんこともないけど、深読みが過ぎるのと違うか。これは小説やない、現実の犯罪なんやで。捜査はあくまでも地道に、オーソドックスに進めるのが基本や」

私はせいいっぱい重々しい口調でいった。

「そんなもんやろか。ぼく、何ぼ探しまわっても女が見つからんような気がするんですわ」

「弱音を吐くな。これだけの捜査員が投入されとるんや、年内には女も治も見つかる。正月はこたつに入って過ごせるがな」

そういう私にも、ことが年内に解決するとは思えなかった。明日《あした》はクリスマスイヴ、新年を迎えるまで、残すところあと八日間しかない。

「黒さん、ぼくのカン、よう当るの知ってますやろ。特に寝不足や二日酔いの時」

「そら、わしも認めるけど……」

マメちゃんの場合、体調の悪い時ほど、神経が尖《とが》ってカンが鋭くなることを私は経験で知っている。

「治、もうこの世の人ではないと思いますねん」

「えらい神がかり的やないか。そう思う理由は？」

「理由がないからカンやというとるんです。きっと当りますわ」

マメちゃんのその言葉が正しかったことを確認するためには、なお半月間を必要とした。もちろん、その間、我々が正月休みを返上して、相も変わらぬ退屈な訊込みを続けていたのはいうまでもない。

7

きのう、成人の日は一日中、雨であった。せっかくの休日をぼんやりと寮の自室で過ごした山本善勝《やまもとよしかつ》は、廊下の突き当りにある洗面所の窓から今朝の抜けるような青い空を仰ぎ見て、急に体が重くなるのを感じた。

（どないなっとるんや。休みの時だけ雨降って。そういうたら、この間の日曜も雨降り

やったがな。何で平日に降らんのや）

ひとしきり喉《のど》の奥でぶつぶついって、歯みがきの泡を吐き出した。

山本は土木技術者、主にパワーショベルを操作している。仕事の性質上、雨の降る日は休みとなる。給与は日給計算だから、当然、雨の日は無給となるが、若い山本にとっては金よりも休み、朝寝坊と遊びの方が有難い。

「善やん、何しとるんや。早ようせな。みんな待っとるで」

廊下の中ほどにある階段のところから、同僚が顔をのぞかせて山本を呼んだ。午前七時三十分、出勤の時間である。

「ああ、今行く」

顔を拭《ぬぐ》い、タオルをベルトにはさんで山本は階段を駆け降り、中庭に待機していた八人乗りのデリバリーバンに飛び乗った。バンは小石を蹴散《けち》らして発車した。行先は住之江区南港、去年の暮れから今年にかけて、山本は南港埋立て地の北西端に位置する野鳥園で仕事をしている。

大阪南港野鳥園は、大阪市港湾局が港湾環境整備事業の一環として三年前から建設を進めているもので、コンクリート護岸に囲まれた、面積十九・三ヘクタールの干潟地帯に約四万立方メートルの砂を投入して整地、現在のところ、三カ所の観察棟もほぼ完成し、あとは植栽と雑工事を残すだけとなっている。この公園は「野鳥のサンクチュアリ」と「市民の憩いの場」の両面を目指しているわけだが、工事の進行に比例して、年々シベリアなどから飛来する水鳥の数が減るという皮肉な状況を招いている。これは当然の成り行きで、野生の水鳥と人間という、基本的に相容れない両者を結びつけようとしたお役人の頭の固さが、ここでまた露呈したというわけだ。

野鳥園に着いた。山本はパワーショベルを点検後、エンジンを始動させ、暖機が完了するまでの時間を、前回掘った場所の見まわりに充《あ》てることにした。幅約二メートル、深さ八十センチの溝が南の第二野鳥観察棟に向かって延びている。この溝に厚くバラスを敷き詰め、コンクリートで固めてから、その上をアスファルトで舗装すれば遊歩道の完成となる。

（この前掘ったんはこの辺やな）

確認しながら、溝に沿って歩く。二十メートルほど進んだ地点で、山本は歩みを止めた。長さ十メートルにわたって土が崩れている。

（くそったれ、また同じとこ掘らんといかんやないか。これやから雨は嫌いなんや）

たばこを咥《くわ》え、マッチで吸いつけた。火のついたままの軸を溝に放り捨てたが、そこに山本は奇妙なものを見た。崩れた土の下から鮮やかな赤の半球がのぞいているのだ。一見、テニスボールのようでもある。

（はて、何やろか）

足許《もと》にころがっていた木片を拾って、山本は溝に降りた。何か臭う。卵の腐ったような悪臭だ。溝の底から湧き、溝に沿って漂っている。

妙なものの正体を確かめるべく近づいた。臭いはいよいよ強くなる。鼻をつまみ、手にした木片で赤いボールの周辺を掃いた。上を蔽っていた軟らかい土がボロボロ崩れた時、山本は後ろも見ずに走り出していた。

ボールと見えたのは、靴下をはいた人間のかかとであった。

「あの時シェ・モアでいうてたこと、当りそうやな。見つかった死体、十中八九、治やで」

南港に向かう車の中で私はいった。

「治に決まってます。何ぼ科学捜査や、コンピューターの時代やいうても、刑事の直感抜きにして捜査が成り立ちますかいな」

ハンドルを握ったマメちゃんが得意気に応じる。

「若いのにえらい抹香くさいことというやないか。これから会いに行く仏さんのためかいな」

沢居が後ろからからかう。

我々三人は、服部の命により、死体の身元確認のため発見現場に向かっている。普通、変死体の確認に、我々府警本部員が出向くことはない。所轄署で処理する。しかし、今回発見された死体は、身長百六十センチ前後の若い男で、赤い髪、おまけに埋められていた場所が南港ということから、佐藤治である可能性が強いため、我々が派遣されたのである。死体が佐藤治と確認された時点で、直ちに実況見分に入る予定だ。

住之江公園始発のニュートラムに沿って走る。フェリーターミナルを過ぎ、ポートタウンを左に曲った。建物が徐々に少なくなり、建設中の中埠頭《ふとう》を過ぎて五百メートルも行けば、あたりはだだっ広い草地になっていた。遠く、三隻の、南洋材を運んで来た五千トン級の貨物船が停泊しているのが眺められるほかは、見渡す限り何もない。まだ真新しい二車線の舗装道路をはさんで、有刺鉄線に囲まれた、二、三千坪の空地が広がるばかりだ。戦後の焼野原は、おそらくこんなであったろうと思わせる風景であった。

現場到着。パワーショベルの周辺に、三台のパトカーを含む十数台の乗用車が駐《と》められていた。検視官と鑑識課の車だ。

車を降り、溝に沿って歩いた。これがおそらく最初で最後の治との対面であろうと思うと、心なしか背骨が伸びきってギクシャクと音がするようだ。

異臭を感じた。ハンカチを取り出し、鼻にあてる。

「あかん、あきません。ぼく、この臭いに負けましたわ……吐きそうや」

マメちゃんはしゃがみ込んで、ウェッウェッと空えずきを始めた。なかなかうまい演技だ。役者として大成する。

「ほほう、亀田刑事、ここでダウンかいな。何と意気地のない。ま、ええやろ。吐き気が治まるまでそこにおれ。わしがちゃんと見分したる」

沢居が声をかけたが、彼はまだマメちゃんの実体を知らない。背中を向けたマメちゃん、舌でも出しているに違いない。

死体は土が取り除かれ、溝の底に横たえられていた。頭の部分にはブルーのナイロンシートが被せてある。紺地に白の太いストライプの派手な背広上下、グレーのシャツ、ノーネクタイ、赤い靴下がやけに目立つのは靴を履いていないからだ。体全体が丸く膨らんで見えるのは、腐敗による巨人様観を呈しているためだろう。

沢居と一緒に溝の底に降りた。おずおずとシートをずらす。ハンカチを通して強い腐臭が鼻をつき、思わずシートを離した。

「何をしとるんや、情ない。今さら死体を怖がるような年でもないやろ」

後ろに控えている沢居が悪態をつく。

「交替や、交替」

前後を入れ替った。沢居もへっぴり腰でシートをつまむ。白衣の検視官が溝の上から我々のやりとりをおもしろそうに見ている。

沢居が一気にシートをめくった。

「わしも商売柄、ようけの仏さん拝んで来たけど、今日みたいなんは初めてやで」

水飲み場で口をすすぎながら沢居が呟《つぶや》いた。

「えらそうにいうとったん、どこの誰や」

「そう責めるな。今朝食うたもん、全部吐いたんやから、それで堪忍してくれ」

沢居の顔がまだ青白い。

　実際、死体の様相はひどかった。目は白濁して著しく突出し、鼻、唇は倍ほどにも膨張していた。皮膚は紫色を帯びた緑褐色で、頬や額にはところどころに赤い水疱《すいほう》が見えた。また、唇からあごにかけて、表皮が剝離《はくり》した部分があり、下から歯がのぞいているところなど、通常の神経を持つ人間には視るに堪えない慘憺《さんたん》たる腐りようであった。吐き気をこらえつつ、髪の毛が赤く染められているのだけはしっかりと眼に焼きつけた。

　マメちゃんが検視官を連れてこちらにやって来た。ベンチに坐《すわ》り、検視官に質問する。尻《しり》が冷たい。

「死亡推定日時、分りますか」

「さあ、どうですか。何しろ腐敗がひどいから」

　検視官が答える。眉《まゆ》に白いものが交じった温厚そうな五十年輩の男だ。

「腐乱死体というのはなかなか難しくてね。解剖してみないことには、はっきりしたことはいえないが、外見だけから判断して、一ヵ月以上は経過しているようですな」

　言葉を選びながらゆっくり話す。

「そうそう、左腕に時計をはめてましたよ。ロレックス・オイスターパーペチュアル、高級時計ですな。十五日の三時五分を示してます」

「仏は去年の十二月十五日に死んだんですか」

　もっぱら私が訊《き》き役である。

「時計は自動巻きで、壊れてもいないようだから、時計の停止した一日半くらい前に、その持主も活動を停止したんでしょうな。三時というのが午前か午後か今は分らないから、逆算して、十三日の午後三時か十四日の午前三時、その頃死んだか、埋められたかしたんですな。ぼくは医者だから時計に関する正確なところは鑑識で調べて下さい」

「すんません、他に所持品は？」

「競艇の舟券が背広の内ポケットに入ってましたよ。それも束になって。仏はよほどのギャンブル狂ですな」

「その他には？」

「現金が少々、ズボンのポケットです。あとはたばことマッチ。それだけです」

「どんなマッチです」

「ダービーとか書いてありましたな」

死体は治に間違いない。

「死因、分りますか」

「服をとって詳細に調べないことには何ともいえませんな。しかし、ある程度の推定はできます」

「どんな？」

「上着の胸のあたりに嘔吐《おうと》物らしきものが付着しています」

「毒殺ですか」

沢居が口をはさんだ。

「殺、とは断定できません。服毒死の可能性もあります」

医者らしく慎重な表現だが、死体が埋められていたことから考えて自殺とは判定しがたい。

「いずれにせよ、剖検しなければ詳細は分りません。これから阪大の法医学教室に運びます。今日の夕方には簡単な報告ができるでしょう」

ここらが潮時とみて検視官は立ち上り、車に向かった。

「そうか、毒殺か。こいつは女の犯行いう線が強いで。やっぱり口紅の女は実在するんや」

沢居がいった。

「女が死体を埋めるのはちょいと無理でしょ。どう考えても男の仕業ですわ」

マメちゃんが応じた。

――私とマメちゃんは延べ二十日間をミナミでの女探しに費した。努力の甲斐《かい》あって、治行きつけの店を二軒探り当てた。しかし、結局のところ、女を特定することはできなかった。治と顔見知りだった女は三人いたが、事件のあった十二月十日から十五日まで、その全てに確固たるアリバイがあった。また、事件以降、消息を絶った女もいない。そのため、女の件は現在宙に浮いた状態になっている。捜査陣の中でも、クリスチャンディオールの女について、その存在を肯定する者、擬装工作だとする者とが対立している。因《ちな》みに、沢居は存在肯定派、マメちゃんは擬装工作派だ。コウモリの私は、そのどちらでもない。何事につけ旗幟《きし》を鮮明にしないのが私の処世術である——。

「いずれにしても今日の会議はもめるで。また女の存在が議論の焦点になるわ」

いって、私は現場を見遣った。
五、六人の鑑識課員が遺留品を求めて附近を歩きまわっていた。

その日、午後五時、捜査会議が招集された。捜査が沈滞したり、今後の方針に大きな転換を与える新たな事実が表出した時、捜査会議は開かれる。今日は治の死体発見がその新事実にあたる。

例によって、たばこのけむりで部屋が白っぽく見え始めた時、班長の宮元ほか、第二係長、服部、第一係長、多田、南住之江署刑事課長の新田といった幹部連中が会議室に入って来た。ざわめきが消えるのを待って宮元が口を切る。

「みんな知ってるように、本日、一月十六日午前八時二十分、佐藤治の死体が発見された。場所は住之江区大阪南港野鳥園。死亡推定日時は昨年の十二月三日から十七日の間。大まかな推定やけど腐敗がひどいから、これ以上時間の幅を狭めることできん。死因は青酸化合物による中毒死。死体の剖検により採取した胃と、その内容物の化学的検査で青酸が検出された。おそらく青酸カリやろ。死体は靴を履いておらず、また、飲み残しの青酸カリも、その容器も発見されんかったから、これは他殺で、しかも殺害場所は発見現場でないと断定した。……ここまでで何か質問は?」

「死体は、佐藤治であると断定されたんですか」

後ろから声が上った。

「府警本部保存の指紋台帳と死体の指紋を照合した。間違いない、佐藤治の死体や」

「所持品は？」

「現金五百二十円と腕時計。たばこ、マッチ。たばこはマイルドセブン、マッチは喫茶店ダービーのもの。腕時計はロレックス。それと、もうひとつおもしろいもんが見つかった。住之江競艇場の舟券や。当り券、外れ券、とり交ぜて三百二十万円分が束になって背広の内ポケットに入ってた。日付は十二月十三日、全部が当日の最終レースの舟券やった。ということはや、治が死んだのは十二月十三日以降であると推定できる。治は強奪した金を持って競艇場へ行った。そこで、しこたま舟券を買い込んだのはええが、当り券の換金もせんうちに毒殺された。多分、その日の夜に殺されたんやろ。これは死亡推定日時とも合致するし、腕時計の日付とも符合する。皮肉なことに治の買うてた舟券、当ってた。三百二十万のうち二十万円が当り券やった。配当は十八倍、三百六十万円分もの当り券が交ざってたんや」

「四十万の儲《もう》けやないか、もったいない」

後ろで囁《ささや》きあうのが聞こえる。

「これで大まかな金の流れが摑《つか》めたというわけや。被害金額は一億九百七十万円。川添の隠してたんが五百万、治の所持してた舟券が三百二十万……結局、一億と百五十万が未発見となるんやが、この金のうち相当の額を治が使うたと考えられる。たった一レースに三百二十万も突っ込むんやから、十二月十一、十二、十三の三日間を競艇場で過ごしたとなると、二千万や三千万は既に使うたはずや。結局、その残りの金を、治を殺したやつが持って逃げたと考えられる。今後、捜査本部は治を殺した犯人の逮捕に全力を注ぐ。その方法について、どんどん意見を述べてくれ」

「すんません、班長」

早速、多田が手をあげた。

「治の部屋に口紅の付着した吸殻があったこと、治の殺害方法が毒殺であったこと、以上二つの理由により、わしは犯人が女であると考えたいんですわ」

多田は、以前からディオールの女については存在肯定派である。

「それはないで……」

すかさず横やりを入れたのは服部だった。

「わしら第二係であれだけ女を探したのに、結局見つからんかったということは、口紅の女なんぞ端《はな》からおらんかったんや」

服部はマメちゃん同様、擬装工作派だ。

「何をいう。第二係は港区八幡屋一帯とミナミの訊《きき》込みにあたっただけやないか。少々早とちりが過ぎるのと違うか」

「早とちり……。早とちりとはえらい大胆な言い草やな。そう思う理由、述べて欲しいな」

服部は眉根《まゆね》を寄せていった。

「毒殺いうのは女に特有の手口や。トリさんほどのベテランが捜査の基本を忘れたんか。毒殺すなわち女性を疑うべし。非力な女が男を殺すには最適の手段である。常識やないか」

「あほらしい。子供やあるまいし教科書どおりの答えが出るかい。大きな穴掘って、重たい死体運んで埋める。そんな力が女のどこにある」

「それを先入観というんや。女やから穴よう掘らん、死体よう運ばんというのなら時代遅れもはなはだしい。野鳥園は元々干潟やし、砂入れて間もないから土が軟らかい。女でも時間かけたら穴掘れる。死体も車を乗りつけたら無理なく運べる。何の不思議もない」

と、多田は口を尖《とが》らせた。

「それを屁理屈《へりくつ》というんや。こじつけもそこまで行ったら立派なもんや」

「何やて、今の言葉撤回せい。どっちが屁理屈こねまわしとるんじゃ。その固い頭をすげ替えてから意見述べて欲しいな」

二人はここが会議の場であることを完全に忘れている。何としてでも相手を屈服させようと、互いに口角泡を飛ばす。おもしろくなって来た。多田対服部、どちらが傷ついてもおもしろい。多田は、それが癖のあごを突き出したポーズで服部を睨《にら》みつけ、服部は負けじと黒い顔をあずき色に紅潮させて多田の視線をはね返す。

「二人とも、ちょっと待て」

宮元が割って入った。

「今ここで、どちらが正しいとも結論はつけられへんやないか。捜査に予断は禁物や。具体的な事実だけから結論を引き出す。これが近代捜査や」

何やら抽象的なことをいう。煙に巻かれて、多田と服部は不承不承に口論をやめた。ここは一本、宮元の技ありだ。やたら威圧的に出るかと思えば、時にはこんな懐柔策を弄《ろう》するあたり、だてに警部の禄《ろく》を食《は》んではいない。

「あほらし、世紀のタイトルマッチ、両者リングへ上ったのにレフェリーストップかいな」

マメちゃんが不満気に呟《つぶや》いた。

「ええか、みんな」

宮元は立ち上った。

「明日《あした》からは治の写真持って大阪中を歩くんや。どんなことでもええ、治に関する情報を細大洩《も》らさず拾うんや。それと、治の顔見知りをもう一度初めから洗い直すこと。ダービーのマスターから、店に出入りしてるパチプロ連中、浮島荘の住人、治の遊び友達、親戚《しんせき》と、治とちょっとでも関係のある人物は十二月十三日前後のアリバイを徹底的に調べ直すんや。とにかく、一からやり直してみよ。今のとこ、佐藤治の線を追うほかに有力な捜査方法あらへん。それから、平尾君は青酸カリを追うてくれ。メッキ、冶金《やきん》工場、写真化学工場、薬局、研究所……およそ青酸カリを使用、保存してると考えられるところはしらみつぶしにあたってくれ。トリさんは地取りや。治が立ちまわったとみられる住之江の競艇場を中心に、治の動きを追うてくれ。以上、これからもしんどい捜査が続くけど、みんなの努力で新しい手掛かりが発見されることを期待する」

宮元は力強い声で話を締め括《くく》ったが、その顔は苦渋に満ちたものであった。捜査開始以来、今日で約四十日。共犯の川添が死に、主犯とみられた治も殺され、事件の鍵《かぎ》を握った人物に迫ったかと思えば、口のきけない状態になって発見される。どの捜査員の表情にも疲れが見える。

「黒さん、会議終ったらシェ・モアに寄りましょうな」

マメちゃんがいった。

「どうしたんや、えらい難しい顔して。シェ・モアに用か」

「用はないけど、ちょいとぼくの話聞いて欲しいんですわ。他に人のおらんとこで」

「ママがおるやないか」

「あの人は人畜無害。おってもおらんでも一緒です」

どうもこみいった話のようだ。私は姿勢を正し、たばこを咥《くわ》えた。

「話いうのは何や。金か、金ならないで。それとも女か。長い禁欲生活で悪い女にひっかかったんやろ」

「あほな。捜査のことですがな。仕事でっせ」

「どういうことや」

「それはまだ内緒。話は聞いてのお楽しみ」

マメちゃんはにんまり笑ってマッチを擦った。

深く吸いつけてゆっくりけむりを吐くと気分が整った。

「で、その話いうのは何や」

「ぼく、治の死体が……」

そこで話が途切れた。シェ・モアのママがココアとアメリカンを運んできたからだ。

「二人ともどうしたの。こんな隅っこやのうてカウンターに坐《すわ》ったらいいやない。他にお客さんいないのに」

ママが不服顔でいった。

「たまには外を見ながらコーヒー飲むのもええやろと思て」

「車が走ってるだけやないの」

「それでも気分転換にはなる」

「おかしな人……。ま、いいわ。ごゆっくり」

ママを追い払った。マメちゃんは話を継ぐ。

「ぼく、治の死体が見つかったことについて大いに疑問があるんです。治、何でダービーのマッチ持っとったんです」

「ライター忘れてたからやろ。治の部屋にあったがな」

「漆塗りのデュポンでっせ。あの千島新地のおばさんの話では、治、ライターと時計が自慢のタネで、いつも持ち歩いてたそうですがな。その大事な大事なデュポンを何でアパートに置き去りにしたんです」

「……」

「そのくせ、時計だけはしっかり腕にはめてた。ロレックスの自動巻き。たった五百二十円の小銭しか死体のポケットに残さんかった犯人が四十万もする時計を放置したのはどういうわけです」

「足がつくからやないか」

「それやったら何で舟券残したんです。三百六十万円分もの当り券が交ざってたのに。舟券やったら足はつきませんで」

「それもそうや……」

忙《せわ》しなくたばこを吸いながら答えを探すが、いかんせん私の頭には標準量の脳みそしか詰まっていない。

「まだありまっせ。治、何で野鳥園に埋められてたんですか」

「夜やったら人目につかんし、干拓地やから土も軟らかい。穴掘っても、あたり一帯がデコボコやから目立たへん」

「確かにそうです。けど、何でパワーショベルの入りそうなとこへ埋めたんです」

「それが目算違いというやつやろ」

「それはないでしょ。ぼく、今朝、山本とかいう作業員に話を聞きました。去年の十二月十三日前後、工事はどこまで進んでたかということを」

「それで、どういいよった」

私は身を乗り出した。

「死体の発見現場から八十メートルほど北の部分をまっすぐ南へ掘り進んでた、いうことです。つまり、北の第一観察棟から南の第二観察棟を結ぶ遊歩道の真中に治は埋められてたんですわ」

やっとマメちゃんのいわんとすることが分った。

「すると、いずれは掘り起こされる場所に治は埋められてたということになる。犯人は治を発見させたかった……そういいたいんやな」

「そのとおりです」

「けど、その推論には無理があるのと違うか。夜中、あそこ真っ暗やで。溝の存在なんか分らへん」

「ところがさにあらず。ぼく、気象台に問い合わせたんです。十二月十二日から十四日までの天気。……晴れで、おまけに満月でしたわ。死体を埋める位置を確認するには充分な月明りがあったんです。疑問点もうひとつありますわ。……死体、何で野鳥園の手前側に埋めたんです。西の端の干潟に埋めたら、そこには水鳥しか来んのやから永久に発見されませんわ。どうせ、車で死体運んだんやから、あと百メートルや二百メートル遠くへ行っても別に支障はないし、遠くへ行くほど、埋めるのを目撃される可能性も少なくなります」

理路整然としたマメちゃんの推理、衝《つ》くべき弱点が見当らない。

「よっしゃ、マメちゃんのいいたいこと分った。それなら、犯人は何で治を発見させたかったんや」

「その答えが、時計とライター、舟券から導き出せるんですわ」

「その人の死んだ日をはっきりと示したいからでしょ」

突然、ママの声が割り込んだ。カウンターの中で我々の話に聞き耳を立てていたらしい。

「ママ、行儀悪いで」

「そやかて、二人して内緒話ばっかりしてるんやもん。気になるわよ。ね、マメちゃん、私にも話を聞かせてよ。ミステリー読むよりおもしろいわ」

ママは空のグラスと半切りのレモンを手にこちらへ来て、私のとなりに腰かけた。グラスをテーブルに置き、レモン汁を絞り入れる。おそるおそるグラスを傾け、

「ひゃあ、酸っぱい」

顔をしかめた。

「そんなに嫌なら無理して飲むことないがな」

「そやかて残したらもったいないやないの」

「ほんまは、酸っぱいものが欲しいような状態になったんかもな」

「まあ、黒ちゃんにそんなこといわれるやて。悲しいわ」

ママはツンと横を向いて脚を組んだ。

まずいことをいってしまった。

「いや、ちょいと気になったもんやから」

口調がしどろもどろになる。

「お二人ともええ年して何ですねん。いちゃつきなはんな。しかし、そうやって二人並んでると、まるでお雛《ひな》さんみたいですな。明治の昔から蔵の中でほこりまみれになってたんを骨董屋《こっとうや》が二束三文で買い叩《たた》いて、一、二回はたきをかけたらポロッと首が落ちてしもたから、とりあえずご飯粒でひっつけたような」

「まあ、ご挨拶《あいさつ》やね。けど、お雛さんと評してくれたことに免じて許してあげる。さっきの私の意見、どう？」

ママの機嫌はすぐ直る。

「おおむね良好というとこやけど、ぼくの考えはもう一歩進んだところにあるんですわ。つまり、時計を残したんは死亡推定日時をずらしたかった、いうことです。舟券残した目的もそれですわ。十二月十三日の当日券を持ち、十五日で停止した時計をはめてたら、誰でも治が十三日まで生きてたと考えます。綿棒とティッシュペーパー包んでた十二月十一日付の新聞についても同じことがあてはまります。スポーツ新聞しか読まん治の部屋に一般紙があった……いかにも事件についての詳細を知りたいがために買うたようやけど、何でそんな証拠になるようなもん残して行ったんです。綿棒だけならついうっかりということも考えられるけど、新聞はちょいとやり過ぎでっせ。治が十二月十一日、あの部屋におったと擬装したいからですわ。ダービーのマッチ持たしたんは、死体が早ように治であると知らせたいため。また、腐敗が進み過ぎて身元の確認ができんようになったら困るから念のため、ということです」

「そんな小細工した理由は？」

マメちゃんはすぐには答えなかった。残りのココアを飲み、外を見遣りながらぽつんと洩《も》らした。

「治、犯人やないからですわ」

「え……?!」

「治が捜査線上に現れたそもそもの発端は何です。事件の前日、十二月九日から行方不明になってたからでしょ。でなかったら、我々が治に注目するのはもっと遅れてたはずですわ。まず、行方不明という伏線があり、そこを洗うたら状況証拠がぞろぞろ出てきた。一山当てるとはしゃいでたこと、アリバイのないこと、土地勘、素行、ピストルの手入れをした痕跡《こんせき》、それと、ブルーバード、エルフの車内から見つかった髪の毛……限りなく黒いけど、はっきりいうて状況証拠ばっかりですわ」

「そやから容疑者扱いしてへんがな。あくまでも重要参考人ということで」

「世間一般の常識では、重要参考人イコール犯人ですわ。まして、その参考人が死んだとなると、いずれ罪は全て参考人がかぶることになります。警察いうのは何が何でも犯人が欲しいという体質を持ってます。大事件になるほどその傾向が顕著です」

自分が警察官のくせして、えらく懐疑的な言葉だ。

「そうやね。帝銀事件、狭山事件、三億円事件、ついこの間無罪判決のあった免田事件……全部、世間を瞠目《どうもく》させた事件やわ」

ママはしきりと相槌《あいづち》を打つ。

「ミムロというのはどうや、治とぴったりやないか」

「ぼく、以前にもいうたはずです。何でミムロとかいうひねくりまわした符牒《ふちょう》を使うたんか。黒木でも亀田でも何ら支障はおませんで。ぼくが治犯人説に疑問を持った最初のきっかけが、あのミムロやったんです。治が犯人でないという前提に立つと、全ての疑問に答えが得られるんですわ」

私の質問に、ことごとく的確な回答が返ってくる。マメちゃんの推理、どうやら本物だ。

「女の存在についてはどう考える」

「多分、実在しませんな。これだけの緻密《ちみつ》な策を弄《ろう》したやつや、女の存在を暗示したことが、かえって犯人が男であることを示唆してますわ」

「犯人、どんな具合に擬装工作したの」

ママが訊《き》く。

「口で説明するばっかりやったら混乱するし、ママ、紙と鉛筆貸して下さい」

ママはいそいそとレジへ走り、メモ用紙とボールペンを持って来た。マメちゃんはテーブルの真中に用紙を置き、時間に沿って犯人の動きを書き込んでいく。

十二月九日
▼夕方、ダービーに電話があり、治が出た。その後、行方不明。
▼夜、犯人は治を毒殺。デュポンを奪う。頭をかきまわし、抜けた数本の髪を手に入れる。(場所、状況不明。ただし、死体の胸に吐瀉《としゃ》物が付着していたことから、殺害現場である犯人のアジト、或《ある》いは車内にはその痕跡があるはず)
十二月十日
▼午前十時二十分、事件発生。現金強奪後、エルフを南港東の大阪シャーリング工場団地内に放置し、カローラのパンクしたタイヤを持って逃走。その際、ブルーバードとエルフに治の頭髪を残しておいた。
十二月十一日
▼夜、となりのホステスの不在を見計らって治の部屋に侵入。当日の朝日新聞朝刊

に綿棒、その他を包んでクズカゴに入れる。デュポンをテーブル上に置く（死体にダービーのマッチを持たせたかった）。口紅の付着した吸殻を灰皿へ。

十二月十三日

▼住之江競艇場にて舟券購入。

▼夜、野鳥園へ。舟券とマッチ、ロレックスを死体に持たせて埋める。

「ま、こんなとこですか」

「なるほどな。筋の通ったシナリオや」

「ちょっと待ってよ」

ママがいった。

「二人とも、さっきからうんうん頷《うなず》きあってるけど、証拠とやらはどこにあるの。その治とかいう人が十二月九日に死んだ証拠。それこそ仮説ばっかりやないの」

「決定的な証拠がない限り、マメちゃんの説、他の捜査員から支持を得られへんで」

と、私。

「へっへっ。それを証明するのがこのポアロの使命です。ちゃんと種も仕掛けもありまっせ」

今夜ばかりはマメちゃんに主役を奪われた。

「もうええ加減にしてくれ。わけも聞かんとつきあうの嫌やで」

「もうすぐですがな、我慢して下さい」

「こんなところで油売っとったら、またバテレンにどやされるがな」

「そやけど、地取り捜査であることには違いないでしょ」

朝、捜査本部に集合して、今日の仕事をおおせつかった。私とマメちゃんには、きのうの捜査会議で宮元から指示のあったとおり、競艇場での訊込《ききこ》みが割当てられた。しかるに、マメちゃんは私を誘って港区八幡屋の理髪店へ行くという。

八幡屋商店街のアーケード通りから少し細い道を十メートルほど横に入ったところに「バーバー　ウォーターゲート」があった。

「ただ、水門と名付けりゃええものを、ウォーターゲートやて。何でもカタカナ使いよる」

「縁起のええ名前ですがな。世紀の大スキャンダル摑《つか》めそうや」

「あほらし。治行きつけの散髪屋で何をしようというんや」

「そんなに文句いわんとつきおうて下さい」

マメちゃんに続いて、ガラス張りの小さな店に入った。中は椅子が四台、手前が待合スペースという理髪店の標準的レイアウトであった。客はひとりしかいない。ハサミを使っていた若い従業員に店主を呼んでもらい、待合スペースのソファに腰を沈めた。

三十代後半の、二代目らしき店主に治の写真を見せると、

「佐藤さんですね。今朝の新聞読みました。死体が発見されたとか。……ええ、去年も刑事さんが写真持って来はりました。こんな男、見たことないかといわはって」

「それで？」

「二、三カ月に一ぺん、店に来ますと答えただけです」

「最後に顔を見せたんはいつです」

質問はマメちゃんである。

「さあ、伝票繰ったら分りますけど」

「伝票……。ひょっとして髪染めたんですか」

「はい、染髪とカットをしました」

「それ、ほんまですな」

マメちゃんは身を乗り出した。頬が弛《ゆる》んで、今にも破顔一笑といった感じだ。

「すんません、伝票調べて下さい。正確な日付、知りたいんです」

「ちょっと待って下さい。調べます」

店主は奥に引っ込んだ。

「分らんな。治が散髪した日を調べて何ぞええことあるんか」

「散髪やありません。染髪です」

「サとセの違いやないか」

「黒さん、人間いうもんは死んでから髪伸びへんのです」

「そうか……」

やっとマメちゃんの狙いに気づいた。すばらしい着眼だ。

「鑑識課員に聞いたところでは、成人男子の髪の毛、一日あたり〇・二ミリ伸びるんです。それで、治の解剖鑑定書、まだ本部に届いてへんけど、ぼく、鑑定医に訊いたんですわ」

「頭皮から黒い髪がどれくらい伸びてるか、をやろ」

「そう、結果は、一・四ミリでした」

「一・四割る〇・二は……治、死ぬ七日前に髪染めたんやな。個人差とか誤差は？」

「普通の栄養状態であればだいたい一定してるそうですわ」

「なるほど。すると、ここで審判が下るわけやな。マメちゃん説に対する……」

店主が伝票を手にして戻って来た。

「お待たせしました。これです」

差し出された伝票には、〈染髪、カット、計六千円、十二月二日〉確かにそう書いてあった。

「やった、やりましたで。二足す七は九。治、やっぱり十二月九日に死んだんや」

マメちゃんの歓声が店内に響いた。店主はあきれ顔でマメちゃんを眺め、従業員も怪《け》訝《げん》な表情でこちらを見た。

「社長、この伝票なくしたらあきませんで。しっかり神棚に飾っといて下さい。場合によったら証言をしてもらうかもしれんけど、その時はよろしく」

言い置いて店を出た。

商店街のアーケード下を歩く。

「どうです、黒さん。きのうの約束どおり、治の無実、証明してみせましたで」

喜色満面、得意満面のマメちゃんではある。

「ほんまやなあ、こらお手柄や」

ここは素直に称賛すべきだ。

「けどな、マメちゃん……」

私は立ち止まった。くたびれた靴の先に視線を落とし、

「水さすようで悪いんやけど、さっきの件、いざ起訴となったら証拠として採用されへんのと違うか。髪の毛、何ぼ伸びる速度が一定してるというたって、個人差がないとは言い切れんのやろ。中には異常に伸びるのが遅い特異体質のやつかておる。治がそうでないとは証明できんがな。もう死んどるんやから」

口ごもりながらいった。マメちゃんはけろりとして、

「ぼくもそない思いますわ」

さっきあれだけ喜んでいたのに意外なことをのたまう。

「ぼく、自分の推理に対するしっかりした裏付けが欲しかったんですわ。治が白と決ま

ったら、当然黒いやつがどこかにおる。そういうことですやろ」

「えらい欲がないんやな。まあええ、治が犯人でないと分っただけで上出来としょか。これからどうする？　係長にこの事実突きつけて鼻あかしたろか」

「まだです。どうせ報告するんなら、もっともっと大きなネタ摑んでからにしましょ」

「どういうことや。これ以上のネタあらへんで」

「真犯人を突きとめる、いうのどうです」

「何やて?!」

きのうからのマメちゃんの言葉、いちいち私を驚かせる。思考が私の一歩先を行っている。

「治に全ての罪をかぶせたかった犯人の目的は何です。自分に嫌疑がかかるのを防ぐためでしょ。でなかったら全くの部外者である治を殺した意味がない」

「それもそうや。真犯人がわしらの見も知らんやつやったら、赤の他人に罪をかぶせる必要ない。自分だけが逃げおおせたらそれでええことや」

「ひとひとりを殺してまで自分の犯罪を隠したかった人間、すなわち真犯人です。十二月十日の決行日以前に治を殺してたということは、強盗のあと自分に疑いがかかることを予測してたからです」

「それは多分、川添の線からやな」

「そうです。犯行の状況から内部犯行説が出るのは当然やし、いずれ川添に捜査の焦点が絞られるはずです。川添との関係において、遠からず捜査陣の眼が自分に向くと考えた頭の切れるやつ。エルフとブルーバードにわざわざ赤いチリチリの髪の毛を残しておくことで治という容疑者を作り出し、その陰に隠れてたやつ。治という防護壁がなかったら自分に火の粉がかかると予測したやつ。以上の条件にあてはまるの、誰です」

「桜木……桜木肇、水坂壮平、この二人しかおらんやないか」

「二人と違います。ひとりです。水坂には動機がおません。そら、商売で一億ほどの穴あけたんは確かやけど、あいつにとって一億円は生きるの死ぬのというほどの切羽つまった金やない。第一、浮貸しに関して、水坂は川添に利用された人物でっせ。いわば被害者です。その点、桜木と川添は初めから結びついてた疑いが濃い」

「桜木のやつ、川添と結託して浮貸しを受け、水坂からその返済を迫られると今度は川添を引き込んで強盗に加担させよったんやな。桜木やったら川添を事件に引き込むこともできるし、また、そんなことできるの桜木しかおらん。動機も充分ある。ミムロの正体は桜木か。川添は桜木から現金輸送に関する情報提供を強要されてたんやろ。それで悩んでた。沈んだようすもあった」

「ミムロいうのはやっぱり合言葉やったんです。いくら何でも梅木商会では具合が悪いよって」

「川添はミムロという符牒《ふちょう》のほんまの意味を知らんかった」

「対する桜木には深謀遠慮があった。事件の一ヵ月も二ヵ月も前から、治を利用しようと計画してた。『君は情報提供と、現金輸送車のタイヤの細工だけしたらええ。あとはみんなわしがする。証拠となるタイヤも責任を持って回収するし、決して人を殺《あや》めたりはせん、大丈夫や。浮貸しがばれんようにするには、この事件《ヤマ》打つほかないやろ。それとも何か、背任で手が後ろにまわってもええんか』、そんな甘い言葉と脅迫で川添を釣ったんでしょうな」

「それが、いざ蓋《ふた》を開けてみたら、自分の同僚が二人も殺された。業務上背任どころか、殺人の共犯者となってしもた。事件当日、桜木からローヌに呼び出されたせいで、不審な行動もとった。川添としては死ぬほかなかった」

「桜木商事社長、桜木肇。サラ金で弱い庶民を泣かして来た上に、三人もの人間を殺しよった。治、籠谷、熊谷……。川添の自殺もこいつのせいと考えたら、計四人もの生命を奪ったやつ。こいつはどうあってもぼくの手でパクりまっせ。でないと、生れた子供に申しわけが立ちません」

言い放って、マメちゃんは足許《もと》にころがっていたビールの栓を蹴《け》った。栓は勢いよく飛んで、一、二回バウンドしたあと、真前の本屋にころがり込んだ。はたきをかけていたおやじが眼鏡をずらしてこちらを睨《にら》みつける。また歩き始めた。

「桜木が犯人であることには間違いなさそうや。けど、ひとつだけ分らんことがある。桜木は治の死体を何で発見させたんや。治が永久に行方不明なら、この事件、いずれは治の犯行ということで終ってたはずや」

「それはないでしょ。容疑者の特定を終えて指名手配するとこまで持ち込んだのに、その容疑者が逮捕できんからと勝手な理屈つけて、捜査本部を解散しますか。金の行方はどうなります。一億円の追跡捜査、放棄しますか。ディオールの口紅塗った女の存在を解明すること、やめますか。治の死亡が確認されへん限り事態は一向に変わらんのです。結局のとこ、疑惑がいつまでもくすぶり続けますわ」

「それはわしの質問に対する答えになってへんがな。わしが訊《き》きたいのは、治の死体を発見させて、いったいどういうメリットがあるのか、ということや」

マメちゃんがあまりにも澱《よど》みなく答えるものだから、当方としては弱点がないかとあら探しのひとつもしてみたくなる。

「メリットはあります」

マメちゃんはさらりと受け流した。

「まずは、治が真犯人であるという確定です。大量の舟券をポケットに入れておくことで、その金を治が強盗で得たと断定させること。それに、金の行方をくらませることもできます。奪った金のうち、相当額を治が競艇に突っ込んだと暗示しといたら、あとで桜木が金を動かしやすい。もうひとつは、治が毒殺されたということで、口紅の女の存在を強調し、捜査をより混乱させることができます。最後に、決定的な理由……『被疑者死亡による不起訴処分』ですわ。これで、ともかくも強盗に関しては決着がつきます。治を毒殺した犯人を追うのは、また別の捜査になります。桜木にとっては、強盗の実行者が治であると断定されたらそれでええのです、表面上、治と桜木の間には接点がないんやから」

「なるほどな……。いや参った、降参や。今後はマメちゃんの説を全面支持すると誓います。それにしても皮肉な結末やで。桜木のやつ、擬装工作のしすぎで自分の首を締めるとは夢にも思わんかったやろ。時計、ライター、舟券、新聞、わざわざ犯行現場に残した髪の毛、ミムロとかいう持ってまわった符牒から、逆に治の無実が証明され、治を犯人に仕立てたことで今度は自分がクローズアップされた。天網恢々《てんもうかいかい》疎にして漏らさず。ようういうたもんや」

「貝原益軒《かいばらえきけん》ですな」

「うん？」

「粗にして漏らさず。淫《いん》して漏らさず」

一度、マメちゃんの頭を割って、その思考回路を確かめてみたい。緻密《ちみつ》な推理を巡らすかと思えば、著しく的外れなことも平気で口走る。脳の密な部分と疎な部分との均衡が大幅に乱れている。

「午後はどうする。桜木のアリバイ崩しと行こか。それとも、あいつの車、調べてみるか……車内に青酸混じりの吐瀉《としゃ》物が付着した痕跡《こんせき》があるかもしれん。車のトランク探るのもええで。カローラのタイヤか、野鳥園の土が付いたスコップでも出てきたら大もうけや」

「さっきは係長に報告しよ、とかいうてはったのに」

「あほらしい。動かぬ証拠を握ってからでも遅うない。とにかく、わしらである程度の目処《めど》をつけるんや」

現金なもので、私は体中に精気が漲《みなぎ》るのを感じた。表彰状はまず間違いない。

「桜木、どない攻めましょ。……そや黒さん、岡崎さんとこ行きましょうな。あの人には頼むことがあります」

「それはええけど……」

「この際、一課や二課やというてられませんで。早よう桜木に手錠はめんことには寝覚めが悪い」

マメちゃんは背中を向けてスタスタと歩き始めた。手柄を独占したい私は足取りも重くそのあとを追った。

岡崎は府警本部にいた。桜木犯人説はまだ私とマメちゃんだけの持論であり、捜査本部全体の同意を得たわけではないから、二課で話し込むわけにもいかず、三人で外へ出た。

岡崎に誘われて真前の大阪城公園に入る。外濠《そとぼり》を見下ろすベンチに並んで腰かけた。風もなく、柔らかい日射しが心地良い。

「ええ日和や、お茶でもどうです」

岡崎がぶらさげて来たデイパックを開いた。中に魔法びんがあった。スヌーピーが印刷してある。我々二人にプラスチックのカップを手渡し、お茶を注ぐ。用意周到というほかない。

「ジャスミン茶ですわ。娘が持たしてくれますんや」

茶を一口ふくんだ。温かい。ちょっと変わった上品な味だ。

「よう気がつくええ娘さんですな。おいくつです？」

「二十二ですわ」

「そろそろですな」

「何が」

「結婚」

「あほな。めっそうもない。そんな大それたこと口に出すのも恐ろしい。あいつは結婚なんぞしまへん。わしがさしまへん」

あわてて否定するが、眼が笑っている。

「ところでデカ長、ぼくらが来たのは――」

マメちゃんが自分の考えを伝える。岡崎は時おり短い質問をはさみながら話に耳を傾けていた。

「なるほど、ようそこまで読みはったな。充分説得力のある考えや、わしも賛成しまっせ」

岡崎は素直に同意したが、これが服部だとどうなるか。何のかんのと難癖をつけて、最後はどちらともつかない態度をとり、そのくせ、おいしいところだけはちゃっかり自分の説にしてしまうに違いない。決定的な証拠を摑《つか》んでからでないと服部には報告できない。

「そこで、デカ長に頼みがあるんですわ」

マメちゃんがいった。

「強奪した金の使い途でっしゃろ。桜木は水坂から借りた金の返済迫られてたさかい、奪った金をそれに充てた。それを調べて欲しい、いうことですな」

「そのとおりです。それと、もうひとつ。桜木の写真が欲しいんです。以前、出資法違反で二回パクられたとお聞きしたし、その線から手に入りませんか」

「わしがちょいと口にしたこと、よう覚えてはる。京都府警の捜査二課にあたってみまっさ。手に入りまっしゃろ。その写真持って住之江競艇場をまわる、桜木が舟券買うたことを証明する、そういう段取りですな」

「そのつもりです」

「競艇場は無理と違いまっか。一回のレースに百万、二百万突っ込むやつ何ぼでもおるし、師走《しわす》のあの雑踏やから、桜木を特定するのは不可能でっせ。それより、ダービーかパチンコ屋行ってみはったらどうです。桜木のやつ、治とどこぞで接触しとるはずや」

「八幡屋一帯の訊込《ききこ》みは何べんもしてますけど」

「それは川添と治に関してですやろ。桜木の写真を見せたら、また違う答えが出るやもしれませんで」

岡崎の指摘、いちいちごもっともだ。捜査陣は今まで、川添と治の関係をやっきになって洗っていた。川添と治が共犯であると信じて疑わなかった。結局のところ、二人の関係を解明できなかったのは、治が無実であると分れば当然の帰結といえよう。治と接触したのは、川添でなく桜木であった。桜木はパチンコ屋で巧みに治に話しかけたか、それともダービーの片隅で治のようすをうかがっていたのか、いずれにせよどこかで治を籠絡《ろうらく》したに違いない。そして十二月九日、ダービーに電話し、治を連れ出して殺したのである。

「ほんまにデカ長のいわはるとおりですわ。写真が楽しみや」

「明日《あした》かあさってには手に入れまっさ」

「すんません。ほな」

私とマメちゃんは立ち上った。

「お二人さん、これからどちらへ」

「とりあえず住之江競艇場。……ほんまは朝から行くように指示されとったんです。えらい道草食うてしもた」

「早よう行かんと服部係長に怒られまっせ。桜木の件、服部さんはどないいうてます」

「まだです。証拠握ってから報告するつもりですわ」

「そらあきまへん。警察いうのは上意下達の世界でっせ、独断専行はご法度。情報はすぐ報告するのが、決まりですがな」

「そら、そうやけど……」

「悪いことはいいまへん。すぐ報告しなはれ。万が一失敗するようなことがあったら、のっぴきならん立場に追い込まれまっせ。あることないこと何でも報告しといて、判断は全て上司に任せる。権限もないけど責任もない。そういう世渡りせんと、どこで足許《もと》すくわれるか分りまへん」

岡崎の忠告には重みがある。桜木犯人説が頓挫《とんざ》した場合の責任回避を示唆しているのだろう。実際、その惧《おそ》れは無きにしもあらず。あれだけの緻密な策を弄《ろう》した桜木が容易なことで尻尾《しっぽ》を摑ませるとは思えない。

「係長には捜査本部に帰って報告します」

いったマメちゃんにその気がないことは明らかである。

「ごちそうさまでした、ジャスミン茶」

一礼して岡崎と別れた。

電話で眼が覚めた。もそもそと起き上り、蛍光灯のひもを引くと、壁の時計はもう一時を指していた。ダイニングへ行き、冷蔵庫から缶ビールとチーズを取り出す。チーズをひとかじりしてから受話器をとった。

「黒さん、えらいことです」

マメちゃんの声だ。

「飛び降り自殺。……いや、まだ自殺と決まったわけやないけど、とにかくえらいことですわ」

また飛び降りとは……。去年、服部からかかった電話が頭に浮かぶ。

「また川添が死んだんか」

つまらない冗談だが寝起きの頭にはこれがせいいっぱいというところだ。

「桜木、桜木が死んだんです」

「何やて！」

「今、係長から連絡ありました。黒さん連れて森之宮へ来いと」

「まさか森之宮第二団地やないやろな」

「そのまさかですわ。川添の住んでたA棟から飛び降りよったらしい」

何という因縁だ。川添の霊が桜木を呼んだのかもしれない。

缶ビールを半分ほど一気にあおった。喉《のど》にしみる。

「とにかく用意しといて下さい。これから出ます」

プツッと乾いた音で電話が切れた。

「もうあかん、終ってしもた……」

私はほぞをかんだ。こんなことになるのなら岡崎の忠告どおり、桜木の件を服部に報告しておくべきだった。あの服部のことだからどんな反応を示したかは分らないが、ひょっとして桜木に尾行くらいはつけたかもしれない。そうであれば、みすみす真犯人の桜木を死なせることはなかった。三つの人命を奪った犯人として、生きた桜木に手錠をかけることができたはずだ。桜木の死が自ら欲したものであれば、もう探すべき犯人はいない。それで港大橋強盗殺人事件には終止符が打たれる。正月を返上した我々の苦労も水の泡となる。

マメちゃんがドアをノックするまでの二十分を、私はぼんやりベッドの端に腰かけ、チーズをかじり、ビールを飲んで過ごした。

外は雨だった。真夜中の大阪市内は薄いグレーにかすみ、濡《ぬ》れた路面がヘッドライトを吸収する。運転するマメちゃんも助手席の私も無言、ワイパーの音が耳をさす。

赤いカローラが住宅・都市整備公団、森之宮第二団地に着いたのは一月十八日午前一時四十分、川添が自殺したのと日こそ違え、ほぼ同じ時刻に同じ場所へ来たわけだ。

A棟の南側、建物と植栽帯にはさまれた藤棚のそばに煌々《こうこう》とライトが点《つ》いているのも、その周辺をやじ馬が取り囲んでいるのも同じ、ただし今回はやじ馬が傘をさしている。数も多い。二十人はいる。

車を降り、現場まで来てそのわけを知った。死体がまだ片付けられていなかったからだ。A棟から三メートルほど離れた路上に広げられた毛布は水を含み、凹凸が人の形を作っていた。

毛布をめくる。紺色の背広、白のカッターシャツにあずき色のネクタイ。綿のステンカラーコートは、見覚えのあるチェックの裏地から、バーバリーと分った。頭部を見た。左のこめかみに長さ五センチほどの挫創《ざそう》があり、うっすらと血が滲《にじ》んでいる。砂粒らしきものが付着しているのは、落下の途中ベランダにぶつかったためだろう。後頭部にも衝突痕《こん》があった。頭皮が裂けて少なからず出血している。眠るような死顔で、治の腐乱死体を見た時のような衝撃はなかった。背中の部分にあたる地面が乾いているのは、雨が降り始めて間もないことを物語っていた。

「確かに桜木や。得意気に銀行性悪論をぶってたやつも、こないなってはお終《しま》いですな」

マメちゃんが呟《つぶや》いた。

次に、死体の胸の上に置かれた左腕を持ち上げると、二、三滴の血がしたたり落ちた。

「マメちゃん、見てみい。何から何まで川添と同じやないか」

「こいつも花持って死んだんですな。春秋草とかいう」

左手首の内側には五本の逡巡《しゅんじゅん》創があった。どれもが浅く、腱《けん》や静脈を切断するまでには至っていない。

そこへ、雨がっぱを羽織った、あの朴訥《ぼくとつ》警官が姿を現した。ちょうどいい、呼んで話を聞く。

「仏さん、どこから飛び降りたんや」

「今回は屋上からであります」

「いつ？」

「十一時二十分であります」

「第一発見者は？」

「二階に居住する主婦で、名前は」

「名前はええ。で、どういう状況やった」

「大きな音がしたので窓から覗《のぞ》いたところ、人が倒れているのを発見したそうです。本職が現場へ駆けつけた時には、周囲に多数の人だかりがありまして、これは上から落ちたに違いないと思料し……」

これまた川添の時と同じことをいう。ニュートンの法則が確立される以前から、すべからくモノは上から落ちるという普遍的了解を得ているのだが。

「屋上、あがれるんやろ」

「はあ。現在、捜査一課の服部係長がおられます」

エレベーターで十四階まで行き、階段で屋上に出た。五、六台のライトが交差するところに、相合傘の服部と沢居がいた。まわりで鑑識課員数人が痕跡《こんせき》のチェックをしている。

A棟は東西に長く南北に短い。屋上の周縁は高さ一メートルほどのコンクリートの手すりが立ち上っているだけで、フェンスはない。中央部分には十メートル間隔で、ロッカーを少し大きくしたような変電ボックスが設置されており、床の仕上げもひび割れだらけの薄いモルタル塗りであることから、屋上が洗濯物を干したり、軽い運動に供するためのスペースではないことが分る。屋上階段室は東と西の両端に位置し、東階段室から約十メートル西の南側手すりを乗り越えて、桜木は飛び降りたと推定できる。

階段室のすぐ横に、一辺が二メートルもある青いナイロンシートが広げてあった。

「あれ、何です」

大きなストロボ付きのカメラを抱えた近くの鑑識課員に声をかけた。

「血だまりですわ。あそこで手首を切りよったんやろ。そばにカミソリの刃が落ちてましたわ」

行って、少しずつシートをめくってみるが血だまりらしきものはない。代わりに、薄いコーヒー色の液体が、持ち上げたシートの裏を濡らしていた。血の大半は雨で流れたようだ。シートのところから、直径十センチくらいのチョークで描いた円が南側手すりに向かって飛び石のように配されているのは、桜木の手首から血がしたたり落ちた痕であろう。血痕《けっこん》そのものはもう見えないが、チョークの円形があることから、鑑識班が到着した時にはまだ残っていたとみえる。

「えらいお早いお越しやな」

後ろから服部の嫌味たらしい声。その横で沢居があくびを押し殺している。

「あの岡崎とかいう二課のデカ長と、事情聴取に京都へ行ったん、君とマメちゃんやろ。桜木、自殺するようなタマか」

「川添と組んで浮貸しを受けてたことは、以前に報告したとおりですけど、死んだ理由までは……」

服部にはまだ桜木犯人説を話していないから、ここは迂闊《うかつ》なことがいえない。

「ま、いずれ調べが進んだら分るやろ。それにしても、これで五人目やで。籠谷、熊谷、川添、佐藤、桜木、港大橋事件に関連して大の男が五人も死んだ。射殺、飛び降り、毒殺、また飛び降りと、死に方も色とりどりや。ほんまに、えらい事件に首突っ込んでしもた」

服部が力なく呟いた時、手すりの向こうからウヒャーというかん高い声が聞こえた。マメちゃんがへっぴり腰で下を覗き込んでいる。声につられて歩み寄った。手すりの向こうは七十センチほどの庇《ひさし》が張り出していた。すぐ下が十四階のベランダである。

「どこから声出しとるんや。子供やあるまいし、ええ加減にせんかい」

服部がたしなめた。

「そやかて、怖いから」

「川添が死んだ夜も同じような奇声を上げてたやないか。進歩のない」

「それより係長、下見て下さい」

「わしはさっき見た」

と、服部は後ずさりする。服部はマメちゃん以上の高所恐怖症だ。さっき見たというのは嘘に違いない。

私は手すりを乗り越え、こわごわ下を覗き込んだ。淡い街灯に照らされて、やじ馬のさす傘が不規則な水玉模様を描き出し、その輪の真中に、濡れて黒くなった歩道を背景として薄茶の長方形がぼんやり浮かび上っているのは、毛布をかけられた桜木の死体であった。

「係長、どない考えはります。これは殺しですか、自殺ですか」

向き直ってマメちゃんが訊《き》いた。

「まだ検証も解剖も済んでへんし、確かなことはよういわん。けど、川添が死んだ時と状況が似とるから、わしとしては……」

「自殺や、と考えはるんですな」

「そうはいうてへん。状況が似とるだけに他殺やともいえる」

玉虫色の答弁とはこれをいう。

「ほな、係長はどっちやと思いはるんですか」

「そんなもん分るかい。拙速より巧遅、結論を急いだらあかんのや」

お得意の逃口上が出た。もっぱら拙遅ばかりのくせして、ちゃんちゃらおかしい。

「これでほんまの終局ですな」

私はいった。

「ちゃんと満貫を聴牌《テンパイ》してリーチまでかけたのに、桜木のやつあっさりと降りてしまいましたがな。降りるだけならまだしも、牌さえよう握らんとこへ行きよった。これが自殺やったら、わしら、誰からアガったらええんですか、他に本星おらんのに」

「本星……？」

「桜木、この事件の……」

ハッと気づいて私は口を噤《つぐ》み、マメちゃんは顔をしかめた。今ここで桜木犯行説を吐けば、服部に報告の遅れたことを知られてしまう。もっと悪いのは、直属上司の服部より先に二課の岡崎に相談したことである。ことの次第を知れば、服部が激怒するのは火を見るより明らかだ。

（悪いことはいいまへん。すぐ服部係長に報告しなはれ。それが、世渡りというもんでっせ）そう忠告してくれた岡崎の顔が眼に浮かぶ。

「本星て、誰のことや」

沢居が訊いた。

「わし、ひょっとして桜木が犯人やないかなと思とったんや。けど、見込み違いやった。それにしても桜木、何で死によったんやろ」

うまく言い繕った。

「分らん。分らん」

私の失言癖を惧《おそ》れてか、マメちゃんはそう呟きながら向こうへ行き、さっきの鑑識課員を捕まえて何やら質問を始めた。

　私は沢居から携帯用のライトを借り、庇の上を西へ歩いた。桜木がどこから落ちたかを確認するためだ。

　飛び石の延長線上にその痕跡はあった。庇の真中あたりにバレーボール大のアメーバのような形がチョークで描かれている。これもまた血だまり。桜木は、ここでしばらくは飛び降りるのをためらっていたようだ。川添の場合と同様、滴下血痕の位置と形状を観察するだけで桜木の死の直前の動きを知ることができる。

「ちょっ、ちょっと待って」

　またマメちゃんのキンキン声。手すりから身を乗り出し、下に向かって手を振っている。死体が運ばれているらしい。

　マメちゃんは脱兎のごとく駆け出し、階段室に消えた。この寒い真夜中をえらく熱心な働きぶりで、その変わりようについ、（雨が降るがな）と考えたが、実際雨が降っているのに気づき、（あほちゃうか）とひとり自嘲《じちょう》する。

　しばらくのち、またマメちゃんが屋上に姿を現したのを見て、服部は第二係の三人を階段室に集めた。

　全員の顔をゆっくり見回して、

「ええか、みんな。これからが勝負やと思え。まだ自殺か他殺かは分らんけど、桜木が死んだのには並々ならぬ理由と動機がある。それを洗うたら事件の全貌《ぜんぼう》が摑《つか》める。残りの金も取り戻せる。我が第二係の名をあげてみせるんや。第一係にも所轄署の連中にも、まして捜査二課にも負けたらあかん。ふんどし締め直してがんばってくれ」

服部ひとり気を吐く。お年に似合わぬその意気や良しといいたいが、具体的にどうすべしという指示も方針もない。人間、やる気だけでは飯が食えない。

我々三人は胡乱《うろん》な眼で服部を見ていた。


実況見分を終えたのは午前三時半。頭から足の先まですっかり濡《ぬ》れねずみになり、底冷えに筋肉が硬直して、震えることすら思うにまかせない状態になっていた。腰から足にかけて感覚が鈍く、上半身は熱をもってどんより重たい。

「マメちゃん、あかん。風邪ひいたらしい」

「傘もささんと動きまわるからですがな。三十五いうたらもう中年の体でっせ。もっと大事にせんと。女子大生がどうのこうのといえる年やないんですわ」

「放っとけ、余計なお世話じゃ。女子大生とは関係ない」

「すぐ怒る。それも中年の証《あか》しです」

マメちゃん相手に何をどういおうが勝ち目はない。

「さ、わしらも帰ろ。早よう帰って寝るんや」

服部と沢居はさっき帰った。

「いいや帰りません。帰ったところで眠れません」

「……？」

「今、ぼくの頭の中、ごちゃごちゃですねん。元々許容量の小さい脳みそに、急にようけの情報詰め込んだもんやから頭が破裂しそうや。ほんま、糸屋の地震ですわ」

「何や、それ」

「こんがらかって始末に負えんのです。あとちょっと、もうちょっとで糸が一本になるんです。おぼろげながら事件の全容が見えて来たんですわ。……とにかく、帰るわけにはいきません」

一階のエレベーター室にマメちゃんは根をおろした。天井の青白い蛍光灯を映したその眼は、じっと前を見据えて動かない。いつになく真剣な表情だ。

「そやけどわし、寒いがな」

小声で抗議した。マメちゃんはふっと表情を和らげ、

「すんません、わがままいうて……そや黒さん、これからサウナへ行きましょうな。あともうちょっとやし、我慢してつきおうて下さい。腰落ちつけてゆっくり考えてみますわ」

サウナなら私にも異論はない。体も暖まるし、濡れた服のクリーニングもできる。仮眠もできる。

「そうと決まったら善は急げや、早よう行こ」

マメちゃんのカローラに向かって走り出した。

〈トロピカルコース、五千円。グアムコース、三千円。ハワイコース、二千円〉、内容はともかく、値段だけは表の立看板で確《しか》と見定め、道頓堀のサウナ、ニューなんばへ入った。コースはもちろんハワイ。

水を吸ってごわごわする服を脱ぎ、サウナ備え付けの青パンツをはくと、少しは体が軽くなった。熱いほどの暖房が効いている。

コート、背広、カッターシャツ、靴下と、衣類一式をクリーニングカウンターに差し出す。二、三時間して店を出る頃には、きれいに仕上って、これは便利なシステムである。

まずサウナ。じんわりと汗が浸み出す。充分に暖まって風邪の気を払う。したたる汗が青いパンツを濃紺に染めるまで我慢して、サウナ室を出た。少し温《ぬる》めの湯に飛び込み、手足をいっぱいに伸ばす。この上ない解放感がある。

「マメちゃん、どうした。気分でも悪いのか」

呆《ほう》けたように洗い場に坐《すわ》り込んでいるマメちゃんにいった。さっきからものいわず、表情も虚《うつ》ろ、動作も鈍い。絶えずぶつぶつと何事か呟《つぶや》いている。ほんとうに頭が破裂したのかもしれない。

「マメちゃん、しんどいのか。レストルームでちょいと寝たらどうや」

マメちゃんはしょぼくれた顔で、

「ほんの一息、ほんまにあと一息ですねん。そやのに、どうしても辻褄《つじつま》の合わんことがある。それさえ解いたら、何もこんなに苦しまんで済むのに」

何がこの男をここまで駆り立てるのか、それほどこみいった事件なのか……。マメちゃんが悩まずとも、いずれ事件は川添と桜木の仕組んだものであることが解明される。生きた桜木を逮捕できなかったのは残念だが、それはそれで詮ないことと諦《あきら》めるしかない。

タオルを枕に、湯ぶねの縁に頭を持たせかけていると、自然と瞼《まぶた》も重くなる。ブルンと顔をひとこすりして立ち上った。体を拭《ふ》き、膝《ひざ》までしかない洋式のゆかたを羽織ってレストルームへ行く。アルミフレームに綿布を張った寝椅子に腰を沈め、背もたれを倒して前の大型テレビを見る。ビデオであろう、この深夜にゴルフ中継をしている。青木のパーパットがコロンとカップに沈んだ——。

腹の上に組んだ手がガクンと落ち、肘《ひじ》をフレームで打った。腕をさすりながら眼をあけると、となりの寝椅子にマメちゃんがいた。たばこを咥《くわ》え、ぼんやり天井を見ている。

上半身を起こして、

「マメちゃん、ずっと起きてたんか」

「ええ、まあ」

こちらを向いたマメちゃんの顔は眼が落ち窪《くぼ》み、まわりにうっすらと隈《くま》ができている。

「喉《のど》渇いた。何か飲むか」

寝イスを降り、レストルーム奥の喫茶コーナーへ行った。コーヒーを注いでもらい、両手にカップを持って戻った。

「砂糖一杯、ミルク少々。入れてきた」

マメちゃんにカップを渡した。

受け取ったマメちゃん、口もつけずにカップをじっと見るばかり。いよいよ心身症である。

「どうした、早よう飲まんと冷めるがな」

「黒さん……」

「何や、怖い顔して」

「このコーヒーカップ、受け皿は？」

「面倒やから持って来んかったけど。あんなもん要るんか」

「そうか……。これでやっと分った。受け皿や。あの時、確かに受け皿があったがな」

「何をいうとるんや」

「いや、おおきに。黒さんのおかげでやっと分った。やっと辻褄が合いましたわ」

マメちゃんはひとり呟き、コーヒーを飲みほした。いつもの快活な表情を作って、

「黒さん、行きましょ。今日は忙しい日になりますわ」

「まだ夜は明けてへんがな」

「また御冗談を。今何時やと思てはります」

壁の時計を見上げるともう午前九時。この店に入ったのが四時過ぎだったから、五時に眠ったとして、私は四時間の睡眠をとり、その間、マメちゃんは身じろぎもせず糸屋の地震とやらの復旧策に頭を悩ませていたことになる。

「黒さん、お願いがあります。先輩である黒さんにこんなこと頼めた義理やないのやけど、今日一日だけぼくのいうとおりに動いて欲しいんです」

マメちゃんの憔悴《しょうすい》した顔を見れば、その頼みは否《いや》が応でも聞かねばなるまい。

「そら動かんこともないけど。何をしたらええんや」

「桜木のアリバイです。事件のあった十二月十日前後の一週間、あいつのアリバイを洗うて下さい」

「京都へ行けというんやな。よっしゃ、行ったろ。で、いつまでに調べるんや」

「今日中です」

「あほな、たった一日では無理や」

「証拠は要りません。黒さんの心証だけで結構です」

「それならできんこともない。今日一日、マメちゃんに丁稚奉公したろ。マメちゃんはどないするんや」

「まずは鑑識へ行ってみます。団地の訊《きき》込みにもまわらんとあかんし、築港支店へも行かなあきません」

「えらいハードスケジュールやな。一睡もしてへんのに大丈夫かいな」

「心配おません。刑事は体が資本、日頃から鍛えてますがな。頭より体。歩きまわり、嗅《か》ぎまわって何ぼですわ」

マメちゃんは寝椅子からはね起き、

「よういいますやろ。いつも遊べば食うに困る」

「うん？」

「犬も歩けば棒に当る……」

8

雨あがり、京都は寒かった。

案の定、桜木商事はごった返していた。赤茶色の小さなビルの前には社旗を付けた新聞社の車が二台、そのまわりに記者らしい押しの強そうな男。中に顔見知りが二、三人いるところをみれば、わざわざ大阪から出向いて来たのだろう。

やじ馬も少なからずいる。事務所を遠くから眺めたところで何のおもしろいこともなかろうが、数人ずつ集まって、やっぱりサラ金はどうの、港大橋事件はこうのと噂話に余念がない。

やじ馬の包囲網を抜け、ビルの狭い階段を上った。桜木商事のドアを押す。

「おや、黒木はん。どないしました」

ふり向いたのは岡崎だった。ソファに陣取って女事務員——杉井悦子とかいった——から事情聴取をしている。

「デカ長、来てはったんですか」

「これも勤めや、ちゃんと朝から滅私奉公してまっせ。黒木はんは？」

「アリバイ、ですわ」

「ああ、例の……」

これだけで岡崎とは意思の疎通ができた。

部屋には、他に岡崎の同僚ひとりと、森之宮を管轄とする大阪城東署の刑事が二人、第一係の捜査員二人、今、彼らに桜木犯人説を洩《も》らすわけにはいかない。まして、杉井ともうひとりの若い男の従業員に聞かれてはもっと困る。二人とも桜木からアリバイ工作を依頼されていたかもしれず、こちらの手の内を見せてはいけない。

「黒木はん、ちょっと」

岡崎がソファから腰を上げた。私の肩に手を置き、耳許《もと》で囁《ささや》いた。

「きのう、お二人から頼まれた件で、ちょいとした情報摑《つか》みましたんや。ここでは何やし、外出ましょか」

岡崎に従ってビルを離れた。

東山通りをゆっくり南へ歩く。

「桜木、去年の暮れ、十二月二十五日に二千万円を碧水画廊に返してますわ。碧水から借りた一億円について、期間半年、五回の分割返済ということで碧水とは手打ちができたみたいですな。その第一回分が二千万」

「金の出所は？」

「帳簿の上では、一千万円が桜木商事の社内留保金、あとの一千万円は桜木のポケットマネーという勘定になっとるけど……」

「なっとるけど？」

「こいつはあくまでも帳簿の上だけらしい。客からの返済金をそれに充てたとか、新たな資金を借りたという証明があらへん。結局のとこ、二千万円は桜木がどこぞで都合してきた、いうことですがな」

「つまり、強盗で得た金、と考えられるんですか」

「断定はできんけど、その可能性は充分ありまっせ。金づまり、ふんづまりの桜木商事がたったの半年という短期間で碧水に返済を約束したこと自体がおかしい。そんな余裕、桜木商事にはおまへん」

「すると、デカ長の心証も……」

「そう、クロでっせ。桜木、やっぱり本星ですがな」

岡崎は低い声で断言した。

ちょうど果物屋の前に来かかった。りんごを買って、去年のみかんのお返しをする。

二人してりんごを齧《かじ》りながら桜木商事へ戻る。

「黒木はん、桜木のアリバイ、どないして調べるつもりでっか」

「まだ思案中です」

「差し支えなかったら手伝いまひょか」

「そら有難いけど、デカ長に何かええ案でも」

「わし、昼から桜木商事の経理、徹底的に調べるつもりですねん。むろん、伝票の整理もしまっせ。伝票には桜木の押印がありますわ」

「それであいつのアリバイが摑めると……」

「少なくとも営業時間中のアリバイについては分りまっしゃろ。事件当日、桜木は朝から夕方まで、事務所には顔を出してへんはずや。その辺をちくりちくりとつついてみますわ。アリバイ捜査やと覚《さと》られんように。黒木はん、横で聞いてはったらよろしい」

これを渡りに舟という。私が正面切って攻めたてるより、あくまでも経理面での捜査というたてまえで岡崎にゲタを預けた方がよほど効率がいい。

りんごに齧りつき、歯ぐきが痛いと顔しかめている岡崎。肘《ひじ》の出た上着、膝《ひざ》の抜けたズボン、片減りした靴……その背中に私は刑事の年輪を見た。

岡崎と一緒に府警本部に帰り着いたのは午後八時。思いのほか手間どってしまったが、収穫はあった。

推測どおり、十二月十日の犯行当日、桜木にはアリバイがなかった。新規大口貸付の商談とか称して、桜木は一日中外に出ていた。治を誘い出したとみられる十二月九日は午後八時頃まで事務所にいたらしい。ダービーに呼び出し電話がかかったのが夕方の五時過ぎだったことから、桜木は治をどこかに待たせていたと考えられる。舟券を買った十二月十三日、桜木は午後から外出。住之江競艇の最終レースには充分間に合う。

私は桜木の犯行を確信した。

マメちゃんの喜ぶ顔を楽しみに我が刑事部屋のドアを押した。マメちゃんはいない。

「おい、マメちゃん知らんか」

奥にいた第一係の若手に声かけた。

「二時間ほど前に顔見ました。今から献血に行ってくる、とかいうて」

「献血？」

「ええ、確かそういうてました」

京都くんだりまで私を派遣しておいて、あの男何をしているのか。この慌ただしい時にえらく悠長なことをしていらっしゃる。

急に疲れが出て我が椅子にドッともたれ込めば、机の上にメモがあった。

〈午後十時、森之宮第二団地A棟屋上に来て下さい。委細面談。一月十八日、亀田〉

ホステスの募集でもあるまいし、何が委細面談だ。それに、有楽町や数寄屋橋ならまだしも、このくそ寒いのに団地の屋上へ来いとは何たる風流。情なさに涙が出た。

「マメちゃん、どこや。マメちゃん」

午後十時、約束どおりA棟の屋上へやって来た私は眼をこらし、闇に向かって呼びかけた。少なからず心細い。つい二十時間前には、ここで人が死んだのだ。

その暗く広い屋上に私ひとりとなると、体以上に心胆冷えるのも無理からぬところ。

階段室から出た途端、すぐ後ろから、

「ワッ」という声。顔がひきつり、腰が砕けそうになる。

「あほ、何するんや。時と場所を考えんかい」

からくも踏みとどまり、体勢を立て直した。

「ちょっと試してみたかったんですわ。ここで人を襲えるかどうか」

「わけの分らんことすな。わしを襲うて何の得がある。よりによってこんな気味の悪いとこへ呼びつけて」

「すんません。けど、ぼくも怖かったんでっせ。こんなとこで、ひとりで黒さん待って」

「怖いのなら、もっと明るい、人のようけおるとこを逢引《あいびき》の場所に指定せんかい。……さあ約束や、委細面談とやらをしてくれ」

うっぷん晴らしに少々すごんでみせた。

「話しまっせ。話しとうてしゃあなかったんですわ。こっちへ来て下さい」

マメちゃんは南側手すりのところへ行った。桜木が飛び降りた地点だ。マメちゃんは手すりを跨《また》ぎ越し、恐る恐る下を見ながら、

「黒さん、桜木の落ちた位置、覚えてはりますな」

「あたりまえや、つい今朝方の飛び降りを何ぼわしでも忘れるはずない」

私も手すりを越えて狭い庇《ひさし》に立ち、

「ほれ、あそこや」

と、震える指で示した。

「川添、どこに落ちてました」

「さあ、死体は見んかったけど、あのあたりかな」

少し遠くを指した。

「へっへっ、そうでっしゃろ」

マメちゃんはしたり顔で頷《うなず》く。

「いったい何がいいたいのや」

屋上に戻り、変電ボックスに背中をもたせかけてマメちゃんに訊《き》いた。

「桜木……他殺です。決して自分から飛び降りたんと違います」

「……」

「間違いおません。桜木は殺されたんですわ」

「その根拠は？」

「幾つかあります。まずひとつめは、ためらい傷のあったこと。自殺者の心理として、手首切ってから飛び降りるいうのは不自然です。川添の場合はいったん手首切ったけど死にきれんかったから、発作的に飛び降りたと考えられるけど、桜木の場合はおかしい。手首切るようなまどろっこしいことせんと、さっさと飛び降りたらよろしい。わざわざ屋上まで上って来た目的はそれでしょ。

もうひとつは桜木の落ちた位置。桜木、何であんな近いとこへ落ちたんです。建物から三メートルしか離れてませんがな」

「どういうことや」

すぐには答えず、マメちゃんは私を見て、

「黒さん、泳げますか」

突然、妙なことを訊く。

「何や、やぶからぼうに。そら、わしは海育ちやから、夏は毎日泳いでたけど」

「飛び込みは？」

「得意や。三メートルほどの高いとこからでも頭から飛び込める」

「その時、どんな具合に踏み出します？」

「目標を定めて勢いよく飛ぶんやないか」

「そうですやろ」

マメちゃんは満足気に笑って、

「人間誰しも、飛び込む時は前へ踏み出すもんですわ。その場からポロンと落ちるいうことしません。死ぬ場合でも同じです。覚悟を決めたら、宙に向かって勢いよく飛び出すんです。それくらいのふんぎりがなかったら死ねますかいな。このビル十四階建やし、屋上から飛び降りたとなると、放物線を描いて……そうですな、少なくとも、七、八メートルは向こうへ落ちるはずですわ。川添が落ちた場所、さっき確認しはったでしょ。あいつ、建物から七メートルほど離れたとこに落ちてましたがな。対するに、桜木の墜落の仕方はどうです。真下に落ちたもんやからベランダの角に頭ぶつけて、こめかみのとこに血が滲《にじ》んでましたやろ。このことから、これは他殺で、しかも犯人はひとりであると分ります。

犯人、ひいこらいうて昏倒《こんとう》させた桜木を手すりのとこまで運んだ。それから、手すりの向こうに下ろしたんはええが、重たいもんやから放り出すことできん。そこで、自分は落ちんように手すり摑《つか》んで、桜木を足で蹴落《けお》としたんですわ。桜木は放物線を描かず真下に落下。……ま、こんな具合ですわ」

「ほう……」

開いた口を塞《ふさ》ぐことすら忘れて、マメちゃんの話に耳傾ける。解説を受けて初めて納得をし理解できるというのでは先輩刑事としての面目丸つぶれだが、私としてはただただ頷くだけ。

「まだありまっせ。ピストルですわ。桜木、ピストル持ってたはずやし、自殺するんやったら、それを使うたらよろしいねん」

　これはどうあっても桜木は殺されたと考えるほかない。他殺には違いないが、

「マメちゃんのいうことよう分る。説得力もある。けど、それを証明する手段《てだて》あるんか？　すべて状況証拠ばっかりやないか。起訴するためにはブツが要るんやで、ブツが」

　と、反論らしきものをしてみる。

「自殺者の心理なんぞ、そうそう公式どおりに割り切れるもんやない。いわば異常心理というやつや。手首切ってから飛び降りたんも、真下へ落ちたんも理屈としてはおかしいけど、それだけで全ての人間を納得させることできん。そら、わしかてマメちゃんの説に賛成するし、支持もする。桜木が他殺であれば新たな犯人がおるわけやから、今後の捜査を進める上で励みにもなる。しかし、決定的な証拠、物的証拠がないことにはどないもならんやないか」

　マメちゃんの説にケチつけるようで心苦しいが、慎重の上にも慎重、証拠万能主義が今日の捜査だから、私の意見にも一分の理はある。

「ほんまに皮肉な事件ですわ。最初から最後まで状況証拠ばっかり。川添から始まって、治から桜木まで。それと思わせる心証は腐るほどあるのに、ここ一番となると必ず当事者が死体で発見されます」

　涼しい顔でマメちゃんは応じる。その余裕はどこから来るのか。

「確かに黒さんのいわはるとおり、ブツはおません。……ないけど、ゲロさせることはできます。要は、この事件の主犯から自供を得たらええのです」

「主犯？　主犯は桜木と違うのか」

「桜木は利用されただけ、主犯の手先として踊っただけ。桜木を殺したやつこそ主犯です」

「主犯とは誰や。誰が主犯や」

「さあ、誰ですやろ。本人から直接聞いて下さい。そこにいてます」

小さくいって、マメちゃんは階段室の方を向き、

「そんな遠慮せんと出て来たらどうです。さっきからそこにいるの分ってまっせ」

よく通る高い声で呼びかけた。声に応じて鉄扉の陰からおずおずと姿を現したのは、かなり背の高い男。暗く遠いために誰かは分らない。

「何も、とって食おうというとるのやおません。電話でお伝えしたように、話を聞きたいだけですがな。さあ、そんな遠いとこにいてんと、こっちへ来て下さい」

男がゆっくりとこちらに歩いて来る。淡い月明りに眼鏡が光った。

「朝野さん……」

それだけを口に出すのがせいいっぱいだった。継ぐべき言葉がない。

朝野恭介《きょうすけ》。三協銀行築港支店貸付課長。彼がマメちゃんのいう、港大橋強盗殺人事件の主犯なのか……。

朝野は立ち止まった。黒っぽいトレーナーと同色のスウェットパンツ、派手な赤ラインの入ったトレーニングシューズと、夜のお散歩には勇ましすぎるいでたちだ。

私とマメちゃんに挑むような視線を送り、

「悪い冗談ですな。なぜこんなところへ私を呼び出したんです」

低く、押し殺した声だ。

「そういう朝野さん、よう来はりましたな。奥さんには寝る前のジョギングとでもいうたんかな。やっぱりタイヤのことが気になったんでしょ」

「タイヤがどうしたというんじゃないが、呼び出された以上は来る義務があると思いまして」

「律義なもんですな。身にかかる火の粉は払わないかん、いうやつですか」

「わけを教えて下さいよ。刑事さんが冗談や酔狂で偽りの呼び出し電話などするとは思えません。ことと次第によっては私にも考えがある」

「偽り、とはえらい言いがかりですな。ぼくはただ自分の名前をいい忘れただけですがな。今からちゃんとタイヤの話はしまっせ」

どうやらマメちゃん、カローラのタイヤ云々《うんぬん》を朝野呼び出しの口実に使ったらしい。

「朝野さん……」

マメちゃんは背中を丸め、顔を突き出して長身の朝野を下から覗《のぞ》き込んだ。被疑者を尋問する際に見せるマメちゃん得意のポーズだ。いよいよ追及が始まる。

「桜木……共犯である桜木を何で殺したんです。利用するだけ利用しといて、用済みになったらポイと棄《す》てる。ちょいとひどすぎるんやおませんか」

「おっしゃる意味が分りませんが」

「せいぜいとぼけとったらよろしい。もうすぐその顔がひきつりますがな。ぼく、あんたのこと調べましたんや。朝野恭介四十二歳、厄年ですな。京都の壬生《みぶ》高校を出て、大阪市立大学経済学部入学。大学卒業後、三協銀行入行。勤続二十年。大阪阿倍野区の北畠支店を皮切りに、渉外、預金、貸付と一貫して支店勤務。五年前から現職。学歴と年齢から考えて、本来なら本部の課長か上席支店の次長くらいにはなっとるやろけど、生来の直情径行と押しの強さがたたって出世は遅れ気味、同期入行組の中では最後尾を走ってる。……違いますか」

「そういう興信所まがいのことをするのも刑事さんの仕事ですか。つまらん職業ですな」

朝野は唇を歪《ゆが》める。銀行員らしからぬ挑戦的な言葉だ。

マメちゃんは意に介さず、

「今の報告には注目すべき事実がある。壬生高校卒いうやつですわ。……桜木肇も同じ高校でしたな」

「………」

朝野は黙って空を仰いでいる。

「学歴いうのをもっと詳しく調べるべきやったんですわ。普通、学歴といえば最終学歴のことを指します。大学卒で就職したら出身高校がどこであるかなんぞ問題にはならん。盲点といえば盲点といえますな。表面に出たあんたと桜木の履歴は、大阪市立大卒と京都の壬生高校卒、何の接点もあらへん。結局、桜木と接触があったんは川添やのうて、朝野さん、あんたやったんですわ」

「そんなことが声を張り上げるほどの大問題なんですか」

朝野はポケットに手を突っ込み、横を向いて応じる。

「大問題も何も。捜査を根底から覆すような事実ですがな」

「何でや」

たまらず、私は口をはさんだ。

「川添は無実です。拘束預金も浮貸しも、全てこの朝野がやったことです」

いったいどういうことだ。マメちゃんのいわんとすることがすぐには理解できない。詳しい説明が欲しい。

「いわゆる融資という業務を進める時、ヒラの貸付課員から稟議書《りんぎ》が貸付課長に提出され、そこでOKが出たら、次長、支店長にまわされて最終的な決裁がなされます。五億を超えるような大口融資の場合は本店の審査部がチェックをするわけやけど、支店段階における二、三億の融資は実質的には貸付課長の裁量で決まるんですわ。次長、支店長は課長からの報告を受け、書類さえ整っておればほぼ自動的に承認印を押すのが普通です。それに、融資後、相手企業のバランスシートを定期的にチェックするのは課長の仕事です。つまり、こと融資に関しては、貸付課長に殆《ほと》んどの責任と調査権、事実上の決裁権があるといえます。そやから、拘束預金と浮貸しに関して、必ずしも川添がやったと決めつけることできんのですわ。

ぼくが貸付課長なら川添にこういいます。『川添君、耳よりな話がある。実は西区の碧水画廊から内々で一億円の融資を依頼されとるのやけど、この際、拘束を付けようと考えてる。五〇％の両建や。ちょっと法外やけど、このところ貸付実績が上ってないし、相手はあの碧水画廊や。貸付対象企業としては申し分ない。担保もしっかり設定できる。こちらにとっては願ったりかなったりの条件や。碧水、よほどあせっとるのか、この条件を呑《の》むというとる。責任は全て課長の私が負う。この融資、進めてくれ。碧水との交渉には私があたるから君は書類を作れ……これで、とりあえずは我が貸付課の面目が保てる。めでたしめでたしや。……あ、それから川添君、この件は誰にも口外したらあかん。絶対にあかん。奥さんにも課員にも内緒。何せ、五〇％の拘束預金や。あんまり人聞きのええことやないしな。……そんなに心配することないがな。課長のわしがいうとるんや。間違いない。この貸付困難の時期に二億円もの融資契約をまとめたとなると、今後、君に対する評価もかなり違ったものになる。……この件を誰に担当してもらうか、私もしばらく考えた。結果的に君を選んだ私の心情、分ってくれるやろ。期待に応《こた》えるようこれからもがんばってくれ』

実際、拘束預金は碧水からの申し入れやったけど、こんな具合に川添を丸め込んだに違いない。つまるところ、融資に必要な書類を作成し、資料を揃えたのが川添やったから、融資話そのものも川添が進めたもんやと、我々は思い込んでしもたんですわ。あの水坂も嘘つきよった。浮貸しに関しては全てを川添のせいにしようと、この朝野と口裏を合わせたもんやから、ぼくら、ころりと騙《だま》されてしもたんです。浮貸しの張本人を川添やと誤解したことが捜査を根本的に狂わせた原因です。川添が生きてたらどうってことなかったのに、死人に口なし、こうして最後の最後になるまで真相が分らんかったんです」

「なかなかお上手なせりふ回しですな。脚本もうまくお作りになっている」

朝野は苦々しげに応じた。

「あんたが貸付課の部下十人の中から、川添を選んだ理由をいいましょか。川添が以前、京都の河原町支店に勤務してたからですわ。その目的は、桜木と川添の関係を臭わせるため。万が一、浮貸しが露見した場合、二人に罪を擦付《なすりつ》けるつもりやったんです。京都の支店におったという、ただそれだけのことが川添にとって決定的な不幸の原因となった。……そうですやろ朝野さん、ぼくのいうてる意味分りますやろ」

最後はゆっくりと言葉に重みを持たせてマメちゃんはいい、朝野に射るような視線を送った。

「……」

朝野は一言も発しないばかりか、夜目にも頬のあたりが小刻みに震えるのが見えた。

「朝野さん、あんた、部下である川添まで殺しましたな。桜木と共謀して」

もういけない、もうついていけない。拘束や浮貸しはまだしも、川添は他殺であったなどと次々に新説を突きつけられると、正常な判断ができなくなる。朝野だけでなく私も、頬を強張《こわば》らせ背筋を固くしてマメちゃんの口もとを見つめる仕儀となった。

「ミムロいうの、治でも桜木でもなかった。朝野課長、あんたですがな。川添との連絡にミムロいう名前を使うてたんや」

「理由は？」

私が訊《き》いた。

「去年の秋から築港支店貸付課は大きな悩みを抱えてた。いうまでもなく碧水画廊との確執です。碧水がほんまに訴訟を起こしたとなると、最も窮地に陥るのは、この朝野ですわ。そらそうですやろ、浮貸しが露見してしまいますがな。背任で手が後ろにまわるような事態は、朝野としては絶対に避けたかった。そこで、直接の融資担当者である川添と対策を練る必要があった。その時に使うたんがミムロいう符牒《ふちょう》ですわ」

「分らんな。対策練るのに何で符牒が要るんや」

「拘束がからんどるからですわ。川添にしたら、訴訟がらみで拘束預金が大々的にクローズアップされる、いざ裁判になったら銀行に迷惑かける、そう考えたんですわ。そこで内々に処理しようと、朝野と話し合いたかった。いわば、銀行を思えばこその殊勝な動機やったんです。対するに、この朝野の動機は、自分の犯罪が発覚せんようにという極《ごく》めて不純かつ悪質なもんやった。二人には動機こそ天と地ほどの差があったけど、極秘裡《ひり》に訴訟対策を練るという共通の目的があったんです」

「それでミムロから連絡があった時、川添は沈んだようすを見せたんやな」

「そのとおり……ですな、課長さん」

マメちゃんは朝野の反応を窺《うかが》う。朝野は相変わらずの無言。その態度から、マメちゃんの説が正しいと感じる。

「ミムロいう符牒を使うたんは、もうその頃から……」

「そうです。川添と治を殺して、拘束預金も浮貸しも強盗も、全ての罪を被《かぶ》せる筋書きでした。川添が手引きして治が実行したように誤認させる肚《はら》やったんです」

「ちょっ、ちょっと待ってくれ。川添を殺した動機は分った。けど、その手段はどうなんや。川添が死んだ晩、あの家には鍵《かぎ》がかかってたやないか。川添が他殺なら、あれは密室殺人になってしまう」

朝野に有利となるような疑問を口にすることに抵抗があったが、堪《こら》えきれなくなって私は訊いた。

「そ、そうです。こちらの刑事さんのおっしゃるとおりです。私、新聞で読みました……しっかり施錠してあったと。しかも内側から」

朝野がここぞとばかりに私の尻馬《しりうま》に乗った。絞り出すような声だ。さっきまでの余裕はもうない。

「新聞で読みました、か。まだ余力を残してますな。ぼろを出さんように注意する冷静さも失ってない。そのがんばりがいつまで続くか楽しみや」

マメちゃんは手を後ろに組み、首突き出して、朝野のまわりを歩く。

「さてと……密室殺人の件は、話が前後するからここはいったん置いといて、川添の殺害方法から解明しましょか」

マメちゃんは立ち止まり、一服吸いつけて呼吸を整えた。

「あの日、十二月十一日の午後十一時過ぎ、川添家のリビングルームには三人の男がいました。あんた、桜木、川添です。川添はもちろん桜木を知らんかったはずやから、あんたは適当な嘘……そうですな、碧水画廊の代理人とでも紹介したんでしょ。川添は奥さんと子供を実家に帰してた。あんたが、今晩、訴訟の件について内密の相談があるからと、川添に言い含めてたからです。

あんたと桜木は隙を見て川添の後頭部を底の平らな鈍器で殴りつけ、昏倒《こんとう》させた。頭《ず》蓋《がい》骨折するくらいのひどい殴りようやったから、川添はおそらくその時点で瀕死《ひんし》の重傷を負うたはずです。血も出ました。それがソファの上の血だまりやったんです。あの血は手首のためらい傷からやのうて頭から出たんですわ。体のどこから出ようと血には変わりがない。それから、二人は川添をバスルームに運んだ。そこで手首を切ったんです。わざわざバスルームまで川添を運んだのは、手を浴槽に浸《つ》けるため。手首を切ったけど、それでも死にきれずに飛び降りたと思わせるため。……ぼくら、もくろみどおりまんまと騙されましたがな。

　川添をバスルームに放り込んどいて、二人は跡始末と擬装工作に精出した。二人が触れたと思われるところやものを拭《ふ》く。コーヒーカップを洗うて元に戻す。バスルームの点検口を外して五百万円の札束を置く。ま、そんなところかな。

　準備万端整ったところで、二人は川添をバスルームから運び出し、ベランダへ行った。川添の腕と脚を持ち、二、三回振って勢いをつけてから外へ放り出した。川添は放物線を描いて落下。七、八メートル離れたとこへ落ちたのもこれで納得ができます」

「それからどないしたんや。密室はどないして構成した」

　私はマメちゃんをせきたてる。

「さて、これからが聞かせどころですわ。二人は堂々と……いや、人目につかんように注意して急いで廊下へ出ました。鍵は外からかけたんです。そのあと、北側の外部非常階段で一階まで降り、近くに駐《と》めてあった車へ戻った。車内に用意してあったパジャマとガウンに着替えた」

「パジャマ？」

「そう、パジャマとガウンです。間違いおません。ぼく、銀行へ寄ったあと、この団地へ来ました。川添の死体の第一発見者であった浪人生はもちろんのこと、あの日集まったやじ馬に片っ端からあたってみたんですわ。ついに決定的な証言を得ました。……やじ馬連中が死体のまわりに集まってる時、パジャマとガウンに毛糸の手袋の男が二人、ひょこひょこと出て来たんですわ。いかにも眠そうな顔をして。二人は何やかや喋《しゃべ》りながら、『とにかく救急車や。まだ死んでるとは限らん』、『もうあかんで』、『そんなこと分らへん』、いうて、ひとりが川添の体に蔽いかぶさり、胸に耳をあてよった。あとのひとりもそばにしゃがんで死体のようすを観察してた。やじ馬連中にしたら、えらい親切な男やてなもんやけど、これが丸っきりの考え違いやったんです。川添のポケットにキーホルダーが戻されたん、その時ですがな」

密室殺人——と、大上段に振りかぶってはみたが、解き明かされてみれば簡単な仕掛けであった。ただ、川添の死因、動機、現場の状況に不審な点がなかっただけに、見破れなかったのも無理はない。

「今朝、ここで実況見分してる時から、ぼく一生懸命考えました。それこそ頭が歪《ゆが》みそうになるくらい考えました。どこかおかしい、何かが違う、とね。そもそも、この事件の特徴は、死体が先に発見され、その死因と動機を調べて行くにつれて状況証拠がぞろぞろ出て来るというパターンですわ。川添しかり、治しかり。そこへ持ってきて、今度は桜木の自殺……どこか都合が良すぎるんやおませんか、といいたい。桜木の自殺については擬装であるとすぐに分りました。さっき説明したように落下地点と逡巡《しゅんじゅん》創に対する不審からです。治が他殺であるのはもちろんやけど、桜木が他殺であれば、川添も他殺ではなかったか、そう考えるのは当然です。川添も桜木も墜落死、左手には逡巡創、現場も同じ、と符合することが多すぎますがな。サウナで夜明かししながら、ぼくはそのことばっかり考えてました。……それで、ついに発見したんです。やっと、りんごが木から落ちるところに出くわしました。あのコーヒーですわ、黒さん」

ふいにお鉢がまわって来た。コーヒーとは何だ。私はわけが分らずきょとんとするばかり。

「あのサウナで、黒さんがぼくにコーヒーを運んで来てくれた時、受け皿なかったでしょ」

「あんなもん、あってもなかっても同じや」

「それそれ、それですがな。川添家を見分した日のこと思い出して下さい。ダイニングルームの食卓の上に何がありました？」

「底に飲み残しのあるコーヒーカップが一客、ぽつんと置いてあった」

「コーヒーを自分で淹《い》れて、ひとりで飲む時、黒さん受け皿使いますか」

「そんなことせん。面倒や」

「そうですやろ。ぼくかてそんなことしません。カップだけ出してきて、それにコーヒー注いで飲みますがな。受け皿があったということは、客の存在を物語ってます」

「ばかな。そんな取るに足らんことでこの私を犯人に仕立てようというのか」

朝野がいった。語尾が掠《かす》れている。

「今日、川添の奥さんから聞いたんやけど、『主人、家ではほんとに不精で、タテのものをヨコにもしません。コーヒーも、淹れてあげたら飲むという程度でした』、こないいうてました。そんな人が受け皿まで用意しますか。……それともうひとつ。川添家の照明、食卓上のペンダントライトとバスルームの電灯以外は全て消えてた。もちろんベランダに面した洋室の蛍光灯も消えてた。……犯人が消したんですがな。その理由はほかでもない、ベランダから川添を放り出すとこ、目撃されとうなかったからですわ。どうです、朝野さん、あんたが消したんでっしゃろ」

「川添君が自分で消したんだろう。もったいないから」

　なおも朝野は抗《あらが》う。

「もったいない、か。近頃聞き慣れんええ言葉や。電灯がもったいないのならバスルームの水はどないなります。流れっ放しですがな。電灯を消して歩くほど経済観念の発達した人間が、何で水道の栓くらい閉めんかったんです。全ての矛盾を、死ぬ前の異常心理やと片付けるつもりですか」

「………」

　朝野は答えられない。背中丸めて肩を震わせている。

「以上の理由で、川添は他殺であるとぼくは考えました。川添が他殺なら、次は当然犯人捜し。川添にミムロという名で連絡をとることのできる人物、川添の日常を知り、その行動を左右できる人物、川添に両建融資を指示できる人物、現金輸送の詳細を知り、タイヤをパンクさせることのできる人物、そして最後に、川添に浮貸しという犯罪を負わせねばならなかった人物。……これだけ多くの条件に合致するの、あんただけですがな。……なあ、朝野さん、観念しなはれ」

感情を抑えた柔らかい口調ではあるが、厳しく鋭いマメちゃんの追及に、朝野の肩が二度、三度と大きく揺れた。力なく、何やら呟《つぶや》いている。

「知らん、私は知らん。私はやっていない、そんなこと……」

かろうじて、それだけが聞きとれた。

「まだ抵抗する気かいな。あんた、その顔を、あの時集まったやじ馬連中の面通しに供することできるんか。パジャマとガウン着て、もういっぺんこの団地歩くことができるか。目撃者の証言だけで起訴はできるんでっせ」

マメちゃんがネコ、朝野はネズミ、追いつめられ、いたぶられ、もう虫の息である。あとは喉頸《のどくび》嚙み切られて往生するばかりだ。

「証言？　証言が何だ」

朝野が突然大声を出した。恥も外聞も捨て、断続的に、ヒステリックに喚《わめ》く。

「人の記憶なんて曖昧《あいまい》なものだ。君はそんなくだらない証言でこの私を陥れようとするのか。私は他人に自分の運命を委《ゆだ》ねる気などさらさらない。寒い深夜に、ただ死体を見たくてぞろぞろ集まって来るような、穿鑿《せんさく》好きの、下司《げす》な好奇心を持った連中に、いったいどれほどの観察眼があるというんだ。……ばかばかしい。君のいってることは単なる想像だよ。ぺてん、まやかし、欺瞞《ぎまん》の類《たぐい》だ。人をこんなところまで偽電話で呼び出し、わざとらしい言葉で嵌《は》めようとする。刑事とは名ばかり、詐欺師の方がお似合いだ。……くやしいか、くやしかったらちゃんとした物的証拠というのを出せよ。証拠もないのに犯人呼ばわりはやめろ」

ついに窮鼠《きゅうそ》、猫を噛んだ。朝野は落ちる——、私は確信した。被疑者の精神的平衡が崩れ、証拠云々《うんぬん》を口にするようになれば、あと一押しで落ちる。頭抱え、泣きながら自供を始めるのだ。

「物証は、ある」

マメちゃんは重々しくいった。

「これから見せますがな。そのためには、まず桜木を殺した状況を解明せんとあかんのやけど、最初に事件当時の天気を確認しておく必要がある。雨、今朝の午前一時から降り始めた、ということを覚えといて欲しい。つまり、あんたが桜木を殺した時はまだ雨が降ってなかった、いうのが大切なんや。黒さんもこのことを頭に入れといて下さい」

いわれて思い出したが、桜木の死体、背中の部分が乾いていた。

「課長さん、あんた、川添の他殺をうまく擬装したことに味をしめたんや。桜木もこの手で行こうと、そう考えた。そこで、きのうの晩、桜木をここに誘い出し、階段室から出て来たのを後ろから殴りつけた。その時の出血が、あの階段室横の血だまりや。……さっき黒さんを驚かせた場所です。開けた鉄扉の裏に隠れてたら、案外簡単に後ろから近づくことできましたわ」

私は桜木の代役を務めていたらしい。

「そうして、昏倒《こんとう》させた桜木の腋《わき》を抱えて南側の庇《ひさし》まで引きずって行ったんやけど、問題はここや。頭からしたたる血を床に落としたらあかんかったんや。頭から血が落ちたら、体をひきずる時に尻《しり》や脚で血痕《けっこん》を擦《こす》ってしまうがな。コートやズボンの裾《すそ》にも血が染みつく。それではいかにも都合が悪い。自分で歩いたはずの桜木が血痕を擦ったらおかしい。それであんた、桜木の頭にタオルでも巻いて引きずったんやろ」

そこでマメちゃんは言葉を切り、変電ボックスの後ろにまわって、何やら黒い大きなものを持って来た。よくセールスマンが持ち歩いている肩提げ式のかばんだ。チャックをひいて、中から新聞紙の包みを取り出し、おもむろに開く。中身は黒の革靴であった。

「これ、桜木の靴ですわ。もちろん、死んだ時に履いてたもんでっせ。よう見なはれ、この靴、カカトとその後ろに傷がついてます。引きずられた時の擦り傷ですがな」

これで、実況見分の時、マメちゃんが、桜木の死体が運ばれるのを「ちょっと待て」と声をかけ、血相変えて屋上から降りて行ったわけが分かった。桜木の靴が見たかったのだ。あの時点で、マメちゃんは桜木の他殺を確信していたようだ。

「あんた、桜木を引きずって行き、手すりを越えさせ、やっとこさ庇の上に下ろした。そこで、手首切ったんや」

「何でそんなことしたんや。頭を殴りつけたとこで手首切ってもええがな」

つい、いわずもがなの発言をしてしまう。

「痛みで、桜木が意識を取り戻したらどうします。川添を殺《や》った時なら、こっちは二人やし、相手は川添ひとり。どないでもなるやろけど、今度ばかりはそんなわけにいかん。朝野、桜木の意識が戻っても、抵抗されんうちにすぐ突き落とすつもりやったんです」

「なるほど。庇の上にあった血だまりはそれか」

「手首を切り、適当な量の血を流させてから、予定どおり朝野は桜木を蹴落《けお》とした。このあと、朝野は致命的な過ちを犯したんです……それこそ、蛇に足をつけるようなことしたんです」

「何ぞ余計なことをした……そうやな」

「そう、朝野は庇の上の血だまりから血をひとすくいして……いや、タオルに血を染み込ませたんやろ。そうして、階段室の横まで歩いたんです」

「理由は？」

「滴下血痕を残すため」

「もっと詳しく」

「手首を切ったとされる階段室横から庇まで、血の痕《あと》をつけようと考えたんです。桜木、手首から血をしたたらせながら庇までふらふらと歩いた、いう想定やったんです。芸の細かいとこや」

「血をぽとぽと落としながら歩いたというんやな。それが何で致命的な過ちになるんや」

「ブッですわ。物的証拠を残したんです」

分らない。滴下血痕がなぜ物的証拠となり得るのか。

「今から証明します」

マメちゃんはかばんに手を入れ、何とコーヒー牛乳のパックを取り出した。朝野も自分の置かれた立場を忘れ、呆《ほう》けた顔でマメちゃんを眺めている。

紙パックにストローを刺したマメちゃんはコーヒーをポツポツたらしながら十メートルほど西へ歩き、向こうの変電ボックスの後ろをまわって、また戻って来た。奇矯とし か評しようのない行動だ。

「もったいない」

残りのコーヒーをすすったマメちゃん、黒かばんから今度は懐中電灯を出した。モルタルの床の上に落ちたコーヒー牛乳を照らして、

「課長さん、これ見なはれ」

と、しゃがみ込む。

直径一センチから二センチくらい、細長い茶色のこんぺいとうが床に貼り付いている。

「歩きながら落ちた血痕いうのは、慣性が働くから、円形やのうて楕円《だえん》形になります。分りますか」

「分る。現にこうして眼の前にあるがな」

と、私。

「もうひとつ分ることありまっせ」

「……？」

「進行方向ですわ。このこんぺいとうみたいな楕円からニョキッと突起が伸びて、タコみたいな形になるんですわ。タコの足はみんな進行方向に揃います。これも慣性のなせる業ですわ」

指摘されてよく見れば、確かにこんぺいとうからツノが出ている。それもマメちゃんの歩いた方向に。西へ歩いた時は西に長く、こちらへ戻って来た時は東に長く、それぞれ突起が伸びている。

「実験はこれまで。次は資料検討会」

またもかばんをごそごそ探る。手にしたのは週刊誌大に引き伸ばした十数枚の鑑識写真であった。階段室横の血だまりと、それに続く滴下血痕が荒れた粒子の中に黒々と浮き出ている。

「雨降る前に写したもんですわ。課長さん、あんたもその気障《きざ》ったらしい眼鏡拭《ふ》いてよう見なはれ。これがあんたのいう物的証拠や」

写真を朝野の顔前に突き出す。朝野は露骨に顔をしかめ、写真を手に取った。しばらく眼を凝らしていたが表情は変わらない。

「まだ分りまへんか……。しゃあない。ちゃんと見やすい状態にしてあげよ。これからが本番でっせ」

マメちゃんはかばんから白い容器を取り出した。スプレーのようだ。

「これ、ルミノール液。鑑識捜査には欠かせん薬品ですわ。血痕の追跡にこれほど役立つ武器はない。ミステリー流行りやし、この頃は素人さんでも、ルミノールの何であるかを知っている。名前くらいなら聞いたことありまっしゃろ」

朝野は悔しそうに頷《うなず》く。

「由緒ある薬品でっせ。何せ、あの下山事件で警視庁が初めて使うたという代物や。以来、三十数年にわたって活用されとる。よう覚えときなはれ」

といって、マメちゃんは南側手すりへ歩いて行った。腰をかがめ、床に向かってルミノール液を噴霧する。シュッシュッと無機的な音が続く。

「こっち来て下さい」

マメちゃんが呼ぶ。

朝野は立ちすくんだまま。私は後ろにまわってその背中を押した。抗《あらが》いもせず朝野は押されるままに歩く。背中の軽さから朝野の放心状態を知る。

マメちゃんは懐中電灯を消した。

薄明りの屋上に私が見たのは、ホタルのように青白い光を発する一筋の線。階段室横から南側庇までほぼ三十センチ間隔でくっきりと鮮やかに浮かび上った光の点であった。しかも、その青白いこんぺいとうは触手を全て階段室に向けて伸ばしている。

「どうです、課長さん」

しゃがみ込んでまじまじと血痕を見つめている朝野にマメちゃんは話しかけた。

「いったんコンクリートに染み込んだ血液いうのは、ちょっとやそっとの雨では洗い落とすことできんのや。鑑識班がここに到着した時はまだ雨が降ってへんかったから、現場写真にはちゃんとこの滴下血痕が写ってる。ほんの二時間、いや一時間、雨降るのが早かったら、あんたの犯罪は成就したかもしれん。そやけど、殺された桜木の怨念《おんねん》がそれを許さんかった。……ここで青白う光ってるの、魂ですがな。そのひとつひとつの点が被害者の魂なんや。

あんた、桜木を蹴落としたあと、庇から階段室に向かって血痕を付けた。あせってたし、そのまま階段を降りて逃げようとしたからや。それが命取りになった。わざわざ逆の方向に血痕《けっこん》を付けてしもたんや。飛び降りたはずの桜木が庇《ひさし》から階段室まで歩いた。こんなおかしなことがどこにある。桜木は他殺、あんたが殺した。この血痕が何よりの証拠や。これでまだ不足なら、このルミノール液、あんたがきのう着てた服にかけてもええんやで。返り血の一滴や二滴、絶対に付いとる。洗うても洗うても、この液をかけたらホタルが光り出す。殺された桜木の血がとり憑《つ》いて離れへんのや……。どうや、白状せい」

葵《あおい》御紋、漆塗りの印籠《いんろう》ならぬプラスチックのスプレーをかざしてマメちゃんは朝野に迫る。桜吹雪こそ舞いはしないが、気魄《きはく》、胆力、申し分なく、充分絵になっている。

突然、朝野が立ち上がった。

「ワーッ」

声を上げ、手すりに向かって走る。

マメちゃんが追う。

私も走る。

手すりを越えようとする朝野にマメちゃんが飛びついた。絡み合って向こう側に落ちようとするのを、私は必死の思いで止める。

もんどり打って落ちたのはこちら側。朝野の上にマメちゃん、その上に私。動悸《どうき》が治まらない。

「ばかたれ！」

マメちゃんの一喝。

「そう簡単に死ねると思うな。おまえひとりで死なせるわけにはいかんのじゃ。籠谷、熊谷、川添、治、桜木、五人分の生命の重み背負《せたろ》うて首吊《つ》れ」

マメちゃんは後ろにねじあげた朝野の両腕に手錠をかけた。

「さあ吐け。死ぬことできんのやから、みんな吐いて楽になれ。桜木を殺した理由をいえ。何で共犯を殺した」

と、朝野を引き起こす。両足を投げ出して坐《すわ》り込んだ朝野はしばらく肩で息をしていたが、観念したのか途切れ途切れのくぐもった声で話し始めた。

「桜木は私を脅迫した。……奪った金の大半は桜木がひとり占めして、碧水画廊への返済に充てることにしていたが、年が明け、我々の仕掛けが成功したと思われた頃から……」

「ちょっと待て。その仕掛けいうのは何や」

「口紅付きの吸殻ですよ。佐藤の死体が発見された翌日の新聞の見出し……『港大橋事件、意外な展開』、『重要参考人、死体で発見さる』、『女の存在クローズアップ――クリスチャンディオール、ナンバー737を追え』、確か、そんな内容でした。とりわけ桜木の気に入ったのはディオールの女云々《うんぬん》で、これで少なくとも強盗についてはカタがついたと踏んだのか、すっかり安心して私を脅しにかかった」

「どういう具合に？」

「一億円では事業を立て直すには不足だ。あと一億都合して欲しい。そんな要求でした」

「えらい虫のええことというやないか。何でもうちょっとようすを見ようとせんのや」

「実際、桜木商事は倒産寸前でした。一億円で不足だというのは本当です。『会社はわしの命や。倒れるくらいなら、犯行がばれて死刑になった方がマシや』、桜木は常々そういってましたよ。あいつにしても切羽つまったぎりぎりの要求だったと思います」

「それで桜木を殺したんか。……しかしおまえ、何でこんなとこで殺した。飛び降り自殺を演出するためのビルなら、ほかに何ぼでもあるやないか。どうあってもここで殺さんといかんかった理由は？」

「桜木を誘い出すためですよ」

「どんな口実で」

「重大な証拠を処分するため」

「証拠？」

「川添を殴りつけた凶器と、その時着ていた我々の服です。川添を殺したあと、私と桜木はいったんこの屋上に上って来たんです。ここで服を着替えました」

「パジャマとガウン、ここで着たんか」

「そりゃあそうでしょう。血の付いた服を着て団地内をうろうろするわけにはいかない」

いわれてみればそのとおりだ。いくら冬の深夜といえ、近くに駐《と》めてある車へ行き着くまでに、誰かに目撃される惧《おそ》れがないとはいえない。まして、服の血に気づかれたりすれば一巻の終りだ。

「凶器と服は？」

「そこの変電ボックスに隠しました」

「また点検口を開けたんやな。ドライバーひとつで何でも隠しよる。桜木をどうやって誘うた」

「そろそろほとぼりもさめた頃だし、きのう桜木に電話して、その凶器と服を取り出すよう連絡しました」

「それで、桜木はのこのことこの屋上までやって来た。殺されるとも知らずに。哀れなもんや」

「私を脅迫するからだ」

「何をほざく、おまえの言い分聞いてると、全て桜木が悪いようやないか。強盗も桜木が誘うたというつもりか」

「ははは……」

朝野は力なく笑った。

「今さら主犯も従犯もないでしょう。しかし、ま、強いていえば私が主犯になるのかもしれない。強盗を発案したのは桜木だが、細かい計画を練り、根回しをし、何度もリハーサルをしたのはこの私なんだから……」

「リハーサル？」

「亀田さん、あなた、カローラのタイヤを口実にして私を呼び出したが、なぜそんなことを思いついたんです」

「タイヤに細工したん、おまえに違いないと思たからや。川添が無実であると分ったら、そんなことできるのおまえしかおらん。現金輸送車を襲撃したん桜木やし、あいつがタイヤを始末したのは間違いない。ただし、桜木はタイヤを捨てるような真似はせん。どこぞに隠したんや。

強盗のあった十二月十日午前十時二十分、おまえにはアリバイがある。此花《このはな》区の建材問屋で商談してた。……ということはや、こと強盗に関しては、桜木のやつ、おまえより著しく不利な立場にある。その桜木が唯一おまえの犯罪加担を立証できるタイヤを捨てるはずがない。いずれ、タイヤをネタにおまえを強請《ゆす》るつもりがあったんかもしれん。そう思て、タイヤの件持ち出したんや。案の定、おまえひっかかったがな」

「なるほど、仰せのとおりですよ。確かにタイヤに細工したのはこの私だ」

「釘《くぎ》、こやろ」

「どうしてそれを……」

「警察の捜査能力いうのは、おまえが考えてるほど甘いもんやない。そんなこと、とっくの昔にお見通しや。ちゃんと実験もした」

「そうですか。そこまで調べが進んでいたんですか」

朝野はもうすっかり観念したのか、平静な表情に戻り、積極的に喋《しゃべ》る。強盗殺人の片棒を担ぎ、川添を殺し、治を殺し、桜木を殺したとなると、今さら少々の罪を糊塗《こと》したところで極刑を免れるというものでもない。

「さっき、リハーサルとかいうてたん、タイヤのことやな」

「そう、桜木のカローラで何度も実験しましたよ。釘の太さを少しずつ変えてね。タイヤを十本以上おシャカにしてしまった」

「実験の甲斐《かい》あって、予定どおり港大橋の上で停まったというわけやな」

「いや、橋の上で停めるつもりはなかった。橋を降りたあたりを想定していました」

「コンテナ置場と空地しかないとこやな」

「橋の上よりはよほど閑散として淋《さび》しいし、電話ボックスもない」

「そうか。そらそうかもしれんな。高速道路の上で強盗やて、あまりにもセンセーショナルや」

いって、マメちゃんはたばこを取り出した。

「要るか」

と、朝野に差し出すが、朝野は黙って首を振る。手が使えないのだからゆっくり味わうこともできない。

マメちゃんはたばこを咥《くわ》え、マッチを手にしたが、ふっと真顔になって、

「ちょいと待ちいな。電話ボックスはないけど、四、五分も歩いたら事務所くらいある。そこで電話借りることできるやないか。あれだけの大金を積んどるんや。籠谷と熊谷が何もせんと車の中で待っとるはずない」

「だから、私が尾《つ》いて行った」

「何やて」

マメちゃん、泡を食ってたばこを取り落とした。

「おまえ、犯行時は……」

「そう、此花区の建材屋にいました。しかしね、それは現金が奪われ、二人が殺された時でしょう」

「すると、ブルーバード運転してたんおまえか。熊谷に声かけて、現場で待っとけと指

示したんやな。修理屋を寄越す、高校へも到着が遅れる旨、連絡する……そういうたんやな」

「はい……」

「ブルーバードとエルフの車内、両方から治の髪の毛が見つかったことで、我々は単独犯であると断定してしもた。そうか、あの髪の毛には二つの目的があったんや。治を捜査線上に浮かび上らせるのと、単独犯を暗示すること。ようできた仕掛けや。おまえがブルーバードの運転者なら、現金輸送車を簡単に見分けられるはずやし、籠谷と熊谷何の疑いも持たず、三十分近くも現場で待ってたことにも合点がいく。それに、おまえにはその三十分がどうしても必要やった。フェリーターミナルにブルーバードを捨て、そこからタクシーに乗って此花区の建材屋へ行き、アリバイを作らんとあかんかったからや。ほんまに、どこまでも油断のない計画やで」

マメちゃんは長嘆息し、落としたたばこを拾って火を点《つ》けた。けむり交じりの吐息が白い。

「治を殺したんもおまえやな」

私が訊《き》いた。今日の桜木商事におけるアリバイ捜査で、治の失踪《しっそう》した十二月九日、桜木は午後八時まで残業していたことが分っている。

朝野は頷《うなず》く。その態度はふてくされたようでも自棄的でもなく、ごく自然なものであった。

「こんなこと、今はどっちでもいいようなものですが、厳密にいえば、佐藤を殺したのは桜木ですよ。あいつが佐藤に青酸カリを入れたコーラを飲ませたんです。ただし、佐藤をダービーから誘い出したのは私、彼を選んだのも私、彼に接触したのも私だから、私が殺したといってもいい」

「治にはどないして接触した？」

「ダービーですよ。あそこはパチプロが集まるとか、ノミ行為をしているとか、もっぱらの噂でした。私は川添のパチンコ好きを見越して、ダービーに二、三度通い、スケープゴートとして佐藤を選びました。かなりのバクチ好きである上に、ひとり暮しだと知ったからです。

実際に接触したのは住之江の競艇場。『時々、パチンコ屋でお見かけしますね』と話しかけました。私は競艇にはズブの素人、最近莫大《ばくだい》な資産を相続して小遣いはふんだんにある、そんな設定で彼に教えを乞《こ》いました。佐藤に教えられて買った五十万円もの舟券は全部外れたが、私はせいいっぱい彼を持ち上げた。やれ競艇の天才だ、神様だ、とね。そうしておいて、『また教えて下さい。勝ったら半分差しあげる。今度は四、五百万円持って来る、私の友達にも紹介したい』といって、次の約束を取りつけた。それが十二月九日だった、というわけです」

「それで、治はマスターに大口を叩《たた》いて出て行ったんやな……。それにしてもクサい芝居や」

「クサかろうと下手であろうと、欲に眼のくらんだ佐藤には充分に効果があった。私は佐藤を京都まで連れて行き、夜の更けるのを待って桜木と合流した。あとはお察しのとおりですよ」

「青酸カリは？」

「私が用意しました」

「どこで？」

「大正区のメッキ工場。築港支店の取引先です。貸付前の工場見学の時、眼をつけていました。劇薬とはいえ、町工場のことだから管理は杜撰《ずさん》です。夜、工場へ忍び込んでほんの少し失敬しました」

「おまえ、ジョギングやとかいうて家を出ては、悪いことばっかりしとるんやな」

「……」

「治を殺したんは車の中か」

「そうです」

「治を殺してから埋めるまで四日間あった。その間、死体をどこに隠してた」

「桜木の家ですよ。車の中に死体を放置したままガレージに入れておいた。桜木はひとり暮しだし、ガレージのシャッターを下ろして鍵《かぎ》をかけていれば、まず発見される心配はない。冬のことだから、腐敗も進まない」

「ピストルはどうした」

「桜木が手に入れました。商売柄、その筋にはコネクションがあったようだから」

「入手経路は？」

「知りません。『口が裂けてもいえない』と、桜木はいってました」

「タイヤはどこにある」

「それも知らない。桜木がどこかに隠したんでしょう」

「川添を殴りつけた凶器は？」

「私が作りました。一リットル入りオレンジジュースの角ビンにセメントを流し込んで固めたものです。もしビンが割れてもガラスが散らないようにガムテープでグルグル巻きにして」

ジュースの角ビンなら、振り下ろした時、頭にあたる部分が平面だから、飛び降りの擬装をするにはもってこいの形状だ。墜落してできる骨折痕《こん》と区別がつかない。

「桜木を殴ったんも、そのビンでやな。今どこにある」

「それは……」

「この団地やろ。植栽帯のどこかに埋めてある。違うか」

「………」

朝野は曖昧《あいまい》に笑ってみせた。

「たった一億のために五人もの人間を殺し、そのために今度は自分まで死ぬ。……おまえにとってこの事件は何やったんや。正直なとこ教えてくれ」

犯行のあらましを知り、今後の証拠固めにも確たる目算を得た私は、残る最大の疑問をぶつけた。

「なりゆき、といったものでしょう」

朝野は視線を落とし、低い声でしんみりと答えた。伸ばした脚の間にぽつりと広がるものがある。

「あの時……口から胃液と血を噴き上げ、喉《のど》をかきむしりながら悶《もだ》え苦しむ佐藤を目のあたりにした時、私の中の何かが壊れ、消え失《う》せました。それが倫理感であるか罪悪感であるか、或《あるい》いはもっと別の、より根源的な何かであったのかは、私には分らない。分らないが、あの時、私は人間であることを放棄したように思う。以来、私は憑《つ》かれたように次々と犯罪に手を染めた。決して、自暴自棄とかやけくそとかいうようなものじゃない。やりかけた仕事を最後まで為《な》しとげたい、立案した計画の成果を見たい、そんな気持であったのかもしれない。……結局のところ、私にも分らない。……ただ」

「ただ……何や」

「使命感らしきものはあった」

「使命感？」

「川添の口封じ、いや、制裁というべきだ。川添は、さっき亀田さんのいったような潔白の身ではない。ある意味では首謀者ですよ、浮貸しのね。彼は最初から浮貸しに関与していたんですよ。たまたま、酒の席か何かで、私の知り合いにサラ金のオーナーがいることを聞き、また、そのオーナーが慢性的な資金不足に悩んでいることを知った時、碧水画廊をダミーに使えと提案したのは他ならぬ川添なんです」

「それやったら、あの山辺隆弘名義の通帳は……」

「正真正銘、川添のものですよ。川添は毎月五十万ものリベートを受け取っていたんだ」

「おまえ、あんまりええ加減なことというたらあかんで。川添は堅物でまじめやったと、銀行内での評判や。浮貸しを持ちかけるような人物とは思えん」

「川添の奥さん、京都の由緒ある旧家の出ですよ。裕福なお嬢さん育ちだ」

「それがどうした」

「対するに川添はごく一般的な勤め人の子弟。分不相応だということで、結婚に際してかなりの障害と反対があったと私は聞いている。……それでお分りでしょう、私のいってることが本当だと」

川添の死亡当夜の律子の服装が思い浮かぶ。バーバリー風トレンチコートに垢抜《あかぬ》けたデザインのバッグ、指には西瓜《すいか》の種ほどもあるキャッツアイ。あの時私は、室内の比較的質素な家具調度類にそぐわない漠然とした何かを感じた。今にして思えば、あの直感は正しかったといえる。

経済的に何不自由なく育った女、おまけに美人。律子を妻とした川添の喜び、その律子を賃貸住宅に迎えるしかなかった川添の悲しみと困惑、落差が大きいだけ屈託も重い。

それを金で晴らそうとした川添のどこか屈折した心情、同じ男として分るような気もする。

「浮貸しをするまでの私と桜木の関係はそんなに生臭いものじゃなかった。そりゃあ、桜木から金を貸せといわれたことはあったが、私は単なる冗談として受け取っていた。なのにあいつが、あの川添が全てをぶち壊した。私が二十年にわたって築き上げた地位をあいつが危うくした。あいつが私を犯罪者に仕立てたんだ」

徐々に声が高くなり、最後は激しく肩震わせて朝野は叫んだ。嗚咽《おえつ》が洩《も》れる。

やりきれない――。そんな感情だけが私を包む。いつか岡崎に聞いた言葉が思い出される。（背任とか横領、汚職いうの、ほんま侘《わび》しい犯罪でっせ。いわば、人間の業でんな。誰にもある本能、色と金と権力を追う動物的な欲。それをストレートに出すやつが強盗とか殺人に手を染め、その度胸もなく、変に小賢しいやつが汚職や背任に走る。他の課ならまだしも、わしみたいに二課勤めが長いと、欲の顕《あら》われ方ひとつにしても妙に屈折した連中ばっかり相手にせんならん。こっちの人間性まで変わって来まっせ。ほんまにやりきれん……）

「私は川添を抹殺することにした。あいつに浮貸しと強盗の共犯という罪を擦付《なすりつ》けることで、全てが清算されると私は考えた。あいつを昏倒《こんとう》させ、ベランダから放り出した時、私の為すべき仕事は完了した。たとえ昇進が遅れているとはいえ、私は課長だ。あくまでも川添の上司だ。部下に操られて職を失うような恥辱を被《こうむ》るくらいなら死んだ方がいい。……籠谷君と熊谷君には気の毒なことをした。残された家族にはお詫《わ》びのしようもない。しかし……しかし、川添については、私には罪悪感などない。むしろ快感でさえある」

病んでいる。まさに人間としての根源的なものを失っている。

「さっきは危ないとこやったけど」

マメちゃんが口を開いた。憤りを抑え、努めて平静に話す。

「やっぱり、おまえを簡単に死なせんでよかった。おまえ、まだ死んだらあかん。ちょっとは人間らしい感情を取り戻してから死ぬんや。罪の重さかみしめて絞首台へ行くんや」

聞いているのかいないのか、朝野は下を向いたまま動かない。

そこへ、

「亀田刑事」

と、呼びかける声。聞き覚えがある。

「こっちや」

マメちゃんが答えると、階段室から男が三人姿を現した。あの朴訥《ぼくとつ》巡査ともう二人、制服の警官であった。三人は我々のようすを見て眼をぱちくりさせる。

「ご苦労さん。ちゃんと約束の時間に来てくれたな。港大橋事件の犯人や。連行してくれ」

と、マメちゃんは朝野を指し示す。ハハッと敬礼して三人は朝野を引き立てた。二人して後ろ手の朝野を両脇から抱え、あとの一人は腰縄を握りしめて階段室に消えた。

張りつめた神経が弛《ゆる》んだのか、ブルッとひと震えして寒さを思い出す。

「マメちゃん、帰ろ。ほんまに疲れた」

散乱した鑑識写真を拾い集めているマメちゃんに声かけた。その足許《もと》にはまだ青白い光が浮いている。

「ありゃっ」

とんでもないことに思いあたった。

「どないしたんです。素頓狂《すっとんきょう》な声出しはって」

「マメちゃん、やったな。あのこんぺいとう、おかしいがな。何であんなくっきりした形が出るんや。血痕《けっこん》は雨で洗い流されたんやで。ルミノール反応は現れるにしろ、もっと曖昧な形でしか出んはずや」

「へっへー」

マメちゃんは舌を出す。

「あれ、桜木の血やない。マメちゃんのや。今日の夕方、献血がどうのこうのというてたん、それやな」

「ほんのいたずらです。ぼくのしたことなんぞ、朝野のしたことに比べたらちょいとしたいたずらですがな」

低く呟《つぶや》きながら、マメちゃんは写真を破る。破っては重ね、重ねては破る。

「神様かて、いたずらなら許してくれまっしゃろ」

マメちゃんは手すりのところまで走り、破った写真を勢いよく宙に放った。

白い薄片が闇を裂き、ひらひらと舞って闇に沈んだ。

角川文庫版あとがき

本作はデビュー作『二度のお別れ』の続編で、一九八五年に単行本が刊行された。なんと三十三年も前の、わたしがまだ高校の美術教師をしていたころであり、第二回サントリーミステリー大賞に応募し、佳作賞をもらった作品である。

わたしの第一回応募作『二度のお別れ』は阿川弘之《あがわひろゆき》、開高健《かいこうたけし》、小松左京《こまつさきょう》、田辺聖子《たなべせいこ》、都筑道夫《つづきみちお》の選考委員の方々に、〝刑事コンビに華がない〟と評された。

さて、華とはなんぞや――。駆け出しのわたしには分からない。黒田《くろだ》と亀田《かめだ》の刑事コンビに派手さが足りないということか。

あれこれ迷ったあげくに、所帯持ちの黒田を独身にすることにしたのだが、わたしは黒田のキャラクターが気に入っていた。〝黒マメコンビ〟もつづけたい。

で、わたしはどうしたか――。亀田刑事はそのままにしておいて、黒田を黒木《くろき》刑事にし、独身にしたのである。なんと、ま、テキトーな解決であったことか。

本作には銀行や消費者金融に言及した部分が多くある。金に縁のないものほど銀行を毛嫌いするというが、わたしは当時から銀行が嫌いだった。少額預金者をゴミ扱いし、中小企業の経営者からは下にも置かぬ接待を受けて床の間にふんぞり返っているイメージが強く、実際にもそうであったろう。八〇年代後半から日本はバブルに突入し、銀行はその先兵を務めたが、九〇年にバブルは崩壊。〝そら見たことか〟とわたしは快哉《かいさい》を叫んだが、なんのことはない、株価が暴落してしまった。銀行が嫌いでなけなしの持ち金をすべて株に投資し、信用買いまでしていたわたしは座りションベンを洩《も》らすほどの損失を負い、よめはんに借金をした上に、その返済も滞って、一時は父親が船主をしていた内航タンカーの船員になろうかと考えたほどだった。

わたしはバブルの浮かれ気分にのって八七年に高校教師を辞めたが、いま思うと、よくもあんなリスキーな決断をしたものだと背筋が寒くなる。作家というフリーランサーに人生の保証はまったくない。

ともあれ、久々に読んだ『雨に殺せば』は元気な小説だった。マメちゃんも黒さんも若いが、書いたわたしも同じように若い。大阪人のサービス精神あふれる思考形態、ある種下品なユーモア、バイタリティー、少しばかり怠慢志向のキャラクターを愉《たの》しんでいただければ幸いです。

二〇一八年四月

解説　最後のフロンティア

鈴木《すずき》杏子《とうこ》

黒川博行《くろかわひろゆき》は、危険な作家だと思う。読み始めると止まらなくなる中毒性はもちろん、最前線の犯罪や不正を取材する嗅覚《きゆうかく》と胆力、そして事件を人間の目線で伝える筆力。その作品は、ミステリー、ハードボイルド、ピカレスクロマン、ノワール……などさまざまに称されるが、その作家性は、いずれのジャンルも当てはまるようでいて、その本質は語り尽くせないようなもどかしさが残る。

例えば映画化された『後妻業』は、小説が発表された数か月後に高齢男性の連続不審死事件が明らかになり話題になったことが記憶に新しい。また直木賞を受賞した『破門』の疫病神シリーズ一作目『疫病神』では、産業廃棄物処理をめぐる巨大利権が社会的に表面化する前に緻密な取材を重ね、いちはやく小説で告発している。同シリーズの『喧嘩《すてごろ》』では、有名議員の自宅と事務所に火炎瓶が投げ込まれた実際の事件をもとに、政治家と暴力団の関係性を再検証した。もちろん人物名や地名などは変えているが、〝事実は小説より奇なり〟を地で行く不正を克明に描いて、新聞記事では焦点が見えづらかった事件の裏側を暴いている。時には報道に先立って事件や不正を告発して警鐘を鳴らし、時には、問題が充分に検証されないまま消費されたニュースをすくい上げる。つまり、フィクションという隠れ蓑《みの》をまとって〝不都合な真実〟を書き続けているのが、黒川博行という作家なのだ。

本作『雨に殺せば』も例外ではない。この作品は、デビュー作『二度のお別れ』に続いて二年連続でサントリーミステリー大賞の佳作を受賞、一九八五年に単行本が刊行された。大阪の都市銀行を舞台に、バブル経済より以前に金融業界の諸問題を問うた意欲作で、その確かな先見の明に改めて驚かされる。もちろん、今から33年前に執筆された作品だけに、携帯電話やインターネットがない時代のアナログ感はあるし、女性にまつわる描写に至っては前時代的な箇所もある。だからこそ、時代が移り変わったにも関わらず、金融問題の本質や組織不正の〝かわらなさ〟が生々しく際立っている。

事件が発生するのは、12月の大阪。大阪湾にかかる港大橋の上で現金輸送車が襲われ、運搬していた銀行員二人が射殺された。犯人は現金一億一千万円を奪って逃走。さらに翌日、事情聴取を受けた銀行員が公営住宅から飛び降り自殺をして、遺体で発見される。この事件を担当するのが、大阪府警捜査一課の名物刑事・黒木《くろき》憲造《けんぞう》と亀田《かめだ》淳也《じゅんや》の〝黒マメコンビ〟だ。主人公は、仕事熱心な敏腕刑事、でも女心には鈍い独身男性の黒木。20代の陽気な相棒マメちゃんこと亀田と一緒に上司にこき使われながらも、持ち前の気力と推理力で、海千山千の刑事たちとやりあいながら捜査を進めていく。

最大の謎は、目的地に到着するまで駐停車が禁じられた現金輸送車が、なぜ港大橋の上で約10分間も停車した後に襲撃されたのか。そして自殺した銀行員は事件に関与していたのか否か——。さまざまな手がかりや状況証拠が次々と浮上するにも関わらず、なかなか決定的な証拠が摑《つか》めずに、捜査は二転三転してまったく先が読めない。しかし事件の裏側に、銀行の不正融資が絡んでいる可能性が発覚するあたりから、単なる強盗殺人事件よりあくどい犯罪が明らかになり、話は一気に深みを増していく。

俎上《そじょう》に上げられるのは、現在も公正取引委員会が独占禁止法違反としている「歩積《ぶづみ》両建《りょうだて》預金」を含む銀行の拘束預金と、その社会的責任にある。「歩積両建預金」とは、銀行がその融資と引き換えに、融資額の一部をその銀行に預金させることで実質金利を上げる取引条件で、預金は拘束され引き出せないことが多い。つまり銀行が自身の優位的な立場を利用した不公正取引だが、未《いま》だに残る商慣習でもある。不正融資の行方を追って捜査チームがサラ金業者を事情聴取するシーンでは、緊迫した両者の攻防戦から、金融業界の功罪が紐解《ひもと》かれる流れが圧巻だ。銀行はサラ金業者から儲《もう》け、サラ金は銀行からはじかれた社会的弱者からカネを吸い上げる。弱い者がさらに弱い者を叩《たた》く、その構造が肯定も否定もされず、事実にもとづいて克明に綴《つづ》られる時、「銀行は誰のためのものだったのか」という大きな問いが横たわる。

「輸送はいつも銀行の方が？」

「はあ、特に多額の現金を運ぶ場合は警備会社や専門の輸送業者に依頼しますが、一億前後の現金なら私どもが運びます。保険にも入っていますし……『運送保険普通保険』というのがそれで、現金の輸送と取り扱いを対象とした総括契約を結んでおりますから、実害はありません」

　朝野はこともなげに答えた。我の強そうなえらの張った顔に細いフレームの眼鏡をかけている。かなりの長身だから、マメちゃんを見下ろして話す。

「ほう、金さえ戻れば実害はないといわはる。さすが銀行さんや、我々とは発想の原点が違いますな」

　同僚二人が強盗犯に射殺されても、盗まれた現金は保険でカバーされるから、銀行としての実害はない。銀行の貸付課長の何気ない一言は、物語全体に流れる閉塞感《へいそくかん》を象徴していると同時に現代を反映している。高度経済成長とバブル景気を経て、いかに市民社会は〝マネーファースト〟の金融資本主義に蝕《むしば》まれてきたか。それは必ずしも金融機関だけではなく、既に社会全体を覆っていることがわかる。例えば、黒マメコンビが行きつけの喫茶店のママの話からは、現代美術の世界でもその兆候は蔓延《まんえん》し、美術作品がもはや金融商品のひとつに成り下がった業界の惨状が明かされる。また後半では、行政主導で進められた公園が着工段階で生態系を崩した問題もさらりと触れられていて、都市空間が市民の手から離れた現状が垣間《かいま》見える。とはいえ、作家の視線は「市民が善」で「権力者が悪」という単純な二元論には陥らない。不正や腐敗がはびこる組織や経済構造をもつ社会で、だれもが善人ではいられなくなった時代に、個人がささやかな暮らしを守っていくために対峙《たいじ》しなければならないものは何なのか、常に試され揺さぶられるのは、読み手側になる。

暗澹《あんたん》たる時代の状況が活写されていく中で、ページをめくるスピードを落とさせないのは、全編に散りばめられた大阪ならではの笑いの力が大きい。カネや権力ではなく、笑いに包むことで、自分の主張を通したり、人を動かしたり、苦境をも乗り越えていくという生きる智恵や大阪人のパワーが凝縮されていて、小説を読む旨《うま》みを存分に味わえる。

絶妙な会話の応酬は黒川小説の醍醐味《だいごみ》だが、まだ科学捜査が発達していない時代に書かれた本作では、警察小説という側面において、会話がより重要な意味を持ち精彩を放っている。現代のように犯人の交友関係をSNSで追ったり、防犯カメラや高精度のDNA型鑑定でたやすく物的証拠を集めることができないからこそ、刑事たちは生身の「人」を相手にしなければならない。地を這《は》うように足で情報を稼ぎ、取り調べでは正面突破の追及だけでなく、容疑者の心情も慮《おもんぱか》る誠実さで問いかけ、牽制《けんせい》したり、時にはいなされてみたりと、押したり引いたりする人間対人間のぶつかりあいがそこにある。

誰かの手によって意図的に隠された〝不都合な真実〟。必要悪と黙認され見えにくくなった不正や不祥事。まだ表沙汰にはなっていない犯罪手口の最前線。黒川小説では世の中に埋もれたさまざまな悪事がミステリーの謎として設定され、それらはひとつずつ人間の本質をえぐるように暴かれていく。実社会では警察やマスコミが動くまで時間を要したり、立証されずに埋もれてしまった事件も少なくない。警察も司法もマスコミも証拠主義が基軸にあるからこそ、状況証拠や心証だけでは警察は犯人を逮捕できないし、マスコミは報道することができない。その間に法律の抜け穴を縫うような犯罪は蔓延していく。こうしたジレンマに苦しむ刑事たちの憤りや無念さに押し出されるように、捜査はクライマックスへと向かっていく。

まさかの展開を迎えるラストは、デビューしたばかりの黒川博行という作家が、これから何を書いていくか、世の中に向けた所信表明のように思えた。それは〝資本を保有するたった1%の富裕層が支配する世界〟とも言われる現代社会に照らし合わせるなら、「99%側の人間の視線から書くハードボイルド小説」なのだと思う。実際にこれまで執筆されてきた多彩な作品群を振り返ると、その立ち位置は本質的にブレがないことがわかる。ヤクザが主人公のシリーズも、そこにヒーロー性は持ち込まれない。むしろ彼らを狂言回しに、本当の悪はどこにあるのかを問い続けている。

その作家性を考える時、思い出すエピソードがある。直木賞受賞の記者会見で、カメラマンからガッツポーズをリクエストされた黒川さんは、それを断って神妙な顔つきで写真に納まっている。その理由を尋ねられると「受賞されてない人もいるわけやからね」と受賞には至らなかった他の作家をやんわり気遣っていたという。サントリーミステリー大賞を受賞した時も同様で、立場の異なる人に寄り添う姿勢は変わっていない。

そこには「権力や地位には責任が伴う《ノブレス・オブリージュ》」という意識がどこかにあるのではないかと思っている。

たぐいまれな取材力をもちながら、その表現手段として、なぜノンフィクションを選ばなかったのだろうと不思議に思うこともある。しかし、インターネットの時代に入って、ジャーナリズムもエンターテイメントと同列に評価され、調査報道が衰退を遂げるという由々しき事態が続いている。フェイクニュースが台頭し、市民の権利や未来を守る情報を精査する報道機関そのものが危ぶまれる中で、〝不都合な真実〟を書き続ける黒川小説は、ジャーナリズムをその本義に立ち戻らせ、賦活する力を持っているという点で、最後のフロンティアだと思わずにはいられない。

本書は二〇〇三年十一月、創元推理文庫より刊行されました。
作中に登場する人名・団体等は、すべてフィクションです。
また、事実関係は執筆当時のままとしています。

雨《あめ》に殺《ころ》せば

黒《くろ》川《かわ》博《ひろ》行《ゆき》

平成30年 4月25日　初版発行
平成30年 10月30日　4版発行

発行者●郡司 聡

発行●株式会社KADOKAWA
〒102-8177　東京都千代田区富士見2-13-3
電話 0570-002-301（ナビダイヤル）

角川文庫 20881

印刷所●旭印刷株式会社　製本所●本間製本株式会社

表紙画●和田三造

ISBN978-4-04-106600-3　C0193

角川文庫発刊に際して

角　川　源　義

第二次世界大戦の敗北は、軍事力の敗北であった以上に、私たちの若い文化力の敗退であった。私たちの文化が戦争に対して如何に無力であり、単なるあだ花に過ぎなかったかを、私たちは身を以て体験し痛感した。西洋近代文化の摂取にとって、明治以後八十年の歳月は決して短かすぎたとは言えない。にもかかわらず、近代文化の伝統を確立し、自由な批判と柔軟な良識に富む文化層として自らを形成することに私たちは失敗して来た。そしてこれは、各層への文化の普及滲透を任務とする出版人の責任でもあった。

一九四五年以来、私たちは再び振出しに戻り、第一歩から踏み出すことを余儀なくされた。これは大きな不幸ではあるが、反面、これまでの混沌・未熟・歪曲の中にあった我が国の文化に秩序と確たる基礎を齎らすためには絶好の機会でもある。角川書店は、このような祖国の文化的危機にあたり、微力をも顧みず再建の礎石たるべき抱負と決意とをもって出発したが、ここに創立以来の念願を果すべく角川文庫を発刊する。これまで刊行されたあらゆる全集叢書文庫類の長所と短所とを検討し、古今東西の不朽の典籍を、良心的編集のもとに、廉価に、そして書架にふさわしい美本として、多くのひとびとに提供しようとする。しかし私たちは徒らに百科全書的な知識のジレッタントを作ることを目的とせず、あくまで祖国の文化に秩序と再建への道を示し、この文庫を角川書店の栄ある事業として、今後永久に継続発展せしめ、学芸と教養との殿堂として大成せんことを期したい。多くの読書子の愛情ある忠言と支持とによって、この希望と抱負とを完遂せしめられんことを願う。

一九四九年五月三日

角川文庫ベストセラー

悪果　黒川博行

大阪府警今里署のマル暴担当刑事・堀内は、相棒の伊達とともに賭博の現場に突入。逮捕者の取調べから明らかになった金の流れをネタに客を強請り始める。かつてなくリアルに描かれる、警察小説の最高傑作！

繚乱　黒川博行

大阪府警を追われたかつてのマル暴担コンビ、堀内と伊達。競売専門の不動産会社で働く伊達は、調査中の敷地900坪の巨大パチンコ店に金の匂いを嗅ぎつけると、堀内を誘って一攫千金の大勝負を仕掛けるが⁉

燻《くすぶ》り　黒川博行

あかん、役者がちがう——。パチンコ店を強請る2人組、拳銃を運ぶチンピラ、仮釈放中にも盗みに手を染める小悪党。関西を舞台に、一攫千金を狙っては燻り続ける男たちを描いた、出色の犯罪小説集。

幻坂　有栖川有栖

坂の傍らに咲く山茶花の花に、死んだ幼なじみを偲ぶ「清水坂」。自らの嫉妬のために、恋人を死に追いやってしまった男の苦悩が哀切な「愛染坂」。大坂で頓死した芭蕉の最期を描く「枯野」など抒情豊かな9篇。

怪しい店　有栖川有栖

誰にも言えない悩みをただ聴いてくれる不思議なお店〈みみや〉。その女性店主が殺された。臨床犯罪学者・火村英生と推理作家・有栖川有栖が謎に挑む表題作「怪しい店」ほか、お店が舞台の本格ミステリ作品集。